T0032136

Lo mucho que te amé

Eduardo Sacheri

Lo mucho que te amé

Lo mucho que te amé

Primera edición en Argentina: octubre, 2019
Primera edición en México: noviembre, 2019
Primera reimpresión: febrero, 2020

D. R. © 2019, Eduardo Sacheri

D. R. © 2019, Penguin Random House Grupo Editorial, S. A.
Humberto I, 555, Buenos Aires

D. R. © 2020, derechos de edición mundiales en lengua castellana:
Penguin Random House Grupo Editorial, S. A. de C. V.
Blvd. Miguel de Cervantes Saavedra núm. 301, 1er piso,
colonia Granada, alcaldía Miguel Hidalgo, C. P. 11520,
Ciudad de México

www.megustaleer.mx

D. R. © diseño: Penguin Random House Grupo Editorial, inspirado en un diseño original de Enric Satué

ISBN: 978-607-318-451-9

Impreso en México – *Printed in Mexico*

El papel utilizado para la impresión de este libro ha sido fabricado a partir de madera
procedente de bosques y plantaciones gestionadas con los más altos estándares ambientales,
garantizando una explotación de los recursos sostenible con el medio ambiente y beneficiosa para las personas.

Penguin
Random House
Grupo Editorial

Dedico esta novela a mi mamá, Nilda,
a mi hermana Alejandra,
a mi abuela Nelly,
a mi tía Pirucha
y a mis primas Virginia y Mariana.
Porque sus voces son la música de mi niñez.

Los hechos y personajes de esta historia son ficticios,
y cualquier parecido con la realidad es mera coincidencia.

1

El timbre suena puntual a las cinco de la tarde y Delfina salta de su silla y aplaude mientras da unos saltitos por el living. Mamá, Rosa y yo le hacemos gestos de que no sea escandalosa.

—Tu novio te va a escuchar —advierte mamá.

Mabel, para variar, menea la cabeza y nos desaprueba:

—¿Y qué problema hay si el novio la escucha?

—Que queda como una tarada, nena —responde Rosa.

—¿Una tarada por qué? ¿Por ponerse contenta?

Ernesto se mete en la conversación:

—¿Vos también aplaudías cuando yo tocaba el timbre?

La pregunta va dirigida a Rosa, su mujer, que se ruboriza y me mira a mí como si buscase ayuda.

—Por supuesto —es Mabel la que contesta—. ¿No ves cómo escucha tu voz, aún ahora, y todavía se le suben los colores de puro amor?

—Callate, nena —Rosa intenta disciplinar a Mabel desde su estatura de primogénita.

—Bueno, bueno —dice papá. Dos palabras, y el resto de la espera la hacemos en silencio.

Delfina vuelve desde la puerta de calle seguida por

su novio. Con Rosa y Mabel intercambiamos apenas las miradas necesarias para entendernos. Sí, es alto como dijo que era. Sí, es buen mozo, más de lo que le concedíamos cuando nos lo describía. Sí, en principio nos gusta, pero tampoco estamos dispuestas a ponérsela tan fácil.

—Buenas tardes, señor. Manuel Rosales, un placer —dice el recién llegado mientras le tiende la mano a papá.

—José Fernández Mollé, encantado —dice papá después de incorporarse y mientras se la estrecha—. Le presento a mi esposa, Luisa. Mis hijas Rosa, Mabel y Ofelia.

Cada una de nosotras se adelanta unos pasos para estrechar la mano del pretendiente. Esa fue la palabra que usó papá: "pretendiente". Nos habíamos pasado buena parte del almuerzo del domingo anterior (y buena parte de la semana que siguió) discutiendo entre nosotras si el novio de Delfina debía ser presentado a la hora del almuerzo o a la hora del té. Rosa y mamá eran partidarias de que viniese a comer. A Mabel y a mí, en cambio, nos parecía una tortura excesiva someter al pobre muchacho a nuestro análisis exhaustivo desde tan temprano. ¿Tenerlo ahí desde las doce, como un sapo sobre una plancha de corcho en el laboratorio de ciencias, para darnos el gusto de estudiarlo a fondo? Nos parecía demasiado. En cambio, si venía recién a las cinco el suplicio no iba a extendérsele más de dos horas, dos horas y media. Como de costumbre, nuestra discusión bizantina terminó resuelta desde fuera de nuestros laberintos. Papá dijo que quería dormir la siesta tranquilo, y recién después, bien descansado, enfrentar al "último pretendiente".

Cuando escuchó esas palabras, a Delfina se le abrieron los ojos como platos, aunque ahora que lo pienso tal vez no fue tanto por lo de "pretendiente" como por lo de "último". Lo de último no se refiere a que Delfina haya tenido muchos. Al contrario. Manuel es el primer novio oficial que se atreve a presentar en casa. Es el último porque ella es la última. La más chica.

Y las hermanas Fernández Mollé somos ordenadas. Nos hemos ido poniendo de novias en riguroso orden cronológico. Primero Rosa, después Mabel y después yo. Y el primer novio ha sido, para todas, el único. Rosa lo presentó a Ernesto y se casó con él. Mabel lo presentó a Pedro e hizo lo mismo, aunque con Mabel se podrían hacer algunas salvedades porque su vida no tiene la placidez de las nuestras. Pero no viene demasiado al caso. Yo presenté a Juan Carlos y me voy a casar con él. La única originalidad que me permití fue que nos comprometimos con fiesta y todo, cosa que las mayores no hicieron. No nos condujimos así por afán de figurar. Sucede que a los dos nos falta un tiempo para recibirnos, y papá insistió en que "correspondía", para por lo menos dar a entender que vamos en serio. Y los regalos que me hicieron no me vienen nada mal como para empezar a pensar en los bártulos que se necesitan para poblar una casa.

Con Delfina supongo que sucederá lo mismo. Me refiero a eso de demorar el casamiento hasta que terminen sus estudios. En este mismo momento, de hecho, papá le está preguntando a Manuel sobre los suyos. Está en quinto de Arquitectura, explica el muchacho, y trabaja en el Banco Hipotecario Nacional. En el área de créditos. Quiere quedarse ahí. Hacer carrera. A Delfina le desborda el orgullo y mamá le devuelve una mirada de ojos brillantes. Mabel menea la cabeza, como si la saturase un poco la corrección de nuestras acciones o la pequeñez de nuestros deseos. O las dos cosas. Qué misterio es Mabel, a veces.

—¡Ernestito! —dice de repente Rosa, y sale disparada hacia el dormitorio de papá y mamá, donde duerme su hijo.

—No sé cómo hace para escucharlo —comenta Ernesto, repantigado en su sillón.

—Madres —dice mamá, como si el sustantivo fuese explicación suficiente.

—En la vida es importante ser ordenado —declara papá, interesado en que la conversación regrese a los temas que le preocupan en lugar de derivar hacia el oído privilegiado de las madres para detectar los sollozos de sus críos.

Y vaya si lo es, pienso, y sonrío. Nosotras mismas, la familia que conformamos, parecemos la ejecución de un plan paciente y detallado, como esos muebles que papá diseña primero y construye después, en la fábrica.

Primero Rosa, después Mabel. Las dos hijas grandes que en realidad iban a ser las únicas. Papá era entonces carpintero. Uno próspero, además de bueno, pero no pensaba aventurarse a multiplicar la prole y arruinar al clan entero. Mamá, como siempre, estuvo de acuerdo. Dos nenas que se llevan un año y tres meses. Estamos bien. Recién después, cuando la carpintería se transforme en taller y el taller en taller enorme y el taller enorme en fábrica, papá pensará que sus cálculos iniciales fueron demasiado conservadores y que donde comen cuatro comen cinco, y por eso vine yo, que me llevo nueve años con Rosa y casi ocho con Mabel. Pero tampoco es cuestión de que la más chica sea una consentida o que se críe entre gente grande, de modo que consideraron aconsejable convocar por cuarta vez a la cigüeña y un año y tres meses después nació Delfina.

Nuestro padre es una persona que confía en construir. Muebles y familias. En sus líneas decisivas y en sus detalles ínfimos. Cuatro hijas en lugar de dos, porque se puede y se merece. Pero ahora los nombres serán otros, sí señor. Si las grandes se llaman Rosa y Mabel, dos nombres que en la familia de papá se repiten y repiten en las cohortes de tías y sobrinas, las chicas lucimos nombres especiales que en la familia nadie ha estrenado antes que nosotras. Nombres que a papá le parecen distinguidos. Por eso soy Ofelia. No sé por qué a papá le parece un nombre elegante, pero está convencidísimo de que es la mar de chic. Y lo mismo ocurre con el nombre de Delfina. A él le suena igual de refinado y lo fascina la circunstancia de que ambos nombres compartan cinco de sus letras, y de que las seis que componen Ofelia se perfeccionen cabalísticamente en el siete bíblico de las letras que caben en Delfina. Para papá nombrar las cosas es una parte importante de crearlas. Siempre dice que su prosperidad se debe, en buena medida, a que cuando pasó del taller

13

chico al taller grande decidió agregarle a su tradicional Fernández el apellido de su difunta madre. "Fernández está bien pero hay millones", sentencia papá cuando quiere perorar sobre el asunto, "pero Fernández Mollé hay uno solo", completamos nosotras, que estamos hartas de que insista con eso.

El timbre me saca de mis cavilaciones y me devuelve a la realidad. ¿En qué momento me abstraje de lo que hablaban papá y el novio de Delfina? Me incorporo y voy a abrir mientras consulto la hora en el reloj de mi muñeca. Me prometo matarlo. Cinco y veinte. Le dije, le sugerí, le pedí, le imploré que fuera puntual, pero mi novio tiene la maldita costumbre de llegar tarde a todos lados. No es un té como cualquier otro. Es la presentación oficial del novio de la más chica, ¡por Dios!, y Juan Carlos viene cinco y veinte.

Abro de par en par, con un poco más de énfasis del que desearía. Ahí está, con esa sonrisa de sol y esa expresión de que la vida es una maravilla, y esos pasitos de bailarín que en dos, tres, chuic, me da un beso y un abrazo y murmura algo de lo lindos que me quedan estos aros y no hay manera de estar enojada con este hombre.

Hago las presentaciones y Juan Carlos se sienta entre los varones, que le hacen un lugar.

—Quédese tranquilo, que con el novio de Ofelia completa el número de presentaciones del día de hoy —Mabel le informa a Manuel—. Le falta conocer a la tía Rita, que está de retiro espiritual con el cura de Santa Elena, y a mi marido, pero nos pareció que era atosigarlo demasiado.

—Pero faltaba más —dice Manuel—. Si para mí es un gusto conocerlos.

—Pedro, mi esposo, me pidió que le transmita sus disculpas, porque esta tarde le tocaba visitar a su madre, que es viuda —completa Mabel.

Manuel sonríe y asiente, y yo no puedo menos que admirar el modo en que Mabel maneja las cosas. Tiene estilo, la tipa. Es verdad que Pedro fue a visitar a su madre, pero también es cierto que podría haber ido ayer sábado y compartir, como siempre, el domingo con nosotros. Pero cada vez que nos juntamos no pasan cinco minutos antes de que papá empiece a despotricar contra Perón, y no pasan otros cinco hasta que Pedro se lanza a defenderlo, y entonces Ernesto se pone del lado de papá, y si está presente Juan Carlos —lejos de emparejar caballerescamente las fuerzas— se lanza también a criticar a Perón, a Eva, al peronismo y a todo lo que se le parezca, y entonces Pedro se enfervoriza porque se siente atacado desde todos los flancos. Tarde o temprano Manuel deberá enfrentar nuestros énfasis y desatinos, pero a la propia Mabel le pareció mejor evitarlo en este primer encuentro. Supongo que también Pedro habrá preferido esa solución, porque a lo de su madre habrá ido temprano y a estas horas estará de regreso en su casa, lo más pancho, escuchando en la radio los partidos de fútbol.

—Este es Ernestito —dice Rosa, que vuelve con mi sobrino desde el dormitorio—. Saludá a Manuel. Dale, saludalo.

—Propongo que esperemos un ratito —dice Manuel, y la pobre Rosa se queda un poco cortada. Manuel parece advertirlo—. Bueno, en realidad, no sé cómo es Ernestito, pero estoy acostumbrado a ver que a mis sobrinos no les causan nada de gracia las caras nuevas. Y menos recién levantados de la siesta.

Le guiña un ojo al nene y de inmediato le da la espalda. Ernestito supera el inicio de puchero que había empezado a ensayar y se queda un poco perplejo. No está acostumbrado a semejante desplante. Rosa lo deja en el piso y el chico camina hasta el recién llegado, que adrede se gira un poco más para seguir dándole la espalda. Ernestito le golpea el muslo para llamarle la atención. Manuel se vuelve hacia él.

—Encantado, joven. Disculpe si no le dedico la atención que usted merece, pero acá son demasiadas caras nuevas. Espero que me entienda.

Lo dice serio, formal, y Ernestito afirma con la cabeza como si, más allá de no entender una palabra, el novio de Delfina lo hubiese hechizado. Nos reímos con ganas. Mamá le hace una seña a Delfina para que la ayude con las cosas del té. Las demás las seguimos hacia la cocina.

Continúan algunos minutos de hornallas, teteras, lecherita, masas, servilletas y preguntas nerviosas de Delfina sobre qué nos pareció y respuestas tranquilizadoras de nosotras de que nos encantó. Cuando salimos en procesión hacia el comedor los hombres ya se han ubicado alrededor de la mesa.

—Tenían que esperar a que las cosas estuvieran listas, José.

Conozco a mamá, y el tono en el que lo dice reemplaza lo que desearía decir, que no es otra cosa que:

"De lo único que tenías que ocuparte, José, de lo único que tenías que ocuparte era de mantenerlos en el living hasta que los llamáramos, y ni siquiera eso puedo confiarte", pero se guarda el comentario. Si en esta casa estamos dispuestos a disimular desavenencias políticas, cuánto más conflictos conyugales.

Ernestito, al ver a Rosa, decide que ya es tiempo de volver a sus brazos. Abandona el apoyo que le daba el umbral de la puerta y se lanza a una velocidad mucho mayor de lo que recomienda su recién estrenada sabiduría de caminante.

—Se va a matar —comenta Mabel, sin aspavientos, como quien constata un hecho inevitable.

Los hombres ven pasar a un Ernestito que acelera sus pasos equívocos a medida que pierde su centro de gravedad. Si cualquiera de nosotras tuviera una mano libre cabría albergar una esperanza, pero estamos hasta las narices de trastos. Va derecho hacia Rosa, pero entre Ernestito y su madre se alza una de las sillas de roble. Papá las hizo fuertes y angulosas, y las aristas son asesinas. En el momento exacto en que la cabeza de Ernestito va a pegar contra el filo del respaldo de la silla, la mano de Manuel se adelanta y se interpone: el nene golpea los dedos de esa mano. Ernestito chilla porque, aunque no sea tan dura como una silla de roble, una mano de hombre no deja de ser un objeto duro. Y el hombre de la mano hace un gesto de dolor. Intenta disimularlo. Probablemente no quiere parecer un flojo frente a la familia de su novia. Pero seguro que le duele.

—¿Duele mucho? —le pregunto unos minutos después, mientras tomamos el té, porque me tocó sentarme a su izquierda y acabo de verlo refregándose los dedos.

Él interrumpe el movimiento de la mano y sonríe.

—No. Bueno, un poco. Ese muchacho tiene la cabeza bastante dura.

—Y venía rápido, no crea —agrego yo.

—Es cierto. Tiene un sobrino veloz.

—Menos mal que usted puso la mano. El pobre se habría roto la cabeza.

—Sí, menos mal. Las manos tardan menos en sanar que las cabezas.

Volvemos a sonreírnos. Esas son las primeras palabras que cruzamos con Manuel.

2

Sé que Delfina está esperando una respuesta, y yo me siento pérfida por demorársela. O más que demorando estoy queriendo encontrar una excusa para decirle que no y, como no la encuentro, sigo sin contestarle.

Ha venido expresamente a mi dormitorio para hablarlo. Y en realidad responderle que sí sería lo más natural del mundo. ¿Por qué no aceptar su invitación para hacer una salida de parejas al cine? Para sentirme peor todavía he cometido la torpeza de preguntar si lo pensó para nosotros cuatro solos. Delfina me ha respondido que no. Que también pensó en decirles a Mabel y a Pedro.

"Claro", digo yo, y espero que no se me haya notado el alivio con el que lo dije. ¿Cómo decirle a mi hermana menor que no me entusiasma demasiado la idea de salir solos los cuatro, con su novio y con Juan Carlos? En realidad a Manuel casi no lo conozco. Parece buen chico y es simpático, sí, pero lo vi tres veces en mi vida. Las dos primeras a la hora del té y la última para un almuerzo. Tres domingos sucesivos. Eso es todo. Pero mi problema es Delfina. Lo pienso y me horrorizo. ¿Cómo puedo ser tan mala hermana? "Mi problema es Delfina." ¿Cuándo ha sido problema Delfina para alguien? ¿Cuándo me ha hecho algo malo

Delfina a mí? Jamás. Pero soy una enroscada. Siento que no nos entendemos, o que nos entendemos más o menos, o que nos entendemos mucho menos de lo que nos entendíamos de chicas.

¿Por qué no fuimos capaces de conservar esa complicidad sin límites que nos unía? A veces nos preguntaban si éramos mellizas. Nos encantaba el equívoco y mentíamos que sí. Nos parecíamos tanto, nos entendíamos tanto como si fuéramos dos mitades de la misma manzana, nos había dicho una vez la abuela Ana, y la imagen nos sabía a gloria.

Delfina tenía ocho años y yo nueve, y era una época en la que las hermanas Fernández Mollé nos habíamos dividido en dos facciones rotundas y perseverantes, las más grandes y las más chicas. Pensándolo un poco, las más grandes eran dos pavotas grandulonas. Todas unas señoritas rebajándose a discutir con dos nenas. Pero lo importante es que les hacíamos frente. Nos encantaban nuestros nombres elegantes y sus letras casi intercambiables nos parecían un símbolo de unión sin quebrantos. Nos plantábamos frente a las mayores, desafiantes, y decíamos en voz alta: "Rosa", y nos mirábamos. "Mabel", agregábamos. Volvíamos a mirarnos. Sacudíamos las cabezas, negando, como diciendo: "Pobrecitas, mirá qué nombres les pusieron". Después una le pasaba el brazo por encima de los hombros a la otra y nos retirábamos orgullosas, invictas.

Mabel, que se fija mucho en esas cosas, dice que no solo nos marca la familia en la que nacemos, sino también el momento que vive esa familia cuando nacemos. En realidad Mabel se fija en esas cosas y en todas las demás. Pero en esa le doy más razón que en otras cosas que dice. Si yo hubiese nacido enseguida del nacimiento de Mabel mi vida habría sido distinta. Por empezar, no habría estudiado. Papá ni siquiera lo habría considerado posible o conveniente. No. Así pasó con las más grandes. Rosa terminó la escuela primaria. Mabel no se conformó con que le pagaran las clases de piano y porfió en que quería terminar el secundario. Mamá quiso convencerla de que hiciera el Normal, que eran tres años en lugar de cinco y salía con el título de maestra, pero Mabel siguió que no y que no, que ella no quería ser maestra sino bióloga. Al final pasó lo que pasó y esos detalles quedaron de lado. Esa es otra cosa que dice Mabel: que a veces se nos va la vida en una discusión, en un deseo, y después pasa algo que lo cambia todo, lo trastoca todo, y el viejo deseo queda reducido a nada.

Esto me pasa a menudo: empiezo pensando en Delfina y termino pensando en Mabel. Arranco con Delfina porque la tengo de pie delante de mí, esperando que le responda si quiero que salgamos todos al cine, y yo me pierdo pensando en nuestra hermana, pero no puedo evitarlo.

No estoy segura de cuándo sucedió, pero esa complicidad casi pétrea que teníamos con Delfina empezó a ablandarse hasta convertirse en este vínculo convencional que nos une desde que crecimos. Nunca nos peleamos. Y jamás le pusimos nombre a esa distancia. Pero fue algo que se dio. Sucedió.

—¿A Rosa también querés decirle? —la nueva pregunta de Delfina me trae de regreso.

—Creo que no. Con Ernestito no va a poder.

¿Con quién lo dejan? Bueno, se le puede preguntar, de todos modos.

—Con lo de la política… ¿Manuel cómo es?

Delfina sonríe. Entiende perfectamente lo que le estoy preguntando. ¿Con la política Manuel es un loco desatado como Pedro o como Ernesto, dispuesto a arruinar cualquier encuentro familiar discutiendo hasta que los ojos se les salgan de las órbitas? Esa es la esencia final de la pregunta. A mi novio le interesa la política pero es un tipo que acepta razones. Ernesto y Pedro, en cambio, son dos locos desatados y sus discusiones de los domingos parecen batallas campales. Bueno, papá tampoco se queda atrás. Si Manuel es de esos, la salida al cine será una pesadilla.

—Me parece que es muy tranquilo. No sé. No hablamos tanto de eso tampoco.

En ese momento entra la tía Rita.

—¿De qué es de lo que no hablaron?

La tía tiene esa costumbre. Cuando se topa con una conversación empezada pregunta por lo que escuchó al llegar, partiendo de la base de que la asiste el derecho natural de informarse, *ipso facto*, de cualquier cosa que esté sucediendo en sus dominios.

—Estamos arreglando con Ofelia para salir al cine, con Manuel y con Juan Carlos.

Eso es muy de Delfina. No era de eso de lo que estábamos hablando. Pero Delfina prefiere responder acerca de lo que tiene ganas. Sobre todo con alguien como la tía, que se siente con derecho a pontificar sobre los temas más diversos como si su juicio fuera una sentencia inapelable. Yo no tengo esa seguridad, o esa sangre fría, o esa displicencia, o esa mezcla de las tres. A la tía le tengo pánico, y creo que ella lo sabe y que, además, lo disfruta.

—Se ve que les sobra el tiempo, a ustedes.

—Ay, tía. ¿Qué querés? Somos jóvenes, bellas y ricas. ¿Cómo no nos va a sobrar el tiempo?

Delfina la observa con su sonrisa angelical y yo siento la tentación de tomar apuntes para aprender de ella.

—Pues si no fuera por mi hermano y cómo se desloma…

—Tú lo has dicho, tía. Si no fuera por papá, ninguna de nosotras podría llevar la vida que lleva.

Alzo la mirada hacia la tía Rita. Me encantaría ser capaz de provocar una expresión así en su cara.

—Yo, por lo menos, mi querida, hago todo lo posible por retribuir su esfuerzo.

—Por supuesto, tía. Como hacemos todas. Por algo Ofelia y yo nos quemamos las pestañas estudiando. Y Rosa criando a la nueva generación de Fernández Mollé para que se hagan cargo de nuestra prosperidad futura. De Mabel no digo nada porque, como bien decís vos, es un caso perdido. Por eso nos la llevamos al cine.

La expresión de la tía no se modifica, pero creo que se debe a que ya no hay margen para que se vuelva más fría, o más hosca. Delfina la ha sitiado con sus propias palabras, porque eso del "caso perdido" con Mabel es la muletilla de la tía. A tal punto la ha derrotado que la tía se da media vuelta y sale de mi dormitorio.

—Vayamos, Delfi. Le contesto. ¿Cuál querés ver?

—Ah, ni idea. Eso es lo de menos —dice casi desde el umbral, y también se va.

3

Octubre debe ser el mes que más me gusta. La primavera ya no es una insinuación, sino un hecho. No hacen los calores de bochorno con que nos suele asaltar diciembre, ni a una la sorprenden esos aguaceros repentinos de noviembre. Y las noches son como esta: alcanza con un saquito o cualquier cosa con mangas encima del vestido, y dan ganas de caminar por Corrientes hasta que se haga tardísimo.

—Me gusta mucho octubre —digo en voz alta.

—A mí también —responde Mabel, que camina del lado de la vereda.

Los demás van adelante; Delfina y todos los hombres. Mi novio se da vuelta.

—Al final, ¿cuál quieren ir a ver?

—Por mí vemos *A la hora señalada*.

—¿La de Gary Cooper?

—Sí. También trabaja Grace Kelly.

—Veamos esa —apoya Delfina.

—¿Por qué no vamos a ver *Facundo, el Tigre de los Llanos*?

—No, Pedro. Argentina ya vimos la semana pasada.

—Pero leí que es buena.

—No, muchachos. De caudillos ya estoy hasta el

cuello. Con el que nos gobierna tengo suficiente —advierte mi novio.

—¿Qué tiene que ver Perón en esto? —se ataja Pedro.

—En la Argentina peronista, Perón tiene que ver con todo —insiste Juan Carlos.

—No empiecen… —pide Mabel, casi por reflejo.

—¿Y *El prisionero de Zenda*? —propone Manuel.

—¿La de Stewart Granger? ¡Veamos esa! —me entusiasmo.

—Yo prefiero una argentina, la verdad —insiste Pedro.

Juan Carlos se vuelve hacia Manuel y le hace un comentario que no alcanzo a escuchar. Mabel y yo seguimos al resto unos pasos atrás. Me acuerdo de algo que quería contarle.

—Al final la llamé a Rosa, por si hoy querían venir con Ernesto.

—¿Y qué te dijo?

—Que no, que no podían. Esta semana tampoco.

Mabel menea la cabeza y sonríe apenas.

—¿De qué te reís?

—¿Te dijo que no, o te dijo algo más?

—Me dijo que Ernesto termina la semana muy cansado, y que los sábados necesita dormir todo lo posible.

—Ah, ahí sí me suena más a Rosa.

—¿Por qué?

—Porque lo que te está diciendo es una declaración de principios, Ofelia. Te está dejando claro que su marido es quien lleva adelante la fábrica. Vos no te ocupás, Delfina no se ocupa, yo no me ocupo, nuestros novios o maridos no se ocupan.

—¿Y qué con eso?

—Ahora nada. Pero lo quiere dejar establecido para cuando papá no esté —hace una pausa—. No la juzgo. Porque además tiene razón. A veces me gustaría tener esa capacidad para anticiparme, para pensar en el futuro.

Sigue casi una cuadra, antes de concluir.

—En algún futuro. El que sea.

Yo sigo en silencio. Le doy el brazo y me lo aferra. Continuamos caminando así. Adelante siguen dándole vueltas a qué película veremos. Mabel me hace acordar a Casandra, esa adivina griega de la guerra de Troya condenada a una tragedia doble: conocer los mínimos detalles del futuro y, al mismo tiempo, que nadie crea en sus profecías. Porque hay algo triste, siempre, en Mabel. Algo que está, algo que existe, aun cuando estemos riéndonos a carcajadas, o disfrutando de caminar por la calle Corrientes mientras decidimos la película que vamos a ver, o tomando el té en los lagos de Palermo. Mabel nos mira desde la otra orilla de un río que los demás no hemos cruzado. No lo hace con aires de superioridad. Para nada. Al contrario, a veces la sorprendo observándonos como si nuestra ingenuidad le provocara envidia. Como si, lejos de enorgullecerla, su clarividencia la incomodara.

Me gusta pensar que, de todas nosotras, soy la que Mabel siente más cerca de sí. Hay entre nosotras una intimidad que la lleva a compartirme las cosas que piensa, las cosas que siente, las que desea y las que teme, con una franqueza que al resto de la familia le retacea. Sé también que esa franqueza tiene límites, y que yo me abro con ella más de lo que ella se abre conmigo. Así fue, así es y sospecho que así será siempre. Pero de todos modos tiendo a pensar que sé más sobre Mabel de lo que saben mis hermanas, mis padres y, probablemente, su propio marido. A veces me pregunto cómo vivirá Pedro esa cualidad extraña de Mabel. Porque más de una vez la he visto observarlo con la misma expresión, a medio camino entre la paciencia y la compasión, con que nos mira a los demás.

El grupo de vanguardia se ha detenido para esperarnos a nosotras.

—¿Y? ¿Finalmente? —pregunta Mabel.

—Está decidido. Vamos a ver *El prisionero de Zenda*.

—¿Cómo? ¿No habíamos quedado en ver *Facundo, el Tigre de los Llanos*?

—Pero la pucha, somos un caso, también…

4

—No, mami. Tostadas no me hagas —dice Delfina.

—¿Pero vas a tomar el té pelado? —se preocupa mamá, que tiene la tendencia a temernos al borde de la inanición.

—Es que me cayó mal la cena.

—¿Qué comieron?

—Pizza en Los Inmortales —intervengo.

—Es por eso —interviene tía Rita—. Ahí tienen, como para que no les caiga mal.

—¿Qué tenés contra Los Inmortales?

—No sé ni qué es Los Inmortales. Me refiero a que ustedes viven a pizza y porquerías por el estilo.

—La pizza de Los Inmortales es muy buena, tía —digo.

—Un poco de harina, levadura y un poco de muz-zarella de porquería no puede ser buena. Y te lo cobran como si fuera vaya una a saber qué…

—No fue la pizza, tía —intenta Delfina—. Además comimos todos lo mismo, y a nadie le pasó nada.

—Habrás comido de más —no pierde la oportunidad la tía Rita.

—¿Y vos suponés que con Pedro, Manuel y Juan Carlos sentados a la misma mesa nosotras pudimos comer mucho?

—Se les hizo costumbre, ¿no? Eso de salir en tumulto.

No respondo. Me quedo pensando en eso de "tumulto". ¿Cómo hace la tía Rita para que hasta la frase más trivial pueda ser un dardo envenenado? Es una virtud que no sé si envidio o aborrezco. O las dos cosas.

—Lo disfrutamos mucho, tía —se hace cargo Delfina, inmune—. Además Manuel se lleva genial con Juan Carlos. Si los hermanos parecen ellos más que nosotras. ¿O no, Ofelia?

Sonrío y hago un gesto de asentimiento, mientras pienso que la llegada de Manuel a la familia ha tenido un efecto benéfico, y no solo porque estas salidas al cine son divertidísimas. Es un chico atento, inteligente, divertido, que con sus entusiasmos nos convence no solo de ir al cine sino de caminar la ciudad, recorrerla viendo cosas que antes no se nos ocurría ni mirar.

Hasta me siento más cerca de Delfina. Mucho más cerca. No me atrevo a decir que es igual que cuando éramos chicas, porque ahora somos adultas y los adultos estamos llenos de dudas y de complejidades. Y porque hace relativamente poco que percibo ese cambio. Hace cinco meses, cuando conocimos a Manuel, mi vínculo con mi hermana menor era casi protocolar. Y ahora, aunque mi grado de intimidad con ella no se parece al que sostengo con Mabel es, de todos modos, mucho mayor que el que teníamos hace un tiempo.

Todos los jueves, con *La Nación* abierta en la cartelera de cine, revisamos los estrenos y los horarios, y nos dividimos la organización de la salida. Como nuestros cuerpos son bastante parecidos y nuestros gustos en moda también, nos prestamos ropa y adornos. Es cierto que estos intercambios no carecen de un ligero matiz de competencia. A las dos nos gusta estar a la moda, estrenar zapatos, combinar nuestros atuendos para hacer más rotundas nuestra elegancia o nuestra belleza. Supongo que Delfina está más segura de sus atributos de lo que yo estoy de los míos. Pero el solo hecho de atreverme a lucirme, de aceptar ese juego, de esperar el comentario elogioso de los varones es, para mí, todo un logro.

Y nuestros novios se llevan estupendamente. Después de la película cenamos en algún lugar lindo de la avenida Corrientes. Nada demasiado caro o elegante, porque ni Juan Carlos ni Manuel están recibidos y siempre andan cortos de dinero. Y como Pedro y Mabel tampoco nadan en la abundancia, preferimos sitios alegres donde podamos quedarnos un buen rato charlando de la película o de bueyes perdidos, y riéndonos a carcajadas si tenemos ganas.

Como Mabel y su marido viven a cuatro cuadras de casa volvemos a Palermo todos juntos. Nos separamos de ellos al bajar del colectivo. Solemos divertirnos tanto que, para cuando nos despedimos, es usual que Mabel haya perdido ese aire taciturno que le vemos casi todo el resto de los días. Las tres cuadras que nos resta caminar las hacemos conversando con Delfina y nuestros novios. En el zaguán nos separamos: Manuel y Delfina pasan adentro y yo me tomo unos minutos para despedirme de Juan Carlos. En un acuerdo tácito de precedencia, Delfina parece aceptar que por una mera cuestión de antigüedad a mí me corresponde dis frutar de ese espacio más íntimo, más resguardado de la mirada indiscreta de mamá y, sobre todo, de la mirada reprobatoria de la tía Rita. Ya tendrá tiempo Delfina de usufructuar el zaguán y su penumbra cuando Juan Carlos y yo nos casemos.

—Pues lo que yo creo es que deberían llamarse un poco al orden y dedicarse a cosas serias —está diciendo la tía.

—¿Cosas serias? Si los dos trabajan, estudian, se preocupan… ¿cuánta más seriedad estás pidiéndoles, tía? —Delfina no se rinde.

—La plata que gastan en esas salidas bien podrían ahorrarla para casarse de una vez por todas.

Me mira directamente a mí. Sé que desaprobó que en lugar de apresurarnos a casarnos apenas nos comprometiéramos, que hiciéramos una fiesta, que sigamos sin establecer la fecha definitiva del casamiento, que sigamos porfiando con que no vamos a casarnos antes de recibirnos. Pero tengo la sensación de que la tía Rita me desaprobaría también aunque hubiese hecho todo lo contrario. ¿Por qué no se lo digo? ¿Por qué no le grito que se meta en sus cosas y deje de molestarme? ¿Por qué sigo teniéndole miedo?

Supongo que mamá se da cuenta de lo que estoy sintiendo, porque apoya con fuerza la tetera en la mesa y me pregunta directamente:

—Bueno, y al final, ¿qué tal la película?

Y la conversación se va definitivamente hacia otro sitio.

5

Juan Carlos gesticula, se gira hacia cada uno alternativamente, habla a los gritos, como le pasa siempre que está entusiasmado.

—Les dije que era buenísima. Mi hermana en eso no falla. Cuando te recomienda una película, ponele la firma que vale la pena.

—Como película del Oeste… —empieza Mabel—. Bueno, en realidad: ¿es una película del Oeste?

—No.

—Sí.

Los muchachos se ríen de su absoluto desacuerdo.

—¿Cómo no va a ser un wéstern *A la hora señalada*? —fundamenta Juan Carlos—. Toda la película transcurre en un pueblo del Oeste y gira alrededor de un duelo…

—Pero el duelo a tiros es lo de menos, Juan Carlos —opone Pedro—. Para mí es un drama.

—¿Cómo un drama?

—Sí, un drama… un drama humano. La película habla de la lealtad.

—Uh, vos y la lealtad. ¿Hace falta que te pongas en peronista hasta para hablar de una película?

Juan Carlos se lo dice en chiste y el otro lo toma en esa dirección.

—No empiecen —advierte Mabel—. Pero escuchemos a una de nuestras directoras de debate. ¿Qué opina, señorita Ofelia?

—¿Directora de debate? ¿Y eso por qué?

Los tres se ríen y, aunque no entiendo de qué, me doy cuenta de que tiene que ver con algo que tienen hablado. De lo contrario no se entiende esa complicidad.

—Ay, mi amor. Me extraña. Nosotros podemos decir cualquier pavada sobre las películas que vemos, pero Manuel y vos son dos campeones: donde ponen el ojo... —se queda en suspenso como buscando cómo terminar, pero advierte que no fue la mejor imagen la que utilizó y la deja por la mitad—. Ustedes ven otra película. Mejor dicho. La ven más a fondo. ¿O no?

Como si no estuviera conforme con su argumentación, busca la mirada de Pedro y de Mabel, que se apuran a asentir.

—Eso lo tenemos claro —agrega mi hermana—. Comparados con vos y con el novio de Delfina los demás somos unos improvisados.

—Y ya que hoy nos falta Manuel... conteste, profesora —me conmina Pedro, en tono de chiste—. ¿Es *A la hora señalada* un drama o un western?

Me quedo un tanto perpleja. Nunca había pensado que los demás me atribuyeran semejante superioridad en nuestras charlas de los sábados. ¿A mí y a Manuel? En su caso sí lo entiendo. Una lo escucha y parece que la película la hubiese visto no una sino cinco veces. Tantos son los detalles que destaca, los matices, las minucias en los diálogos. Manuel sí tiene un don para ver cine y para conversar después. ¿Pero yo? Nada que ver.

—Se equivocan de medio a medio. Ni siquiera soy capaz de darle la razón a Pedro o a Juanca.

—Qué raro —dice mi novio.

—Pues sería la primera vez —agrega Pedro.

—¿Te pasa algo? —pregunta Mabel.

Digo que no con la cabeza y emprendemos la marcha para el lado de Avenida de Mayo. Pedro nos conduce a un restaurante que le recomendaron y al que hasta ahora no habíamos ido. Como la vereda de la calle Esmeralda es muy angosta los hombres van adelante y Mabel y yo, del brazo, vamos detrás.

—¿Qué era lo que tenían? —pregunta Mabel.

Aunque la pregunta luce incompleta entiendo a qué se refiere.

—Se casaba un compañero del trabajo de Manuel.

—¿Y los invitaron a la fiesta? ¡Qué lujo!

—Parece que la familia del muchacho está muy bien de dinero. Eso me dijo Delfina.

Seguimos caminando en silencio.

—¿Seguro que no te pasa nada? —insiste Mabel.

—Pero, nena, ¿qué me va a pasar?

La luz de la vidriera de una zapatería le da de lleno y la veo mirarme: escrutadora, seria, sigilosa, como si supiese vaya a saber qué pero no quisiera decirme.

—Nada, nada —dice por fin, y seguimos caminando.

6

¿Por qué no dejás las cosas como están, Ofelia? Eso me lo pregunto, por última vez en esta noche de sábado, cuando el colectivo 39 gira desde la avenida Santa Fe por la calle Carranza y se interna en las manzanas oscuras de Palermo Viejo. Me lo vengo preguntando desde hace rato, de hecho. Desde la primera vez que vi la expresión rara que tiene Mabel esta noche. Fue cuando salimos del cine. Pedro y Juan Carlos hablaban de la película, y me preguntaron algo, y la verdad es que ni siquiera me acuerdo de qué fue lo que me preguntaron porque yo estaba en mi propio mundo, vaya una a saber por dónde. Y los muchachos no le dieron mayor importancia, pero Mabel se me quedó mirando con esa cara de "estoy pensando pero mejor no te digo en qué". Y esas cosas a mí me desesperan. No es que me molesten los silencios. Pero sí me irritan cuando sé que tienen que ver conmigo. No me gusta atosigar a la gente para que me diga lo que piensa. Pero si advierto que la cosa es conmigo, es distinto.

Fuimos a cenar los cuatro y Mabel siguió con esa cara rara. Le pregunté por gestos qué bicho le había picado, pero se hizo la zonza. Juan Carlos y Pedro seguían conversando entre ellos. Ya habían dejado de hablar de la película y discutían abiertamente de política. Que si está bien que le hagan un monumento a Eva, que si está mal. Si hubiese estado Manuel los hubiese obligado a cambiar de tema. Sabe que a nosotras la política nos interesa pero hasta un punto. Tampoco tenemos ganas de pasarnos la noche discutiendo si está bien la veda de la carne para reconstruir los rodeos ganaderos.

Se pusieron tan pesados que terminé pidiéndole a Juan Carlos que cambiaran de tema. Se ve que estaba susceptible, porque me miró con cara de ofendido cuando se lo dije. No creo haber sido ofensiva, pero igual me miró como si mi pedido lo hubiese sorprendido o irritado. Me hizo caso. Pedro también hizo el esfuerzo y pudimos por fin hablar de otras cosas. Pero la cena siguió como un día nublado, con una luz opaca y uniforme, como un tiempo que se gasta sin pena y sin gloria. Cuando Mabel propuso que pidiésemos la cuenta nadie se opuso, como si los cuatro estuviésemos de acuerdo en que ya era la hora de volver. Mientras salíamos volví a interrogarla en un murmullo.

—¿Pasa algo?

Y lo que hizo me dejó más nerviosa todavía, porque en lugar de negar como había hecho antes alzó los ojos y miró a Pedro y a Juan Carlos y después a mí, en un gesto inequívoco de "¿No ves que con ellos delante no voy a decírtelo?". Son demasiados años siendo hermanas como para no entenderlo. Peor que peor. Todo el camino me la pasé exprimiéndome el cerebro para intentar encontrar el motivo de su… ¿tristeza? ¿malestar? ¡Por Dios! ¿Qué cuernos le pasa a mi hermana?

Me puse tan nerviosa que me tomé del brazo de Juan Carlos y apreté el paso, para dejar a Mabel y a su marido unos metros detrás. Pero la sensación de sentirme observada, pensada, juzgada, en lugar de abandonarme se hizo más y más intensa.

Por eso ahora, que nos levantamos de nuestros asientos y Juan Carlos le pide al chofer que se detenga cruzando El Salvador y nos desplazamos con cautela mientras el colectivo se bambolea sobre el empedrado de la calle Carranza, vuelvo a pensar por última vez si vale la pena insistirle o mejor me quedo callada.

Pero no puedo. Pensar que alguien está barruntando algo sobre mí y que me lo está ocultando es como tener la mano apoyada en el pasto y sentir hormigas subiendo por la piel y dejar la mano quieta. Simplemente es imposible.

Por eso una vez que bajamos me vuelvo hacia ella y me tomo de su brazo para caminar juntas hasta la esquina de Honduras. Juan Carlos y Pedro aprovechan para retomar su acalorado debate sobre la veda de la carne, unos metros más atrás.

—¿Me vas a decir de una vez por todas qué te pasa?

Espero que mi tono de voz le demuestre que no estoy dispuesta a seguir aceptando negativas. Mabel suspira. Me escruta con esa sinceridad que a otras personas las incomoda. ¿Y a mí? Creo que en este momento también me está incomodando.

—Estás peor de lo que me imaginé, hermanita —me suelta por fin.

¿Peor? ¿Hermanita? ¿Y quién se cree que es esta engrupida para tratarme con esa condescendencia?

—¿Se puede saber qué bicho te picó?

—A mí ninguno, Ofelia. Pero tratá de que no se te note tanto.

—¿Que no se me note qué?

—Lo triste que estás porque esta noche no lo viste a Manuel.

37

7

Mabel se aleja del brazo de Pedro, que le señala algo en la fachada de una de las casas de la vereda impar de la calle Honduras. Ella debe estar respondiendo algo, porque también alza un brazo en la misma dirección. Intento respirar, pero el aire ni entra ni sale de mi cuerpo. ¿Es cierto lo que escuché? ¿Es verdad que dijo lo que escuché que dijo? Veo que mi brazo se sacude. Aferrada a mi brazo está la mano de Juan Carlos, y mi brazo se mueve porque es su mano la que lo está zarandeando. Voy de su mano a su brazo y de su brazo a su cara y de su cara a su boca y advierto, confusamente, que me está hablando.

—¿Qué?

—¡Que qué te pasa, mi amor! Tenés una cara rarísima.

Vuelvo a mirar hacia Mabel y Pedro. ¿En qué momento me saludaron y se fueron? ¿En qué momento Juan Carlos empezó a preguntarme qué me pasaba?

—Nada —es todo lo que se me ocurre decir.

—¿Nada? No parece. Tenés cara de espanto.

—¿Por?

—Bueno, no sé si de espanto, porque el espanto va mejor con un tono de piel "blanco tiza", y vos tenés un color "rojo como un tomate a punto de explotar" —Juan Carlos suelta una risita—. ¿Vamos?

Soy incapaz de moverme y soy incapaz de responderle. Soy incapaz de casi todo. Lo único que puedo hacer es seguir mirando hacia esas sombras en las que se están convirtiendo Mabel y Pedro a medida que se aproximan a la esquina de Emilio Ravignani. No puede ser que haya dicho lo que dijo, pero no hay ninguna posibilidad de que la haya escuchado mal. Lo dijo. La muy imbécil lo dijo.

—¿Dijo qué? —me pregunta Juan Carlos.

—¿Qué?

—Ay, Ofelia. ¿Qué te pasa, mi amor?

Se ve que lo de "la muy imbécil" lo solté en voz alta. Y para colmo me da la impresión de que la voz de Juan Carlos empieza a tener un matiz de preocupación.

—Perdón, Juanca. Estoy distraída.

—Enojada estás. Se te nota.

Me conoce. No puedo mentirle.

—¡Mabel! —suelto, y me hace bien nombrarla así, con enojo—. ¡Me dijo algo que me puso furiosa!

—¿Qué te dijo?

¿Qué me dijo? Que me notó triste porque no lo vi a Manuel. Pedazo de estúpida. ¿Cómo me va a decir una cosa así? ¿Está loca o es imbécil?

—Ofelita… ¿Qué te dijo?

Juan Carlos insiste. Es lógico. Pero yo no puedo decirle lo que la idiota de mi hermana acaba de decirme. De ninguna manera. Levanto la vista hacia la noche, hacia la esquina más allá de la cual Pedro y Mabel se hundieron en la sombra. Tendría que venir ella a repetirlo. A ver si se anima a repetirlo delante de mi novio. O de su marido. O del propio Manuel. Pero no, claro. La muy cobarde me lo dice a mí porque sabe que no voy a retrucarle nada.

—¿No vas a decirme?

De nuevo la nota de preocupación en la voz de Juan Carlos. Siento que la indignación me cierra la garganta. La indignación y la impotencia. Quiero decirle a mi novio de inmediato, ya mismo, lo que acaba de hacerme Mabel. Pero no puedo. De ningún modo. Que sea una idiotez, y que sea mentira, no significa que no duela. No solo puede lastimarnos la verdad. Las mentiras también, y vaya que pueden.

—Nada. Una estupidez, mi amor.

Mi voz de ultratumba debe desmentir eso de que es una nimiedad. Pero es todo lo que alcanzo a balbucir.

—La cara que tenés es de cualquier cosa menos de "una estupidez", Ofelia.

No decir la verdad… ¿es una manera de mentir? Con Juan Carlos compartimos todo. Nos decimos todo. No tengo secretos con él. Ni uno solo. Me gusta pensar en Juan Carlos no solo como mi novio sino también como mi amigo, mi confidente. ¿Tengo, entonces, que decirle esto? No. No puedo mezclarlo en la ofensa que Mabel acaba de infligirme. Mabel me puso a la altura moral de una cualquiera. Y a él lo dejó como a un estúpido. Un cornudo bobalicón. Eso es lo peor. Yo no fui la única insultada. Mabel también lo insultó a mi novio. Pero tengo que protegerlo igual. A él, y a Delfina. Y al propio Manuel.

—Ofelita.

Juan Carlos vuelve a insistir. Le sostengo la mirada un instante. ¿Estoy llorando? Sí. Maravilloso. Estoy llorando. Y tengo mis razones. La principal es que voy a mentirle a mi novio por primera vez en toda mi vida. Hay un modo menos solemne de pensarlo, porque nos conocemos desde hace tres años, y eso no necesariamente equivale a "toda mi vida". Pero lo de "toda mi vida" me duele mucho más y prefiero sentirlo así, indignarme hasta el límite o más allá del límite con la idiota de Mabel, y sentirme ultrajada hasta el fondo de mi alma por su comentario imbécil, desubicado y falso. Por eso mejor así. Completo y absoluto. Toda la vida.

—Me dijo que este vestido le parecía horrible.

Juan Carlos parpadea varias veces, con el ceño fruncido. Al final su gesto se aclara.

—¿El vestido? Tanto lío por… ¿el vestido?

Acabo de mentirle. Y cada vez que asiento con la cabeza dando a entender que sí, tanto lío por el vestido, estoy mintiéndole de nuevo.

—Además… ¿no lo usaste varias veces ya?

—Claro que lo usé. Y hasta me lo elogió y todo la vez pasada.

Nueva mentira. Mabel no me dijo nunca jamás una palabra sobre este vestido azul.

—Entonces no te preocupes, querida. Tendrá un mal día. Además te queda lindísimo.

—Lo del mal día puede ser. Pero que se la agarre conmigo no tiene por qué.

No tengo la menor idea de si tuvo o no tuvo un mal día, la muy idiota. Pero aceptando que sí estoy hundiéndome en mi mentira número tres. Caminamos lentamente hasta mi casa. Casi no cruzamos palabra. En una noche normal lo lógico es que lo invite a pasar. Seguro que mamá y papá todavía están levantados escuchando la radio en el comedor, y está instituido que en esos casos podemos quedarnos en el living, aunque con la puerta de comunicación abierta y luces encendidas en cantidad suficiente. Pero la verdad es que no estoy de ánimo.

—Disculpame, mi amor. No me siento bien. No sé si me cayó mal lo que comimos o qué, pero prefiero irme a dormir.

Mi novio asume mi cuarta mentira con la misma ingenua tranquilidad que las tres anteriores. Me acaricia la mejilla, sonríe, me da un beso leve en los labios y yo siento otra vez muchas ganas de llorar. A duras penas consigo, en cambio, sonreír.

Mi novio, el hombre al que amo, el muchacho con el que me he comprometido, el chico al que acabo de mentirle cuatro veces, se toca el ala del sombrero y se aleja por la vereda.

Cierro la puerta, saludo a mis padres desde el umbral y sigo rápido hacia mi cuarto. Creo que mamá me pregunta algo, pero me hago la que no escucho. No quiero que vea la cara que tengo, porque me va a preguntar, y ya dije demasiadas mentiras esta noche. Me encierro en mi dormitorio, furiosa. ¿Quién se cree la estúpida, la chusma, la ridícula de Mabel? ¿Quién se cree que es? ¿Cómo se le ocurre hacerme semejante comentario? ¿Quién cuernos se cree que es?

8

Llevo un rato acostada boca arriba en la pieza a oscuras. Mis padres ya apagaron la radio y la luz del comedor, y sus pasos en pantuflas ya pasaron hacia el dormitorio. No van a dormirse todavía. Van a esperar a escuchar a Delfina, que todavía no ha vuelto.

Me cruza la cabeza un pensamiento estúpido: esta noche horrible empezó con Delfina y su novio yendo a un casamiento del que todavía mi hermana no volvió. Si puedo convencer a Mabel, explicarle, hacerla entrar en razón, demostrarle que lo que dijo es una barbaridad ofensiva y mentirosa, Mabel retirará lo dicho y todo volverá a ser como antes.

No tuve ánimo para cambiarme. Me dejé caer en la cama sin más. A medida que mis ojos se acostumbran a la oscuridad empiezo a distinguir los objetos en la penumbra: los detalles de la pieza, los libros sobre el escritorio, los botones de mi vestido.

Mi vestido azul, que pasará a la historia como el objeto de la primera mentira que le dije a mi novio. La primera de unas cuantas. Mentiras nuevas, mentiras frescas, mentiras recién estrenadas. Me pesan en el estómago como una comida atravesada y mal digerida. Odio decir mentiras. Me gusta pensar que soy una persona sincera. Me gusta experimentar la fortaleza, la energía que a una le da saber que está diciendo la verdad sin fisuras, sin dobleces, sin ocultamientos.

Cuando éramos chicas la tía Rita nos sometía, a Delfina y a mí, a interrogatorios pacientes y escabrosos en los que intentaba determinar si éramos sinceras. A mí me daban tanto miedo sus ojos grises fijos en mí que decía la verdad al precio que fuese. Delfina no. Delfina era capaz de desafiarla hasta límites que a mí me despertaban el miedo y el asombro.

Intento consolarme pensando que, en este caso, es imposible decir la verdad. Ser sincera, explicarle a Juan Carlos los motivos de mi enojo con Mabel, está fuera de las posibilidades. Si le cuento a mi novio las barbaridades que Mabel anduvo diciendo, Juan Carlos también va a enojarse con ella. Y aunque yo le haga prometer que no va a decir una palabra, y mi novio cumpla la promesa, nada volverá a ser lo mismo. Juan Carlos es un chico bueno, pero le corre sangre por las venas, al fin y al cabo. Que acusen a tu novia de enamorarse de otro no es algo que pueda dejarse correr. Siento que la rabia y la vergüenza me suben otra vez desde las entrañas hasta la piel.

Pero, ¿por qué vergüenza? ¿Por qué no rabia y nada más? Creo que lo que me da vergüenza es la posibilidad de que Mabel no sea la única que piensa esa estupidez. ¿Existe alguna posibilidad de que Delfina piense lo mismo? Imposible. Me lo habría dicho. Sobre todo porque ahora, desde que las dos estamos de novias, desde que compartimos tiempo paseando y conversando y divirtiéndonos, nuestra relación ha mejorado un montón y se parece a la que teníamos desde chicas. Bueno, podría ser que justamente por eso no me lo quisiera decir. Si lo vio, me refiero. Si lo teme, quiero decir. ¿Y si Delfina tiene miedo de hablarme de sus temores precisamente para no destruir lo que parece que estamos reconstruyendo?

Me siento peor. Me siento morir. Tal vez Mabel no es la única que cayó en ese equívoco conmigo y con Manuel. Tal vez Delfina también sospecha que estoy enamorándome de su novio. El horror me llena otra vez los ojos de lágrimas. ¿Y si las dos están convencidas? ¿Y si, a mis espaldas, lo han hablado entre ellas? ¿Cómo pueden, Dios santo, como se atreven a concebir una locura como esa?

Las lágrimas son tantas que me resbalan con cada pestañeo, y yo no hago nada por detenerlas. Escucho el sonido minúsculo que sueltan al estrellarse contra la almohada.

¿Qué debo hacer? ¿Tomar la iniciativa y hablar con Delfina? ¿Explicarle que la suposición de Mabel, además de ofensiva, es completamente ridícula? ¿De dónde, por Dios, de dónde puede haber sacado mi hermana semejante idea?

Intento un rápido inventario de lo sucedido en los meses que llevamos tratando a Manuel. Nuestro primer encuentro en casa, cuando lo conocimos, la tarde aquella en que Delfina lo presentó a la hora del té. Las salidas al cine. Las caminatas por el centro. Los paseos, las charlas de café, las cenas.

¿Hablé con Manuel en esas circunstancias? Por supuesto que sí. ¿Qué pretende Mabel? ¿Que me comporte como una bruta? ¿Que ignore redondamente al novio de mi hermana menor? ¿O acaso yo no converso con los maridos de las mayores? ¿Acaso no converso con Pedro? ¿Y en algún momento vino la estúpida de Mabel a pedirme que no lo hiciera? Bueno sería, por otro lado. Porque con Pedro yo no tengo mayores temas de conversación y sin embargo intento siempre ser cordial. Y en cambio con Manuel sí tengo afinidades, aunque no haya nada de malo en esas afinidades. Nos gustan los mismos libros y las mismas películas. Detestamos cosas parecidas en algunas de las películas que vemos. Me causan gracia los chistes que hace para animar nuestras salidas. ¿Es un pecado, acaso?

En la penumbra de la habitación mi desesperación sube un último peldaño. ¿Y si el propio Manuel me ha malinterpretado? ¿Y si Manuel mismo es el que piensa que le anduve coqueteando? En una de esas se sintió molesto y lo habló con Delfina, y Delfina lo habló con Mabel para que me lo dijera a mí como para disuadirme...

Basta, Ofelia. No puedo seguir trepándome a esta locura. Porque es una locura de la que Mabel es responsable. No yo. Si malinterpretó las cosas, los gestos, las palabras, es un problema suyo. No mío.

A ver, hagamos una prueba. Repasemos la última vez que nos vimos, como para verificar si hubo algún gesto sospechoso, alguna palabra equívoca. ¿Cuándo fue? El sábado pasado. Pienso el sábado, en nuestra salida grupal al cine, porque al día siguiente nos vimos en el almuerzo con toda la familia y Juan Carlos y yo después nos fuimos a pasear por la Costanera. Bien, entonces: ¿qué pasó el sábado pasado?

Nada fuera de lo común, sin duda. Fuimos al cine. Salimos y caminamos, los seis, por Lavalle hacia Carlos Pellegrini. Mabel dijo que la película le había gustado más o menos. Pedro y Delfina la contradijeron: ellos habían salido entusiasmadísimos. Entonces Manuel intervino y dijo que los actores estaban bien, pero que la historia lo había defraudado. Y cuando Mabel le preguntó por qué, yo no pude con mi genio y le di mis propias razones. La protagonista se pasaba toda la película criticando a su familia y a sus amistades por frívolos, por estructurados, por prejuiciosos y por materialistas, y al final ella misma terminaba feliz de la vida por el solo hecho de que esa familia y esas amistades terminaban aceptando y queriendo a su novio pobre, trabajador, honrado y lleno de virtudes. "Me molesta cuando las historias se resuelven con un truco de magia." Eso fue lo que dije. "No sé para qué me gasto en pensar las cosas, Ofelia, si usted las dice exactamente como a mí me gustaría decirlas." Eso fue lo que dijo Manuel. Me miró y nos sonreímos. Y seguimos caminando por Lavalle y eso fue todo.

Siento en las mejillas una catarata de lágrimas que bajan como un torrente. No es que esté llorando más, al contrario. Estoy sonriendo, y los ojos se me achinaron, y las lágrimas que sobrenadaban en mis ojos ahora se derramaron todas juntas. Supongo que sonrío al recordar ese comentario de Manuel. ¿A quién no le gusta que la elogien? Estábamos casi en la esquina de Lavalle y Pellegrini, porque recuerdo que Manuel iba adelante y se dio vuelta para comentar eso y detrás se veía el espacio abierto de la 9 de Julio. ¿Seguía Manuel del brazo de Delfina? No me acuerdo. Intento reconstruir mejor la escena pero no lo consigo. ¿Dónde están Pedro y Mabel durante el diálogo? ¿Yo voy del brazo de Juan Carlos?

Me exprimo el cerebro pero no soy capaz de recordarlo. No sé dónde está mi novio, ni si dijo algo, ni el sitio de mi cuñado y mis hermanas. Es raro, pero mis únicos recuerdos del sábado pasado son Manuel y mi alegría.

Escucho la puerta de calle y el sonido de la cerradura. Los pasos de Delfina. Debe haberse llevado los zapatos de taco alto, los negros con la hebilla plateada, por cómo suenan sus pasos en las baldosas del pasillo. Ahora debe habérselos quitado para no hacer ruido delante de las habitaciones. Apenas un rumor sordo de telas la acompaña hacia el dormitorio. De todos modos dejo de escucharla porque me distrae otro sonido. El de unos pasos en la vereda. Tiene que ser Manuel el que pasa por delante de mi ventana.

Me resulta extraño pensar en Manuel pasando a un metro de donde estoy, tendida en mi cama, en la habitación a oscuras. El ruido empieza a decrecer. Ya ha pasado. Aguzo el oído, pero nada. Sus pasos acaban de perderse más allá de la esquina. ¿Por qué me puso nerviosa escuchar su inminencia? ¿Por qué me siento vacía? ¿Por qué no puedo acordarme dónde estaba Juan Carlos cuando conversábamos de la película y en cambio me acuerdo perfectamente de Manuel, de sus palabras, de la 9 de Julio a sus espaldas?

¿Y si es verdad? ¿Y si Mabel tiene razón? ¿Y si esta

noche estuve contrariada por su ausencia? ¿Y si es cierto que estoy enamorada de Manuel?

Ahora sí me tapo la cara con la almohada porque necesito llorar. Llorar mucho. Llorar a gritos. Pero mamá todavía no debe haberse dormido. Recién ahora, que Delfina pasó por su pieza para avisarle que llegó, podrá dormir tranquila. Y no quiero que me escuche.

9

Me despierto sintiéndome turbia, confundida. Me incorporo en la cama. Aguzo el oído. Me llama la atención el silencio y recién entonces miro el reloj. Como me dormí pasadas las cinco me había imaginado que sería bien avanzada la mañana. Pero no. Son las siete y cinco y soy la única que está despierta a esta hora del domingo.

Dormir es una forma de decir. Fueron una cadena de sobresaltos y sueños horribles y dolor de cabeza, en un continuo que parece perpetuo aunque se haya prolongado, al parecer, menos de dos horas.

En la claridad que se cuela por los postigos de la ventana veo, sobre la mesa de luz y al lado del despertador, el portarretrato con la foto de Juan Carlos. Nos hicimos un regalo idéntico el día de nuestro compromiso: una foto dedicada en marcos gemelos. Cuando tengamos nuestra casa los pondremos juntos. "Al amor de mi vida", dice el suyo. La fecha y su firma.

Los ojos se me anegan otra vez. Y yo que había creído que me había gastado todas las lágrimas. Apenas suelto las primeras siento el ardor de mis mejillas. Lloré tanto que debo tenerlas irritadas. Y ahora de nuevo. Es por lo que acabo de pensar. Eso de "cuando tengamos nuestra casa".

¿Y si acabo de arruinarlo todo? Mi vida. Mi futuro. ¿Y si arruiné la vida de Juan Carlos? Pobrecito. Hace ocho horas me despidió sonriente en la puerta de casa, después de creerse a pies juntillas mis mentiras sobre Mabel, el vestido y mi rabieta. Y yo me pasé la noche dándole vueltas al recuerdo de alguien a quien casi no conozco, que me cae bien, pero que es casi un desconocido.

Intento serenarme. Me cae bien Manuel. Es verdad. Pero eso no tiene por qué ser un problema. Trato de recordar dónde está Juan Carlos en esa imagen de nuestra última salida grupal al cine, esa que lo tiene a Manuel dos metros delante de mí, con la 9 de Julio de fondo, y sigo siendo incapaz de recordarlo. Ni él, ni Pedro, ni mis hermanas. "Al amor de mi vida", dice la foto. Y el amor de su vida se ha dedicado a hacerse la linda y la simpática con otro tipo, que dicho sea de paso es el novio de su hermana más chica, y el amor de su vida no tiene consuelo ni tiene perdón.

Me levanto, camino hasta la cocina, enciendo la hornalla y pongo la pava. Mamá aparece en la puerta cuando ya estoy colando el café.

—Hola, hija, ¿dormiste bien?

—Sí, ma —miento—. ¿Vos?

—Sí, también.

No es cierto. Sé que estuvo levantada hasta el regreso de Delfina. Las mentirosas somos dos en esa cocina.

—Tenés mala cara, Ofelia. ¿Estás segura de que descansaste?

"No. Casi no pegué un ojo y lloré toda la noche." Esa es la verdad, pero no puedo decirle semejante cosa.

—Sí. Pero me parece que tomé frío y me congestioné un poco. Debe ser eso.

—Pero, hija, les tengo dicho que se abriguen. Con tal de estar de figurín vos y tu hermana salen de cuerpito gentil con un vestido de verano y el tapado encima. Y así se enferman.

Me alegro de que mamá acepte tan rápido mi explicación sobre congestiones nasales. A todos nos tranquiliza tener razón. Ahora tenemos para diez minutos de argumentos monocordes y convencidos acerca de la inconsciencia juvenil y los peligros de las gripes otoñales.

El sol ya está alto e ilumina la mesada. Un rayo oblicuo cae más allá, debajo de la mesa, me da de lleno en el pie izquierdo y me lo entibia. Es una sensación agradable. Alzo los ojos hacia mamá y asiento: lo suficiente como para darle a entender que mantengo el hilo de lo que sigue diciéndome. Estiro el pie derecho para que también le dé el rayo de sol. Suspiro. El calorcito me va ganando desde las piernas hacia arriba. Casi a mi pesar voy sintiéndome mejor hasta que reparo en que mamá me mira en silencio.

—¿Qué me decís a eso, Ofelia?

Estoy perdida. No tengo ni idea de que es "eso", mucho menos puedo tenerla sobre qué decir al respecto de ese "eso".

—Tenés razón, mami. Pero no es para tanto.

Mamá me considera unos segundos, frunce la boca en esa expresión que significa "esta chica no tiene remedio" y que aplica con todas nosotras y se levanta a servir té, porque para los enfriamientos como el mío el café no es bueno y el té, en cambio, es una maravilla.

El sol sigue entibiándome las piernas. Las tostadas que mamá puso al fuego empiezan a oler. El chorrito de agua en el colador hace un sonido conocido, previsible, familiar y cercano. ¿Es tan grave lo que me ha pasado? ¿Es necesario tomarlo tan a la tremenda? Veamos, Ofelia. Te cayó bien el novio de tu hermana. Es un muchacho inteligente, simpático y amable. Bien. Además es churro. Genial. ¿Está mal que hayas disfrutado de su compañía?

Sí, está mal, sigue siendo la respuesta. Pero está el sol, el té recién hecho, mamá que sonríe mientras pasa las cosas desde la mesada hasta la mesa. ¿Acaso estoy menos enamorada de Juan Carlos? En absoluto. Lo amo lo mismo que ayer, lo mismo que la semana pasada y que la semana que viene. Lo que me pasó con Manuel, sea lo que sea, no llega ni a la categoría de confusión. Y si me confundí, ¿qué tanto? ¿Nadie se ha confundido antes que yo? ¿Nunca?

—Agregale mucha azúcar, que estás verde.

Mamá suele hacernos esos diagnósticos cromáticos. Y la solución siempre es reforzar nuestra ingesta de alimento. De modo que acepto sumisa que me atiborre de tostadas con manteca y le sonrío con expresión de "ay, mamá, no tenés remedio". La conoce hasta el cansancio porque todas nosotras la miramos así no menos de una vez por semana, pero sabe que no tiene sentido discutir, por lo menos mientras estemos dispuestas a, además de mirarla con escepcitismo, vaciar cuanto plato nos ponga por delante.

10

Una vez, cuando con Delfina todavía estábamos en la escuela primaria, se nos ocurrió meternos en la pieza de la tía Rita mientras ella iba al cementerio a visitar a algunos muertos antiguos. El dormitorio de la tía no está en la planta baja, como el resto de la casa, sino en una especie de altillo al que se llega a través de una escalera de madera de roble que sale desde el comedor.

Por supuesto que la tía nos tenía —nos tiene— absolutamente prohibido ingresar a sus dominios. Esa habitación es su santuario, o su guarida, de acuerdo a cómo una quiera pensarlo. Creo que Mabel y Rosa no se atrevieron jamás a trasponer ese umbral. Con Delfina lo sabíamos, y nos pareció una oportunidad estupenda para demostrarles a "las más grandes" que "las más chicas" teníamos un temple del que ellas, evidentemente, carecían.

El solo hecho de aventurarnos en la escalera constituía un flagrante desafío. La tía consideraba que su territorio se iniciaba allí, en el escalón más bajo. Obligaba a las empleadas de limpieza a encerarla con un ahínco y una pertinacia que en realidad estaban destinados a mi madre, aunque debimos crecer para entenderlo.

Hermana pobre de mi padre, hermana viuda, hermana sin recursos que vive de la caridad de don Fernández Mollé, la tía Rita tuvo el tino de no intentar moldear nuestra casa a su antojo. En eso mi madre fue inflexible. Que tu hermana venga a vivir con nosotros todo el tiempo que quiera, pero que no pretenda darme lecciones de cómo manejar esta casa. Esas, más o menos, habrán sido las palabras de mamá. Y Rita no tuvo otro remedio que aceptarlo así, y es justo decir que cumplió con eso de respetar los criterios de mamá. Debe haberle costado muchísimo. Debe haberse mordido los labios hasta sangrárselos. Debe haber dado más de un portazo solapado. Pero se cuidó muy bien de decir una sola palabra.

Claro, la vida le puso algunos atajos a la mano como para desembarazarse de la bronca. Nosotras, para empezar. Tratarnos como inútiles, tacharnos de consentidas, considerarnos mal educadas se convirtió en un hábito que, a juzgar por el fulgor de sus ojos grises cuando nos dice esas cosas, debe disfrutar mucho. Y también tiene las labores hogareñas. A mamá la casa no le es indiferente, pero nunca tuvo el tiempo ni el deseo de convertir la casa en un quirófano. La tía, en cambio, parece decidida a conseguirlo. Y no le importa acechar a cada instante a las empleadas, despotricar contra su falta de esmero, ir detrás de ellas limpiando sobre limpio. Claro que tanto para decirnos lo que piensa de nosotras como para organizar a su antojo la limpieza de la casa, Rita tiene que asegurarse de no chocar con mamá, porque si chocan mamá hace valer el pacto que estableció con papá en la noche de los tiempos. Y como Rita no es tonta aplica aquello de más vale cabeza de ratón que cola de león, y en consecuencia cría este ratón en el que las empleadas y sus sobrinas somos un cuerpo más o menos obediente o, por lo menos, susceptible a su censura.

Pues bien, lo de la escalera es una de esas estupideces que miradas desde lejos no se entienden y observadas desde cerca tienen significados profundos. La tía Rita se caracteriza por no aprobar, en líneas generales, nada que haga nadie distinto de ella. Desaprueba métodos, objetivos, valores, modalidades, estilos y necesidades. Y como con mamá no puede hacer como con nosotras, porque doña Luisa le frena el carro con tajante ferocidad, elige un método tangente. Mantiene su habitación, y la escalera que conduce a su habitación, de acuerdo con el criterio de lo que ella considera verdaderamente limpio y verdaderamente ordenado. Es un modo de decirle a su cuñada: "No puedo obligarte a ser una buena ama de casa. Pero te lo demuestro con hechos, desde el primer peldaño de la escalera hasta el último rincón de mi pieza".

Es por eso que manda encerar una vez, y otra vez, y otra vez, los escalones de cedro. Y que obliga a la empleada de turno a remover cada mueble y cada objeto de su habitación para quitar hasta la más irrisoria mota de polvo.

Cuando la escuchamos en el desayuno decir que salía para la Chacarita, y la vimos suspender la mirada sobre mamá como diciendo "y vos tendrías que hacer lo mismo" supimos que teníamos buen margen para la aventura. En realidad fue Delfina la que propuso que lo hiciéramos y yo debí disimular el pánico y decir que sí, para que mi hermana menor no se burlase de mi cobardía.

Apenas escuchamos cerrarse la puerta de calle detrás de la tía fuimos, furtivas, hasta el pie de la escalera.

—Sacate los zapatos —le dije a Delfina—. Así no se marcan las pisadas.

Delfina me hizo caso. Aguantando la risa de nervios que nos asaltaba a cada paso subimos los quince escalones. Por suerte la puerta no tenía cerradura, porque de lo contrario ahí habría terminado la expedición. Entramos. La pieza era sencilla. Una cama de una plaza. Un escritorio estrecho bajo la ventana. Unos pocos estantes con libros religiosos. La foto de una mujer de aspecto severo. Un crucifijo. En eso estábamos cuando escuchamos la puerta de calle. No podía ser, pero era. La tía Rita estaba regresando mucho más temprano de lo que habíamos calculado. La tía Rita estaba a punto de descubrirnos y el infierno abría sus fauces listo para devorarnos. Cerramos los cajones que apenas habíamos empezado a investigar y salimos de la habitación.

Estábamos en medias. El descanso superior de la escalera relucía igual de brillante que cada uno de los escalones. Si hubiese bajado con cuidado, aferrándome a la baranda, asentando con precaución un pie y después el otro, nada malo habría ocurrido. Pero era tal la desesperación que sentía que salí a la carrera dispuesta a bajar de dos en dos los escalones. Llevaba tal velocidad que mi pie derecho fue incapaz de frenar en el borde del descanso y salió disparado hacia adelante y hacia arriba. Caí de cola, no sé si sobre el propio descanso o sobre el primer escalón, o sobre el segundo. No sé si intenté aferrarme a algo para detener mi caída. De todos modos habría sido inútil. Mis alaridos se confundieron con los de Delfina y con los topetazos que daba mi cuerpo escaleras abajo.

Terminé acostada boca arriba sobre el parquet del comedor. Casi enseguida vi la cara de Delfina mirándome en estado de pánico. Cerré los ojos para que su desesperación no incrementase la mía. Y con los ojos cerrados empecé a inventariar mis averías. Moví los dedos del pie derecho. Funcionaban. Los del izquierdo. También se movían. Con la mano izquierda me rocé los muslos. Tenía sensibilidad en las piernas: eso significaba que no estaba paralítica como Clara, la amiga que se hace Heidi cuando la envían a Frankfurt. Moví la mano derecha: me dolía pero también funcionaba. Dije "mamá" y me escuché decirlo, y me tranquilizó saber que conservaba la audición y la palabra.

¿Por qué me estoy acordando ahora de esa caída brutal por la escalera del dormitorio de la tía? Hace años que no la evoco. ¿Por qué ahora recuerdo ese porrazo que hace quince años pudo costarme la vida?

Creo que sé la respuesta. Porque estoy haciendo lo mismo que entonces. No me refiero a la pirueta casi fatal que di escaleras abajo. Sino a la pormenorizada evaluación de los daños consiguientes.

Mamá, Delfina y Rosa ultiman los detalles del almuerzo. La tía Rita está por llegar de misa. Papá lee el diario en su sillón del living. Ernesto conversa con Pedro mientras fuman y echan un vistazo a Ernestito, que da vueltas por el patio. Mientras todo eso sucede yo hago una evaluación parecida a la que hice entonces, cuando temí haberme roto el alma y, milagrosamente, salí sin un rasguño.

Ahora no se trata de caer desde lo alto de una escalera encerada y resbaladiza, sino de escudriñar las consecuencias de una noche desvelada y angustiosa, una confusión absurda, una cadena de desesperación que empezó ayer, casi a la medianoche, cuando Mabel me despidió al bajar del colectivo.

Estoy enamorada de mi novio y voy a casarme pronto. Apenas podamos. Delfina está de novia con un chico maravilloso que también la quiere. Ese chico es adorable, sí, y eso es una suerte primero para mi hermana, que probablemente se case con él, y segundo para el resto de nosotras, porque podemos disfrutar su compañía, y salir en grupo, y conversar a nuestro antojo. Y si Mabel interpretó esa complicidad como otra cosa turbia, sucia y maloliente, es un problema de Mabel y no mío. De Mabel y de su cerebro y de su manera atravesada de ver el mundo y de juzgar a las personas.

Aquella vez, milagrosamente, caí desde una altura de tres metros y no me hice ninguna herida importante. ¿Y esta vez? Tampoco. Si hubiese hecho un escándalo con Mabel, o si hubiese compartido mi bronca con Juan Carlos, o si buscando dejar las cosas claras hubiese intentado hablar con Delfina, o con mamá, las malas interpretaciones habrían crecido como una hiedra venenosa y la inquietud y la desconfianza y los recelos también. Pero por suerte nada de eso sucedió.

Como no soy estúpida, puedo entender que así como Mabel malinterpretó mis conversaciones con Manuel existe el riesgo de que cualquiera de los otros caiga en la misma equivocación. Es difícil que algún otro tenga la misma mala entraña, pero tampoco es imposible. De modo que no pienso dejar el menor resquicio para esas dudas y esas equivocaciones. De ahora en adelante con Manuel tendré el mayor cuidado en evitar cualquier ambigüedad. Será un buenos días, buenas tardes. Cordial, pero tan claro como la más cristalina de las aguas. Y no voy a dejarle a nadie el menor margen para confundirse. Al fin y al cabo no me preocupa perderme dos o tres bromas que me causen gracia, o una observación inteligente que me deje pensando. Mucho, mucho más importante es todo lo que ayer supuse perdido y ultrajado y que hoy, con la luz del día, estoy convencida de que sigue firme y sano.

Suena el timbre y voy a atender. Son Mabel y su marido. La saludo con un beso de los de siempre. Que no piense que ayer me quedé atribulada u ofendida. Que no piense nada. Recuerdo una imagen de la noche anterior, mientras se alejaban hacia Ravignani por la vereda de los números impares.

—Decime, Pedro. ¿Qué miraban con tanta atención, ayer a la noche, cuando iban caminando por Honduras?

—¿Cómo? —Pedro asiente al recordar—. Ah, sí. Una fachada *art nouveau* que me gusta mucho. La puerta, las rejas de las ventanas, todo haciendo juego. ¿No la viste nunca, Ofelia?

Mientras caminamos por el zaguán vuelven a llamar a la puerta. Sin vacilación retorno sobre mis pasos. ¿Por qué contengo el aire mientras abro de par en par? Es impresionante la fuerza que ejerce en nosotros la sugestión. Basta que una se proponga ser lo más natural posible para que cada ademán y cada movimiento se carguen de artificios.

—Buen día, Ofelia. ¿Ya están todos?

—Qué va, Manuel. Falta mi prometido, como siempre. Pase, pase. ¿Qué tal estuvo el casamiento de ayer?

—Bien, bien, lo de siempre en estos casos.

Cierro la puerta mientras Manuel saluda a Mabel y a mi cuñado. Se hacen sitio como pueden en el zaguán estrecho. Veo que Mabel se me queda mirando. No es zonza, y su gesto interrogativo parecer ser una continuación de sus impertinencias de la víspera. Alzo el mentón a mi vez, devolviéndole la interrogación. Mabel se da vuelta y camina internándose en el living.

Me felicito. Así de sencillo. Así de neutro será todo de aquí en adelante. Con Manuel, con Mabel, con quien haga falta. Que una cosa es caerse por una escalera y salir ilesa una vez, y otra bien distinta es tentar al destino y pretender precipitarnos al vacío, otra vez, sin rompernos la crisma.

11

Juan Carlos llama al mozo y nos mira. Mabel, Pedro y Delfina levantan la mano.

—Cuatro cafés, mozo. Dos solos y dos cortados.

Manuel y yo cruzamos un vistazo y él sonríe: más de una vez hemos comentado que somos previsibles, reiterados, los únicos que no concluimos la cena con un café. Pero esta noche, en lugar de retribuirle la sonrisa, miro a Delfina. Con el rabillo del ojo advierto que Manuel todavía me mira un segundo más. Que me observa y me sigue sonriendo. Y que recién después de ese largo segundo termina por desistir. Por enésima vez me pregunto si no estaré siendo demasiado rotunda. Y por enésima vez me contesto que no, que está bien, que es preferible. Mejor pecar de descortés que de confianzuda.

En el ambiente pesa el silencio, pero de esa pesadez estoy segura de no ser la responsable. La incomodidad grupal tiene que ver con la discusión política, como casi siempre. Cuando salimos del cine Juan Carlos hizo un comentario, Pedro le contestó, mi novio le retrucó… y así estamos ahora, un poco incómodos, un poco abatidos.

Mabel intenta encauzar la conversación:

—El hecho de que hayan filmado la película, digo yo… Al menos demuestra cierta… apertura, me parece.

—¿Apertura? —Juan Carlos da un respingo—. ¿Pero de qué apertura estamos hablando, Mabel? Tienen preso al autor de la novela. Preso. Y ni siquiera lo nombran en los créditos de la película. Si a eso vos lo llamás apertura…

Pedro se concentra en plegar y replegar la servilleta que usó durante la cena, como si no quisiera insistir con la disputa. Venimos de ver *Las aguas bajan turbias*. A todos nos gustó —veníamos dando vueltas con ir a verla desde el año pasado—, aunque a Delfina le chocaron un poco las escenas violentas. Pero bastó que nos sentásemos a cenar para que mi novio sacara el tema de que, según le habían contado sus amigos del partido, la historia se basa en una novela que tiene otro nombre. Y que el autor, un tal Varela, está preso por comunista. Y que Perón había autorizado a que filmaran la película con la condición de que no se hiciera la menor referencia al autor, ni a dónde estaba, ni al porqué.

El mozo trae los cafés. Juan Carlos pone azúcar en el de mis hermanas y en el suyo y los revuelve. Pedro, que lo toma amargo, da un sorbo y lo deja enseguida en el plato y se lanza a hablar.

—¿Y no puede ser que esté preso por algún delito? ¿No puede ser que se lo tenga merecido?

Juan Carlos lo observa, serio, y no le contesta. Pedro se exalta más todavía.

—¿O al final va a resultar que todos los peronistas somos malos y todos los contras como vos son buenos, Juan Carlos?

Desde las otras mesas nos llegan algunas miradas curiosas o alarmadas.

—Si sos tan amable, Pedro, te pido que bajes la voz. No tengo ganas de terminar la noche en un calabozo. Y en la Argentina de tu querido General…

Pedro pone un gesto contrariado y apura el resto de su café. Cuando discuten siempre pasa lo mismo: Juan Carlos no pierde los estribos. Casi diría que sucede lo contrario. Se enfría a medida que discute. Y Pedro hace exactamente lo contrario. Se pone nervioso, se apasiona, alza la voz y los argumentos se le estrangulan como si se le atoraran en la garganta en la necesidad de soltarlos todos juntos.

Se me ocurre una idea repentina, viéndonos sumidos en esa incomodidad. La culpa es de Mabel. Si no se le hubieran metido esas ideas estrafalarias en la cabeza con respecto a mi actitud hacia Manuel las cosas conservarían otra espontaneidad, otra frescura. Ya que Mabel es tan intuitiva e inteligente, debería haber tomado en cuenta que Manuel y yo no solo compartimos el abstenernos del café de la sobremesa, sino que también somos los más solícitos a la hora de componer el ambiente después de los estropicios de las discusiones. Y si hasta ahora no intervine, ni cuando veníamos caminando ni mientras cenábamos, ha sido como un modo de curarme en salud frente a las suspicacias de mi hermana. Un modo más. ¿Querés pensar estupideces? Bueno, jorobate. Que tu pobre marido se arregle para resistir los embates de Juan Carlos. Y eso esta noche, porque mañana en el almuerzo dominguero tendrá que vérselas con papá y con Ernesto, que lo van a poner verde de críticas. Que mi novio, comparado con ellos, es un nene de pecho.

—Cómo se nota que a ustedes nunca les faltó nada.

El tono de Pedro es más entristecido que ofuscado. Mabel apoya su mano sobre la de su marido. Veo que Juan Carlos se dispone a caerle otra vez con toda su artillería. Conozco a mi novio y en este momento no está de ánimo para ternuras o claudicaciones. Cambio de repente de idea. No quiero que la incomodidad siga acentuándose entre nosotros. Toco la pierna de Juan Carlos bajo la mesa, intentando llamarle la atención.

—Basta, chicos —intervengo—. Como dice Manuel, discutir de política es como discutir de religión. Nadie convence a nadie y al final terminan todos peleados.

Miro al novio de Delfina y le sonrío, invitándolo casi a refrendar mi afirmación. Pero Manuel se limita a mirarme con expresión neutra y a alzar la mano.

—Ahí viene el mozo con la cuenta —es todo lo que dice, y no puedo evitar sentirme decepcionada.

A la salida es Manuel el que sostiene la puerta para que salgamos nosotras tres. Cuando le paso por al lado no resisto la tentación de recriminarle amistosamente su falta de colaboración.

—A ver si la próxima vez me ayuda un poco más con estos fanáticos, Manuel.

—No es para tanto —me responde, cortés—. Usted se arregla perfectamente bien sin mi ayuda, Ofelia.

¿Lo dice en serio o lo dice en broma? Le echo un vistazo. Su rostro es una oda a la neutralidad, y sus ojos no sonríen.

12

—Necesito que hablemos, Ofelia —dice Mabel a mis espaldas, mientras carga con los últimos trastos sucios del almuerzo.

Me hago un poco a un lado para que pueda apoyarlos en la mesada. ¿Y ahora qué bicho le picó? Hace un mes —cuatro semanas y un día, para ser exacta— que me lanzó ese bombazo injusto sobre lo que yo supuestamente sentía por Manuel. Y después no agregó palabra, como si sus barbaridades no requiriesen explicaciones o carecieran de consecuencias.

—Cuando quieras, Mabel —respondo, mientras sigo apilando los platos con una mínima repasada de la esponja con detergente para que empiece a ablandarse la suciedad.

Se queda parada detrás de mí, como si esperase una respuesta más amplia. No estoy dispuesta a dársela y termina por aceptarlo. Se lleva el trapo rejilla y un repasador para limpiar la mesa del comedor. Escucho que todos se van levantando con aire pesado. Abril ha venido con unos calores insoportables, como si en lugar del otoño fuese el verano el que está empezando, y hay un tácito acuerdo de levantar la sesión hasta la caída del sol. Mamá y papá en su dormitorio, Rosa y su familia en la habitación de Delfina y mi hermana menor en la mía. Se supone que cuando termine con los platos voy a unírmele. Como Mabel y Pedro viven a cuatro cuadras se irán a hacer la siesta a su casa. Oigo que Pedro saluda desde el zaguán y escucho la puerta de calle cuando sale. Eso significa que sabe que Mabel no va a acompañarlo. Me llama la atención: se ve que el planteo de mi hermana es algo meditado y conversado con su esposo, no una simple improvisación del momento.

Mabel vuelve desde el comedor y despliega el trapo rejilla sobre la pileta. Las migas se pierden por el desagüe. Con gesto automático le alargo la mano para que me dé el trapo. Lo enjuago, lo escurro, lo pongo a secar sobre las hornallas. Sigo con el lavado. La casa está en silencio.

—Siento que metí la pata —arranca Mabel, que está de nuevo a mis espaldas.

Evidentemente no tiene ni idea del tamaño de mi dolor y de mi enojo. Si no, tal vez optaría por dejar pasar más tiempo antes de hablar del asunto. Cuatro o cinco siglos, digamos.

—¿Por qué lo decís, Mabel? ¿Por la barbaridad que dijiste sobre Manuel y sobre mí? Pensé que te habías olvidado del asunto, la verdad. Como no volviste sobre el tema en todo este tiempo…

—No volví sobre el tema porque cuando te lo dije me miraste con una cara monstruosa…

Suficiente. Qué se cree.

—¿Monstruosa? ¿Monstruosa, decís? Con la barbaridad con que saliste, ¿con qué cara querés que te mire, Mabel? Decime, a ver…

—No grites que te van a escuchar, Ofelia.

Su voz es un murmullo y un ruego. Alza las manos un poco, como queriendo apaciguarme. Es raro verla así. Dócil, insegura.

—En una de esas es mejor que escuchen, Mabel. Hacemos un simposio familiar para que opinen todos. Total…

Estoy tan furiosa que el vaso que estoy lavando se me resbala de tan fuerte que lo tengo apretado. Lo atajo entre el cuerpo y la mesada justo antes de que se caiga y se haga trizas. Mabel me mira fijo y le sostengo la mirada.

—Te quiero pedir perdón, Ofelia. Siento que arruiné todo.

—¿Vas a seguir? ¡No había nada que arruinar, Mabel!

—No hablo de vos y de Manuel. Hablo de nuestras salidas. El clima de nuestros encuentros. La pasábamos estupendamente. Nos divertíamos, pensábamos, charlábamos, tu novio y mi marido habían dejado de discutir todo el tiempo por la dichosa política…

Los ojos de Mabel se han llenado de lágrimas. No voy a compadecerme. Me doy vuelta otra vez hacia la pileta y sigo con los platos.

—Lo seguimos haciendo, Mabel. ¿Ayer no salimos, acaso? Vimos *Las aguas bajan turbias* con Hugo del Carril y gran elenco. ¿O ya te olvidaste?

—No es lo mismo.

—Ah, ¿no? ¿Y por qué?

—Porque se rompió todo, Ofelia. Ayer la cena era un velorio.

—Sería un velorio por la maldita costumbre de Pedro y de Juan Carlos de ponerse a discutir sobre cosas en las que jamás se van a poner de acuerdo, Mabel. A mí no me digas.

—El problema no son ellos. Ya sabemos cómo son Pedro y Juan Carlos. Están como siempre, y no es tan grave. El problema son Manuel y vos.

Si buscaba sorprenderme y enojarme, lo suyo es un éxito rotundo.

—¿Qué? ¿Qué decís? A ver si te enterás, Mabel: no hay "Manuel y yo".

—No soy estúpida, hermanita. Desde que te hablé de lo de Manuel te fuiste a la Antártida para tratarlo. Y él lo nota. Y entonces está incómodo.

—¿Y desde cuándo vos sabés lo que piensa Manuel? ¿Acaso te dijo que lo nota?

—No. No me dijo, pero…

—Entonces dejate de hacerte la adivina, te lo pido por favor. Y no me fui a ninguna Antártida, Mabel. Simplemente no quiero ser pasto de las fieras, nada más.

—¿Yo soy la fiera?

—Sos la estúpida que anduvo diciendo mentiras sobre mí.

—Te lo dije a vos.

—Peor.

—¿Habrías preferido que se lo dijera a los otros?

—¡Habría preferido que no se lo dijeras a nadie, Mabel! ¡Ni a mí ni a nadie! ¡Lo que habría preferido es que no lo pensaras! ¿Entendés?

—Por eso te estoy pidiendo perdón.

De repente Mabel se adelanta, me abraza y hunde la cabeza en mi pecho. La escucho sollozar. Es más fuerte que yo el impulso de dejar la esponja, secarme en el delantal y devolverle el abrazo. Tarada. Cuando siente mis brazos a su alrededor se afloja en un llanto franco. Inevitablemente yo también empiezo a llorar.

—Te pido que te pongas en mi lugar, Mabel. Yo tengo mis prioridades. Y también tengo mis temores. A mí me gusta que la pasemos bien en nuestras salidas de los sábados, pero me importa mucho más que Juan Carlos no crea cualquier cosa de mí. Y yo te juro que me muero si él o si Manuel creen cualquier cosa que no es. Y si para asegurarme tengo que poner cara de perro, la pongo.

Mabel todavía llora un poco más antes de soltarme. Me seco las lágrimas con el repasador y se lo tiendo para que haga lo mismo.

—Hacé como que no dije nada, Ofelia. Pero hacé el esfuerzo de… de ser vos misma. No sabés lo importante que es para mí ser tu amiga. Que todos seamos amigos. Pedro… a veces es difícil. Es un pan de Dios, y el asunto no es él. Soy yo. Siempre soy yo, Ofelia. Pero esas salidas todos juntos me hacían bien. Y ahora…

Me quedo pensando en lo que dice. Yo también disfrutaba mucho nuestras salidas grupales, pero Mabel le está dando una dimensión más grande. Y está abriendo la puerta de algo más profundo, más importante. Algo sobre lo que me gustaría preguntarle, pero siento que no es el momento. Ya habrá ocasión, espero. La veo delante de mí y siento que ya sufrió lo suficiente para una sola tarde de domingo. Abro el cajón del mueble. Saco un repasador limpio y se lo tiro a la cara.

—Usá este también, pavota. Que con tantos mocos no te alcanza con uno solo.

Los ojos se le iluminan. Sonreímos.

13

Vamos al Tigre por sugerencia de Manuel, porque le encanta, y aunque odio los barcos decido no oponerme para que nadie me acuse de aguafiestas.

—Me marean los barcos —advierto en voz alta, de todos modos, cuando ya llevamos un rato navegando por ese río marrón y ancho.

—Esto no es un barco, Ofelia —me responde Delfina—. Es una lancha colectiva y gracias.

No le contesto porque voy concentrada en no vomitar. Ella saca la cabeza por la ventana y el viento la despeina por completo. Parece no importarle. Y esto será una lancha colectiva pero se bambolea de lo lindo, y hace un ruido insoportable, y vamos casi a nivel del agua como si estuviésemos a punto de hundirnos, y soy una estúpida por no haberme quedado en casa.

Los hombres se han ubicado todos juntos, cerca del timonel. Mis hermanas y yo vamos sentadas casi atrás de todo, con Ernestito, que tiene cara de estar pasándola tan mal como yo. Apenas embarcamos el nene quiso ver el timón y Ernesto lo llevó a curiosear. Pero apenas el barco —o "lancha colectiva"— se puso en marcha, Ernestito se empezó a sentir mal y a ponerse fastidioso y, como siempre, el padre poco menos que lo lanzó en brazos de Rosa para que buscase una solución y se fue a sentar con los otros. La miro a Rosa, que intenta tranquilizar al nene, que se mueve como una serpiente entre sus brazos. Siempre pasa lo mismo. Ernesto se desentiende y Rosa se resigna. Si alguna vez me veo en una situación parecida con Juan Carlos voy a armar un escándalo inolvidable. Me lo tengo prometido.

Bajamos del barco —o "lancha colectiva"— en un recreo que le pertenece a Entel. Por eso es Pedro el que nos hace de anfitrión: se apresura hasta la recepción, se cerciora de que figuremos en la lista de visitantes autorizados del día, nos señala los vestuarios y el restaurante, se ocupa de conseguir reposeras.

El grupo atraviesa un momento de zozobra cuando entramos a la administración para acompañar a Pedro en sus gestiones. Hay un cuadro de Perón y uno de Eva con un lazo negro (el único que lleva brazalete de luto, entre nosotros, es el marido de Mabel). A un costado también hay un enorme afiche del año del centenario de la muerte de San Martín en clave peronista. Juan Carlos mira a Ernesto y los dos miran a Manuel que lo mira a Pedro que lo mira al encargado que los mira a los tres que no llevan brazalete.

Cuando salimos de nuevo al parque, Ernesto no puede con su alma.

—Lo que faltaba. Entel es una empresa pública. ¿Qué tienen que hacer esas propagandas en la administración, me querés decir?

—No son propagandas —se defiende Pedro—. Son homenajes.

—¡Homenajes que no todos tenemos por qué compartir!

—Nadie te obliga.

—¿Cómo que no? —interviene Juan Carlos—. Si yo soy radical y pago Entel. ¿Por qué me tengo que aguantar el homenaje?

—Esto no es de Entel, es de Foetra. Somos los trabajadores de Entel, que no es lo mismo.

—Ah, claro —Ernesto está empezando a levantar la voz—. ¿Y si yo soy trabajador de Entel y no estoy de acuerdo con el homenaje a Perón y a su mujer? ¿Qué hago?

—¡Si fueras un trabajador ni se te ocurriría no estar de acuerdo!

—¡Pueden parar por favor! —lo digo casi en un grito.

—Señores míos: no me vine hasta acá a amargarme el día discutiendo de cosas en las que no nos vamos a poner nunca de acuerdo —Mabel mantiene siempre los estribos.

—Jamás —agrego yo.

—Jamás —convalida Manuel—. Así que voy a dejar las cosas donde acá las señoras me indiquen y me voy al río a nadar. Y si los antiperonistas del grupo —que son varios— y el peronista —que es uno solo— quieren dejarse de molestar y acompañarme, están más que invitados.

Por milagro, o por el modo en que lo dice, o porque sí, los otros le hacen caso. Acomodamos las cosas en un rincón arbolado, sobre una mesa y unos bancos de cemento. Manuel desaparece de inmediato rumbo a los vestuarios, sale a los dos minutos en traje de baño y se lanza a nadar en el río. Los otros hombres intercambian un vistazo y se disponen a imitarlo.

73

—¡Juanca! —le digo a mi novio, porque recién ahora me doy cuenta—. ¿Al agua, con este frío?

Me mira como si hubiese enloquecido.

—Está hermoso, Ofelita.

—Sí, mi amor. Es una hermosa tarde del mes de mayo…

—Hermosa y fresca —acota Delfina.

—Tirando a fría —completa Rosa.

Inquebrantables y orondos, siguen los tres hacia los vestuarios. No queda nada del malestar que tenían. Cinco minutos después se unen a Manuel en el río. Nosotras no necesitamos ni una palabra para saber que ninguna de las cuatro tiene la menor intención de ir a congelarse. Cerca de la mesa que ocupamos hay un lugar hermoso, con el pasto cortito y bien al sol para que pongamos las reposeras. Extendemos una manta para que Rosa se recueste con Ernestito a upa. Por suerte el nene se queda dormido enseguida. Como era de esperar, Rosa también se duerme.

—Y qué querés —comenta Delfina—. Está rendida…

—Es que Ernestito es un trompo que no para nunca —pienso en voz alta.

Mabel los mira a los dos, en silencio. No me atrevo a preguntar si fue al médico, si tiene algún diagnóstico, si le sugirieron algún tratamiento, si Pedro dice algo al respecto.

Si ella no habla no voy a obligarla. Levanta los ojos y ve que la estoy mirando. Sortea la incomodidad que sentimos las dos mirando hacia el muelle del recreo. Los varones están tirándose al río de cabeza.

—Parecen chicos —dice Mabel.

—Son —confirmo.

Pienso, por enésima vez, en esas semanas horribles que pasamos ella y yo después de ese comentario que me hizo sobre Manuel, aquel sábado, al bajar del colectivo. Me alegro de que hayamos podido hablar, y de que lo hayamos superado. No habría estado bien que persistiera el malestar entre nosotras. No tenía sentido, de mi parte, insistir en el despecho y privarnos de disfrutar la compañía de todos los demás. Cuando me pidió perdón debí pedirle yo, también, disculpas. No era —ni es— cierto que a mí me suceda nada con Manuel. Nada incorrecto, digo. Pero justamente por eso debí ser capaz de conducirme con más naturalidad y sin remilgos. Por todos nosotros y sobre todo por Mabel, que parece necesitar más que el resto nuestros encuentros.

Cuando los varones regresan del río se secan y se sientan con nosotras. Juan Carlos tiene los labios morados de frío. Se lo digo, y el tonto no tiene mejor idea que estamparme un beso en la boca "para entibiarse". Es un beso breve, pero me lo da delante de todo el mundo. Ernesto y Pedro lo festejan y yo, sin saber por qué, lo miro a Manuel, que justo está buscando algo en su bolso.

Comemos los sándwiches que preparamos con Delfina. Por supuesto que las casadas nos critican que nos salieron secos, o blandos, o lo que sea, pero nuestros novios nos defienden y nos sentimos bien orondas. Después de comer Pedro propone jugar a las cartas: Juan Carlos y Ernesto aceptan encantados, pero

Manuel dice que quiere leer un rato junto al río. Delfina se ofrece a completar el cuarteto para jugar a la canasta en parejas y yo me voy a caminar por la orilla.

—No te alejes —me advierte Rosa, que en ausencia de mamá se siente obligada a asumir sus funciones de cuidado, abrigo y alarma.

—No hinches —le respondo.

Me encasqueto mejor la capelina que traje, y de la que estoy orgullosísima, y me alejo hacia el río. La tarde es preciosa y la caminata me sacude la modorra de la hora de la siesta. Debo reconocer que las islas son preciosas y que eso de zarandearse un rato en una lancha es un precio que vale la pena pagar para disfrutarlas. Me canto bajito dos tangos que me gustan mucho y que en casa tengo censurados por la tía Rita a causa de su inmoralidad manifiesta. Y me felicito por haberme decidido por estos zapatos sin taco que no serán la mar de elegantes pero que para caminar son comodísimos.

Cuando me quiero acordar le he dado la vuelta casi completa a la isla y me topo con Manuel, que sigue con su libro debajo de un árbol, cerca de la orilla. No mucho más allá está el grupo que juega a las cartas aunque, a juzgar por los gritos que llegan, deben haber pasado a un juego menos sereno que la canasta. Dudo entre detenerme y seguir caminando. Lamento que mis pasos me hayan llevado hasta ahí. Si lo interrumpo soy una desconsiderada, me digo, pero si paso de largo y ve que lo hice quedo como una maleducada. En ese momento levanta la vista y me mira. Baja el libro y me saluda con la mano.

—¿Qué tal su paseo?

—Hermoso —digo, y abarco con un gesto los árboles, el río, la tarde entera—. ¿Qué tal su libro?

Lo levanta un poco para que vea la portada. Se llama *El túnel* y el autor es un tal Sabato.

—¿Lo leyó?

Niego con la cabeza y digo:

—No lo conozco.

—Es bueno.

—Nunca escuché del autor.

—Yo tampoco. El libro tiene algunos años. Me lo recomendó un amigo de la facultad. El año pasado estrenaron la película, pero no la vi.

Me da la impresión de que ninguno de los dos sabe qué decir.

—Qué bueno que se le ocurrió llevárselos a nadar para que dejaran de discutir.

Manuel sonríe apenas.

—Me parece que somos los únicos que ponemos paños fríos en ese asunto de la política… —aventuro.

—¿Le parece?

—¿Qué? ¿No lo notó?

—En absoluto. Nunca me fijé.

Otra vez nos quedamos callados. Manuel mira el río. De repente estoy convencida de que está esperando que me vaya para poder seguir leyendo.

—Lo dejo seguir.

—Bueno, gracias —responde, sonriendo, y vuelve al libro.

Me alejo hacia la mesa donde están los demás. ¿Cómo puede ser que nunca se haya fijado en que somos los únicos que calmamos las discusiones? Desde lejos escucho las risas de Juan Carlos y de Pedro. ¿"Bueno, gracias"? ¿Eso es lo que se le ocurre contestarme? ¿Es un comentario poco educado, o me parece a mí? Me pregunto cuánto tiempo habrá pasado desde que me fui. El sol debe estar bajando porque la tarde, de repente, se me ha vuelto menos agradable. Más fresca, supongo.

14

Papá no participa de la conversación. Tiene el mentón apoyado en la mano izquierda, y con la derecha elige una miga de corteza de pan y la oprime entre el pulgar y el índice hasta desmenuzarla por completo. Cuando termina se quita los restos de la yema de los dedos y empieza con otra miga. Son los gestos que hace cuando está triste, o pensativo. O cuando las cosas que está pensando lo ponen triste.

—Dos meses trabajó. Dos meses —está diciendo Ernesto, y para ilustrarlo alza los dedos índice y mayor de la mano derecha.

—Te pido que no hagas ese gesto que me tiene harta, Ernesto —dice mamá.

Ernesto tiene un segundo de confusión, hasta que comprende. Cierra el puño, y la V de "Viva Perón" se esfuma en el aire. Es raro que mamá se atreva a hacer comentarios de política. Creo que un poco es porque ella también está viendo lo taciturno que está papá, y otro poco porque como hoy Mabel y Pedro no vinieron a comer se siente libre para despotricar a su antojo sin ofender a su yerno.

—¿Podríamos cambiar de tema? —dice Delfina—. O se nos va a atragantar el budín de pan, les pido.

La tía Rita se pone de pie, junta algunos platos y

va hacia la cocina. Sabe de memoria que nos gusta hacer larga la sobremesa del domingo. Creo que empieza a levantar la mesa solo por impedírnoslo.

—Hay que voltearlo —dice Juan Carlos, que no parece dispuesto a escuchar el ruego de mi hermana—. No queda otra que echarlo a patadas del gobierno.

Nadie responde. La tía vuelve desde la cocina y toma asiento. Se ve que le interesa más el tono conspirativo que tomó la conversación que el afán de arruinar la sobremesa. En mi fuero íntimo siento que la sobremesa se está arruinando sola. Me pone nerviosa cuando escucho a mi novio hablar así. Me da miedo que le pueda pasar algo malo. Me gustaría que Manuel diga algo que me tranquilice, porque así suele suceder, pero el novio de Delfina sigue enfrascado en el budín de pan como si no hubiese un mañana. Cuando por fin levanta los ojos me ve mirándolo y con un parpadeo enfoca a un costado. Se topa con los ojos de Juan Carlos, que también lo observan.

—¿Qué pasa? —le pregunta Manuel a Juan Carlos.

—Pasar no pasa nada.

Hace un silencio. De repente el ambiente del comedor lo siento oscuro, desagradable.

—Pero lo usual —sigue Juan Carlos— es que a esta altura de las discusiones saltes a defender a Perón.

—Y más si no está Pedro —se suma Ernesto—. Lo normal es que asumas el papel de ser el peronista de la mesa.

Manuel apoya la cuchara en el plato, junto a lo que le queda de budín, mientras pasea la mirada entre los dos.

—Yo no soy peronista, Ernesto. Y no lo defiendo a Perón, Juan Carlos. No me gusta, ni lo voté, ni lo voy a votar.

—Pero te oponés a lo que digo.

—¿A lo que decís de qué?

—De que hay que voltearlo del gobierno.

—Eso no es defenderlo, ni ser peronista. Disculpen. Pero no es igual.

—A los efectos prácticos es lo mismo.

—No se pongan así —interviene Rosa, que vuelve de dejar a Ernestito dormido en el dormitorio de Delfina—. Tengamos la fiesta en paz, que no está Pedro.

—Lamento contradecirla, Rosa, pero no lo puedo permitir —el tono de Manuel es cortante.

Se pone de pie. Nadie dice nada, pero siento como si un viento helado recorriera la mesa.

—Precisamente Pedro me encargó que, en su ausencia, representara al peronista de la mesa. Y me pagó veinte pesos si lograba hacerlos enojar a su marido y su cuñado. Y un pobre estudiante de Arquitectura como yo no puede despreciar veinte pesos.

Le guiña el ojo a Rosa, que resopla aliviada, y sonríe de costado. Mamá y Delfina se ríen y los demás las imitan. Manuel vuelve a sentarse.

—De todos modos, y para que conste en actas, lo digo en serio. Una revolución no sirve para nada. Es peor.

—No empiecen de nuevo —se alarma mamá, pero se alarma en chiste.

Vuelvo a mirar a papá. Él también parece haberse distendido. Delfina, en un gesto un poco íntimo, a mi criterio, le apoya la cabeza en el brazo a su novio, que le devuelve apenas el gesto con una caricia en la mejilla. ¿Son dos desvergonzados o qué? ¿Cuándo nos habríamos animado con Juan Carlos a hacer una cosa así? Y cómo se miran, además. ¿Echando chispas en medio de la mesa del domingo? No me parece, la verdad. Siento la abrupta necesidad de hacer algo. De decir algo.

—Ya que hablamos de cosas que constan en actas… —empiezo, y las otras cabezas giran hacia mí. Me encaro con Juan Carlos—. ¿No sería tiempo, estimado caballero, de que vaya definiendo una fecha de casamiento?

Mis hermanas lanzan un chillido alborozado, secundando mi iniciativa. Juan Carlos me observa, sorprendido.

—Este… mi amor, ¿acá? ¿Así?

—¡Justamente! —me envalentono—. A ver si te sentís un poco presionado con mi familia en pleno, che.

—Además, para algo se habrá comprometido —interviene la tía Rita, que siempre fiel a su costumbre sale de su mutismo únicamente cuando tiene algo hiriente para aportar.

—¡Para que les hicieran regalos! —Delfina es una experta en utilizar el veneno de la tía para divertirse a nuestra costa.

—Perdón que me meta —dice Manuel, otra vez serio—. Pero me parece que no es algo para tomarlo a la ligera.

Suelta la mano de Delfina y mira alternativamente a Juan Carlos y a Ernesto.

—Si estos muchachos piensan desatar una revolución contra Perón, yo le sugiero, Ofelia, que conmine a su novio a casarse antes de que empiecen los tiros.

Todos se ríen, sobre todo mamá, que parece dispuesta a festejarle cualquier ocurrencia al novio de Delfina. Yo no termino de encontrarle la gracia: ni al comentario ni al giro que está tomando la conversación. ¿Qué giro está tomando? No lo tengo claro, pero no me gusta.

—Creo que tenés razón —dice Ernesto—. A ver, Juan Carlos… definite. La patria espera.

—Eeee… ¡Momento! ¿Desde cuándo tenemos que mezclar manzanas con calefones? —mi novio responde nervioso.

—Uy, uy, uy. Alguien que conozco se está sintiendo acorralado…

De nuevo la risa general, salvo Juan Carlos y yo. Y la tía Rita, por supuesto, que sigue mirando todo con su tradicional expresión de esfinge.

—Déjenme a mí, les pido por favor —pide Manuel—. Ustedes llevan bastante tiempo comprometidos, ¿cierto?

Como se dirige a mí, asiento y saco cuentas.

—Un año y cuatro meses —respondo, como una estúpida alumna obediente.

—¿Cómo? —pregunta sobresaltado Juan Carlos—. Un año y… ¿ya?

—¡Saque cuentas, jovencito! —lo conmino en broma, pero en el fondo me molesta que no lo tenga tan claro—. ¿Cuánto tiempo va desde mayo de 1952 a septiembre de 1953? ¿A ver?

—¡Como dijo usted, señorita! —se mete Delfina—. ¡Un año y cuatro meses!

—Muy bien, puede sentarse —le indica Manuel, siguiendo la parodia.

Delfina le suelta un beso en el aire y le hace caso.

—¿Fue en mayo? —pregunta Ernesto, que es un caído del catre.

—Y menos mal que fue en mayo —se involucra mamá—. Que en julio se murió la Perona y con el duelo habría sido todo un incordio.

—¿Quién? —pregunta Manuel, que no conoce el mote despectivo que mis padres usan con la difunta esposa de Perón.

—No importa, mi amor. ¡Seguí, seguí! —lo conmina Delfina.

—¡Ajá! —Manuel adopta el tono inquisitivo de los abogados que vemos en las películas de crímenes, pero se queda como suspendido—. Creo que perdí el hilo, estimados miembros del jurado…

—Que llevan un año y cuatro meses comprometidos —apunta Rosa.

—Podríamos cambiar de tema, ¿no? —tímido, sabiendo que nadie le va a hacer caso, propone Juan Carlos.

—¡Ajá! —repite Manuel, con enjundia renovada—. ¡Un año y cuatro meses! ¿Y no va siendo hora de que esta bella parejita concrete su enlace?

—¡Pero yo no me recibo hasta fines del año que viene! —protesta Juan Carlos.

—Yo me recibo a fin de este año —digo—. Pero queremos estar recibidos los dos.

—¿Cómo es eso, futuro doctor? —Manuel sigue con el tonito punzante— ¿Usted no es mayor que su novia? ¿No debería estar más próximo a la obtención de su título?

Agrega una carraspera que pretende sonar burlona.

—¡Es que por ser radical y estar en el Centro de Estudiantes lo tienen de punto!

Eso lo dice Ernesto, sin mirar a nadie en particular, porque no lo tiene a Pedro a mano como para endilgarle directamente la acusación.

—¡Una demora inadmisible, señores miembros del jurado! —alza el dedo, admonitorio, Manuel—. Esta buena chica no tiene la culpa de que usted sea un díscolo opositor al régimen.

—¡Momento! —otra vez Juan Carlos, otra vez acorralado—. ¿Ustedes pretenden que nos casemos ya?

—¡Así me gusta, cuñado! —lo malinterpreta, adrede, Manuel—. ¡A casarse ya!

—¡Yo no dije eso! —se desespera Juan Carlos y me mira pidiendo auxilio, y yo no recuerdo en qué estaba pensando cuando lo metí en semejante lío.

—No, mi amor —digo en voz alta, para que todos escuchen—. Nadie pretende que nos casemos ya mismo.

—¿Alguien quiere más budín? —pregunta mamá, pero nadie le presta atención.

—Hablando en serio. ¿Te recibirías a fines del año que viene? —pregunta Ernesto.

—No sé… ¿diciembre del 54? Calculo que sí, que debería poder… —arriesga mi novio, cada vez más extraviado.

—Perfecto —interviene Delfina—. Buen mes para casarse.

—Pero habrá un montón de cosas que organizar —le dice Manuel—. En una de esas lo pueden pensar, no sé, recién para marzo.

—Eso está bien —dice Rosa—. Enero y febrero te puede tocar un calor infernal.

—Y mucha gente se va de vacaciones, también —aporta Delfina.

—Muchísima —asiento, aunque yo también me siento perdida. ¿Acaso no debería ser yo quien lleve la voz cantante en esta conversación?

Manuel me mira, serio.

—Y bueno, Ofelia. Entonces marzo o abril de 1955 pueden ser buenas opciones. Así Juan Carlos y usted pueden recibirse tranquilos, y no tendrán invitados ausentes por las vacaciones de verano, y disfrutan del fresco suave del otoño porteño para la ceremonia. ¿Qué me dice?

—Me parece bien —digo. ¿Y cómo digo semejante cosa? ¿El novio de mi hermana menor está orquestando la fecha de mi boda y yo tan campante? ¿Pero qué tengo en la cabeza?

—La verdad que a mí también —está diciendo Juan Carlos, y yo no sé si ponerme contenta de verlo tan convencido o preocuparme porque seamos dos pusilánimes que nos dejamos manejar por cualquiera.

—Además —Manuel nos mira a los dos, con ojos subrepticiamente risueños— eso les da tiempo a los conspiradores —señala a Ernesto, y un poco también a Juan Carlos— para preparar con tiempo la revolución esa en la que tanta confianza tienen.

—¿Te parece? —Ernesto se suma a la broma.

—Por supuesto. Dedican 1954 a organizar la sedición, y después, más tranquilos, nos dedicamos al casorio en 1955.

—¿Estás loco? ¿Y si fracasan y terminan en el calabozo? ¿Cómo hacemos para que se case?

Una oleada de risas recorre la mesa. Juan Carlos se pone de pie y anuncia, estentóreo:

—Quedamos así, entonces. Primero la revolución, después el casorio.

Mi padre inicia un aplauso que Ernesto, Rosa, Delfina y mi madre secundan con entusiasmo. La tía Rita, por supuesto, observa sin mover un músculo, ni de los brazos ni de la cara. Juan Carlos se hace un poco el payaso: improvisa unas reverencias de saludo y me tiende la mano para que me sume a su bufonada.

Le hago caso y ensayo, también, algunas reverencias. Manuel alza la cuchara, cargada de budín de pan, en un gesto que remeda un brindis a nuestra salud. No sé por qué en este momento exacto me sube hasta la piel una furia abrupta y repentina. Como si algo hubiese salido exactamente en contra de mis planes. Aunque no tengo la menor idea acerca de qué fue lo que salió mal, ni en contra de qué planes.

15

Es raro estar en casa una mañana de domingo y que alrededor haya tanto silencio. Lo normal sería que mamá estuviese ya trajinando en la cocina con el almuerzo y que Delfina y yo la estuviésemos ayudando, y que papá desplegase sobre la mesa del patio las enormes hojas de *La Nación*, en un intento por encontrar críticas subrepticias al gobierno o mensajes encriptados llamando a la sedición. Desde que Perón clausuró *La Prensa* papá compra *La Nación*, y oscila entre denostarlos por cobardes y comprenderlos por prudentes, según el ánimo con el que se levante.

Pero hoy la familia en pleno decidió pasar el día en Luján para aprovechar el sol y el calor amable que nos está trayendo noviembre. Papá y mamá fueron en auto con Rosa y su familia. Mabel, Delfina y sus respectivos salieron más temprano en tren, con la idea de llegar más o menos al mismo tiempo. A la tía Rita la invitaron pero en general se niega a participar de esas salidas, ya que odia perderse la misa de once en Santa Elena porque la da el padre Juan, un vasco que se salvó por un pelo en la Guerra Civil y que, según ella, "habla de la fe verdadera sin todas esas estupideces modernas de los curas de ahora".

Yo me excusé y creo tener un motivo muy válido

para haberme quedado en casa: el viernes doy el examen final de Estadística II y, si Dios quiere, me recibo de contadora pública. Todos dicen que sí, que me va a ir bien, que siempre he tenido unas notas excelentes y que la última materia es un trámite. Y yo no estoy segura sobre cómo debo sentirme al respecto. Por momentos me gusta que me tengan tanta confianza, pero por momentos me fastidia que hablen con esa seguridad y con esa paz: ninguno fue a la facultad. ¿Qué saben ellos de exámenes finales, de bolillas que una sabe menos que otras, de profesores que se levantaron con ganas de molestar? Mi novio sí sabe de qué se trata, pero este fin de semana no cuento con su compañía ni con su apoyo. Se fue a Rosario a un congreso de la Federación Universitaria. Le dijimos que no fuera, que podía ser peligroso, que cada dos por tres terminan golpeados o detenidos, pero como es un cabeza dura se fue de todos modos.

En realidad, que Juan Carlos esté en Rosario es una de las causas de que me hayan dejado quedarme en casa estudiando. Papá y mamá se las dan de gente que se adapta a los tiempos, pero en el fondo son casi tan conservadores como la tía Rita, y si me dejan la casa "toda para mí" es porque saben que no hay peligro de que mi novio venga a visitarme y vaya una a saber qué barbaridades puedan llegar a acontecer.

Es una mañana de sol de esas que son un regalo: no hace mucho calor y hay una brisa fresca y de vez en cuando algunas nubes blancas cruzan veloces por el cielo. Me traje los libros de Estadística a la mesa de hierro del patio y me instalé debajo del tilo, que todavía tiene el follaje verde claro y está a punto de florecer. Cuando llegue diciembre el árbol estallará de florcitas amarillas y la casa quedará saturada de ese perfume dulzón que a nosotras nos encanta. Hace un tiempo papá amenazó con que iba a mandar talarlo porque las raíces despedazan las baldosas, pero nosotras nos opusimos y tuvo que abandonar su plan. De modo que, en principio, cuando el tilo florezca yo debería estar recibida. Siempre y cuando apruebe el viernes Estadística II, claro.

No la dejé para lo último porque sí. Nada de eso. Me encantan las matemáticas. Me gustan mucho más que la contabilidad, de hecho. Pero cuando terminé el secundario papá aceptó que siguiese estudiando con la condición de que fuera una carrera "útil". Para papá no son demasiadas las profesiones que entran en esa categoría, y una licenciatura en matemáticas por supuesto que no. Seguro que si fuese Delfina la que está por recibirse hoy habría ido a Luján con la familia, a disfrutar del sol y del picnic, convencida hasta la coronilla de que la única duda que tiene para el viernes es si la califican con un nueve o con un diez. Bueno. Yo no soy así. Por eso ya estudié la materia de cabo a rabo y llevo días repasando, y volviendo a hacer todos los ejercicios habidos y por haber, y me voy a pasar el domingo entero con la cabeza sobre estos papeles.

A partir del caso de una ciudad en la que se estima que la temperatura máxima en el mes de junio sigue una distribución normal, con una media de 23 grados y una desviación típica de 5 grados, calcule el número de días del mes en los que se espera alcanzar temperaturas máxi-

mas de entre 21 y 27 grados. Me encanta calcular cosas y resolver problemas. Me incorporo y voy hacia la cocina porque me vinieron ganas de tomar un té. Mientras caliento el agua en la pava voy pensando el planteo. El enunciado… hablaba de distribución normal, ¿no? Voy resolviendo con el dedo sobre la mesada. ¿El ejercicio es tan fácil como parece, o hay alguna trampa que no vi? Esas son las cosas que me dan miedo: confiarme demasiado y pasar por alto alguna alteración, distraerme y convertir un examen fácil de aprobar en el primer bochazo de mi carrera. Se ve que la ansiedad me hace perder la noción del tiempo porque el agua está hirviendo y ni cuenta que me di.

Vuelvo con el té a la mesa del patio. Veamos. *A partir del caso de una ciudad en la que se estima que la temperatura máxima en el mes de junio sigue una distribución normal…* ¿Qué fue ese ruido? Acabo de sobresaltarme, y mucho. Otra vez. Un chirrido metálico. Aguzo el oído. Debe venir desde el otro lado de la medianera, desde lo de Salustiaga. Seguro que sí. Me levanto y voy hasta el fondo del patio. Si vuelve a escucharse, el sonido debería ser aquí más fuerte. Ahí está otra vez, pero no. No viene desde lo del vecino. Es un chirrido metálico, sin duda. Algunos golpes. Pero vienen exactamente desde la otra dirección, es decir, desde nuestra casa.

Se me eriza la piel. Estoy sola y hay un intruso. Siento el corazón latiéndome en la garganta. Me viene el impulso de gritar pero de inmediato me contengo: al revés, Ofelia. Tenés que quedarte en silencio. Gritar solo le indicaría al intruso que hay alguien en la casa. Una mujer. En el fondo. Sola.

Avanzo en puntas de pie por el patio. Llego a la altura de la mesa en la que estaba estudiando. El único modo de escapar es cruzando la casa. Pasar del patio al comedor, del comedor a la sala, de la sala al recibidor y después al zaguán y la calle. Ahí sí gritar, gritar como una poseída pidiendo auxilio. Pero ¿y si me topo con el intruso en medio de mi fuga?

Retrocedo hasta el rincón de la huerta de mamá, donde hay algunas herramientas. Pruebo con la pala pero no, no sirve. Me pesa demasiado y no soy capaz de correr rápido cargando con ella. Ni de alzarla por encima de mi cabeza como para descargarla sobre la del intruso. Cada vez siento más ganas de llorar, pero me niego. Desesperada sí, en pánico nunca, me digo. Junto a la pala hay una azada de mango corto. La sopeso. Esa sí puede servir. No me impide correr. No pesa tanto como para no poder descargarla sobre alguien. ¿Podré hacerlo? Si me encuentro con el ladrón: ¿me atreveré a clavársela como hacen a veces las heroínas del cine? No me siento capaz de atacar a alguien. Jamás lo he hecho. Pero tampoco jamás estuve sola un domingo en mi casa con un asaltante adentro. ¿Y si es alguien peor que un asaltante? No puedo evitar estremecerme.

Con paso vacilante llego a la puerta que da del patio al comedor. Me asomo apenas, temiendo encontrarme con el intruso, pero no hay nadie. Otra vez los ruidos. Son clarísimos. Y vienen desde la cocina. ¿Y si me lanzo a correr en línea recta? La sala, el recibidor, el zaguán, la calle. ¿Cuánto puedo demorar en alcanzar la vereda? Tomo aire e intento darme valor, pero

¿cómo se hace? Antes de que las dudas y el miedo terminen de paralizarme empuño con firmeza la azada en la mano derecha y me lanzo a correr atravesando el comedor. En tres pasos llego a la sala. A esta velocidad no puede faltarme demasiado. Pero soy tan estúpida y tan atolondrada que cuando estoy a mitad de la sala empujo una silla con la cadera y la derribo sobre la mesa ratona que tiene la tapa de vidrio y las campanitas de cristal que trajo papá desde Compostela la última vez que viajó. El vidrio de la mesa se rompe por la mitad y las campanitas caen y se hacen trizas. El estrépito es enorme y yo, que sigo siendo la misma estúpida que tiró la silla, en lugar de emprender otra vez la carrera me quedo mirando cómo las últimas campanitas resbalan por el plano inclinado del vidrio roto y se estrellan en el piso de madera. Y para cuando me doy cuenta de que tengo que ponerme otra vez en movimiento advierto por el rabillo del ojo una sombra que se recorta en el umbral de la cocina que no puede ser más que del asaltante, que viene atraído por el batifondo que hice. Y aunque no lo miro me doy cuenta, por sus dimensiones, de que es un hombre, y de que es un hombre alto, y una parte de mi cerebro más estúpida que las otras partes se pone a pensar que es lógico, eso de que el asaltante sea un hombre y no una mujer, porque no deben existir mujeres asaltantes que se metan en casas ajenas para robarlas los domingos a la mañana o para hacerles algo peor a las chicas que estudian Estadística para recibirse por fin de contadoras, de manera que es obvio que va a ser un tipo.

Mucho menos obvio es lo que sucede después.

Porque de repente se me destraban las piernas y los brazos y la garganta. Y me lanzo a correr desesperada hacia el recibidor para llegar al zaguán para llegar a la vereda. Y, aunque no me atrevo a mirar al intruso, alzo el brazo con la azada para que vea que no le conviene acercarse. Y no sé si para intimidarlo o para aligerar un poco la tensión que siento suelto un alarido feroz mientras intento dejar atrás el umbral de la cocina donde la figura del hombre sigue recortada.

Y en ese momento el intruso dice, con voz tan sorprendida como amigable:

—¡Hola, Ofelia! ¡No sabía que estaba en casa!

Porque es Manuel. El intruso es Manuel.

16

Efectivamente, es Manuel. Y no lleva un palo, o un revólver, o un puñal, o lo que sea que lleva un ladrón en la mano cuando se dispone a desvalijar una casa o atacar a una joven estudiante de Ciencias Económicas. Lo único que tiene en la mano derecha es un metro de madera, amarillo, a medio plegar.

—¿La asusté?

Lo lógico es que le diga que no, que no me asustó, que todo está perfectamente. Eso es lo que responde una chica bien adiestrada en la correcta expresión de sus emociones y, sobre todo, en la más pudorosa discreción acerca de esas emociones. Pero esta mañana debo haber amanecido con las prioridades revueltas, porque lo que respondo es:

—¡Casi me muero del susto, Manuel!

Y mientras lo digo siento exactamente lo que digo, y es una mezcla de acordarme del miedo rotundo que me congeló la panza y la gratitud inmensa de haberme equivocado, del recuerdo del vello erizado a la altura de la nuca y la necesidad animal de ganar la calle corriendo y el pánico cuando vi la sombra recortada en el umbral de la cocina y el alborozo cuando reconocí a Manuel en esa sombra. Y esa mezcolanza hace que termine soltando un gemido, a medias queja, a medias sollozo, a medias risita. El resultado es espantoso porque mantengo la boca cerrada y entonces el aire no sale por la boca sino por la nariz, y sale con tanta violencia que no sale solo, sino con los mocos que tenía en las fosas nasales y que no sabía que tenía, y que ahora siento sobre mis labios e intuyo sobre mi blusa, y no atino a nada más que a taparme la cara en un intento de enmendar el asco y el ridículo, y ahora vuelven a ganarme las ganas de morirme porque ya no son una mezcla de angustia y de felicidad sino angustia pura, una angustia que no tiene mayor sentido porque está bien que estoy dando una imagen espantosa lanzando mocos por la nariz frente al novio de mi hermana pero mucho peor sería haberme topado con un intruso de verdad, y sin embargo la angustia sigue creciendo aunque no tenga ni idea sobre de dónde sale ni a dónde va esa angustia.

Me tapo la cara con las manos y lloro, ya no unos sollozos mezclados con risitas y con nervios sino un llanto franco, profundo y acongojado, y Manuel cruza en cuatro pasos los pocos metros que nos separan y con mucho cuidado me toma por los brazos y me dice que no me ponga así, y vuelve a pedirme perdón por haberme asustado, y explica algo sobre una reforma que mamá le pidió que diseñara para las alacenas altas de la cocina, y dice que entró con unas llaves que le dejó Delfina y que aprovechó a venir hoy a sabiendas de que estaban todos en el picnic de Luján, porque era mejor venir a mirar y a medir con la casa sola y la cocina desierta y que nunca se imaginó que yo estaría presente y que de lo contrario habría tocado el timbre y esperado afuera, y que no sabe cómo pedirme disculpas, y yo mientras más lo escucho más lloro, al punto de no tener ya la menor idea de qué es lo que me pasa y por qué lloro de semejante manera, y es mi llanto de tal envergadura que Manuel convierte ese aferrarme de los brazos en un abrazo liso y llano o, bueno, tan liso y llano como yo le permito porque si bien estoy estragada de lágrimas y de angustia tampoco estoy dispuesta a abandonarme en ese abrazo al punto de olvidarme de que quien me abraza y me consuela y me contiene no es otro que el novio de mi hermana menor, ese del cual mi otra hermana Mabel anduvo diciendo barbaridades o, bien mirado, las barbaridades Mabel las anduvo diciendo de mí pero en relación con él, y otra razón para que no termine de abandonarme en su abrazo es que de tanto en tanto tomo la precaución de limpiarme la nariz con la manga de mi propia blusa para no seguir embadurnándolo a él con mis lágrimas y mis mocos y cuando pienso en mis mocos vuelvo a querer morirme porque me acuerdo del instante en que resoplé por la nariz y no hay manera de que Manuel no haya visto mis mocos saliendo como un chorro irrefrenable desde mi nariz hasta mi barbilla pasando por mi boca y otra vez me quiero morir y lloro más fuerte todavía.

En algún momento —no estoy segura de si llevo dos, seis o veinte minutos llorando en sus brazos— me doy cuenta de que yo también estoy abrazándolo a él y que es la primera vez que estoy así de cerca de Manuel y de que no está bien que lo esté abrazando aunque al mismo tiempo, asombrada, compruebo que una parte de mí estaría dispuesta a permanecer el resto de la vida detenida en este momento, de pie en la sala de mi casa vacía, vacía excepto por Manuel parado ahí y yo abrazada a Manuel parado ahí.

Sé —no hay modo de que no lo sepa— que hay algo absolutamente incorrecto en esto que está sucediendo desde hace dos, o seis, o veinte minutos y entonces sí, al fin, me despego de su abrazo, aunque lo más correcto sería decir que lo suelto del mío, porque a esta altura ya no es "su" abrazo sino "nuestro" abrazo, pero sobre todo "mí" abrazo el que nos tiene pegados el uno al otro.

Retrocedo dos pasos y pestañeo para aclararme la vista nublada y entonces veo que me está mirando y no aguanto sus ojos y bajo los míos.

—Disculpe —digo, aunque no estoy segura acerca de qué me estoy disculpando—. Es que…

—No se preocupe, Ofelia. Al contrario —dice Manuel con las manos un poco alzadas a la altura del pecho, como quien se rinde—. Perdone usted por no haber tocado el timbre…

—Pero por favor, Manuel, ¿cómo se va a imaginar que hay alguien en casa?

Decido dar por zanjada la cuestión o vamos a seguir pidiéndonos recíprocos perdones hasta quién sabe cuándo. Me paso una última vez la manga por la cara (intento no pensar otra vez en mis mocos y mi vergüenza porque de lo contrario voy a llorar mi humillación otra vez) y le pregunto si puedo ofrecerle algo para tomar. Un té, un café, algo fresco…

—Faltaba más, Ofelia. En cinco minutos la dejo en paz.

—No me cuesta nada. Justo estaba a punto de hacerme un té para mí.

En realidad acababa de hacerme uno antes de entrar en pánico, pero debe haberse enfriado completamente sobre la mesa del patio, en medio de mis ejercicios de Estadística.

—¿Seguro? No sé si pedirle un té a una chica tan aguerrida como usted.

—¿Aguerrida?

—Mire si le digo algo que la moleste y me rompe la cabeza con el pico ese…

Señala risueño el sillón donde está la azada con la que me armé antes de entrar a la casa. ¿Cómo llegó hasta ahí? Qué vergüenza. Esta vez consigo reírme en lugar de llorar.

—Qué estúpida.

—No empiece otra vez. Con tal de que no siga le acepto ese té que me ofreció.

Vamos hacia la cocina. Me ocupo de la hornalla, el colador, las cucharadas de té. Manuel vuelve a sus mediciones. Trepa en el banco de metal que guardamos siempre en el rincón (esos eran los ruidos metálicos que escuchaba desde el patio), mide con el metro amarillo, baja de un salto y anota en una libreta, junto a unos bosquejos. Después deja la libreta abierta sobre la mesa y vuelve a treparse para medir. Mientras se calienta el agua curioseo un poco: el dibujo representa las alacenas de la parte de arriba, la mesada, los estantes del costado, las cajoneras inferiores. Todo dibujado en perspectiva y con un sombreado leve que da más verosimilitud al conjunto que, de por sí, está muy bien hecho.

—Qué buen dibujante —le digo mientras apago la hornalla.

—No se burle —responde al tiempo que salta otra vez al piso, anota una última cifra, sacude el polvo de la superficie del banquito y lo acomoda de nuevo en su rincón.

—Dos de azúcar, ¿no?

—Sí. Gracias, Ofelia.

Mientras tomamos el té me cuenta sus ideas para la reforma de la cocina. Me dice con entusiasmo que lo principal es que los muebles nuevos podrán contar con la mejor madera y la mejor hechura porque papá los hará construir en la fábrica. La mala noticia es que, precisamente, es muy probable que papá se tome la atribución de criticar los diseños y sugerir mejoras que dejen mal parado al arquitecto metido a decorador de interiores.

—Mientras la tenga a mamá de su lado no hay demasiados riesgos, Manuel.

—Lo sé, lo sé. En eso tengo la ventaja de correr con el caballo del comisario —sonríe, se levanta y lleva su taza a la pileta de la cocina.

—Deje que yo las lavo —le digo.

—Por favor, Ofelia. Vaya a estudiar nomás, que yo me ocupo.

—Bueno, si me echa…

—Exacto —dice, falsamente severo—. La echo, alumna, y le ordeno que vuelva a estudiar.

Sonrío, dejo mi taza junto a la suya y voy hacia la sala, pero a la altura del umbral escucho otra vez la voz de Manuel.

—Eh… espere, Ofelia. Ne… necesito decirle algo.

17

Mi vida es siempre mi vida y se define por cada uno de los días que he vivido dentro de esta vida. Cada uno de esos días la ha hecho exactamente la vida que es, y no otra distinta. Es curioso, porque cuando intento ponerle palabras a eso que pienso, como acabo de hacer, termino embrollada en un laberinto de estupideces que parecen no tener sentido. Pero si lo mantengo sin palabras, no. Si lo mantengo sin palabras lo vivo como algo evidente y certero.

Soy el resultado de todos los días que llevo vividos. Y como los viví, y están en mi pasado, cada uno de esos días me parece natural, esperable, lógico, normal. Lo mismo que la cadena que une a todos esos días.

¿Será que no tuve una desgracia atroz que haya destrozado las bases de mi vida? Un accidente fatal de alguien querido, por ejemplo. Una circunstancia feroz, un ensañamiento imperdonable del destino que me hiciera rogar a Dios para volver el tiempo atrás y así poder cambiar el contenido de un minuto, una hora, un día decisivo. No lo sé. Tal vez es por eso. Porque me han pasado cosas buenas y cosas malas, pero nunca llegué a sentir que las cosas malas podrían haberse evitado de haber conseguido regresar al día anterior a vivirlas.

Seguro que una vive sobresaltos. Sobresaltos buenos y sobresaltos malos. Pero a todos una se termina acostumbrando. Y tarde o temprano esos sobresaltos se convierten en parte del polvo que queda a los pies de nuestras vidas. Y la vida sigue, y sigue siendo nuestra, y cada vida es la suma de los días rutinarios y de los días distintos.

Soy Ofelia desde que nací, y Ofelia es así como es, así como soy, porque viví lo que viví el día de mi nacimiento y de allí en adelante. Y uno de esos días es este domingo 22 de noviembre de 1953 en que decido quedarme estudiando Estadística y Manuel viene a casa a tomar las medidas de las alacenas altas de la cocina y yo me asusto porque creo que hay un intruso en la casa y resulta que no, que es Manuel haciéndole a mamá el favor de diseñarle unos muebles nuevos para renovar los anteriores que son del tiempo de María Castaña. Y sin duda este es un día de sobresaltos pero después mi vida seguirá construyéndose. ¿Cómo seguirá? No lo sé. Pero todos los días que de aquí en adelante se sumen a mi vida contarán, indefectiblemente, con este día. Cargarán con él. Se edificarán sobre él como se edifican sobre todos los otros. Este día, y todos los demás, antes y después, me hacen y me harán Ofelia. Esta Ofelia.

¿Podré pensar, en el futuro, cómo habría sido mi vida si este domingo hubiese optado por acompañar a mi familia a Luján? Sí, seguro que podré. Pero cualquier respuesta será tan endeble como si me dedicase a especular sobre cómo sería mi vida en el caso de haber decidido estudiar enfermería o meterme a monja con las Capuchinas. Ninguno de mis días estaba escrito en el día anterior, pero lo que me impacta es que, una vez vivido, cada día antecede y explica y establece y justifica y condiciona lo que sucederá después, con los días venideros.

Y aquí estamos, con Manuel a mis espaldas, cuando me falta apenas un paso para salir de la cocina, que dice que tiene que decirme algo. Y cuando me giro hacia él no sé qué va a decirme. Si dijese que lo sé, o que lo intuyo, o que lo anticipo, o que lo deseo, o que lo temo, estaría mintiendo. Estaría usufructuando lo que sabré después. En este momento aún no lo sé. Cualquier cosa puede pasar, y cualquier futuro puede ser mi futuro. Cuando Manuel hable, y cuando yo escuche, todos esos futuros se reducirán a uno y este día será uno solo de todos los días que pudo haber sido.

Pero todavía no. Todavía me estoy dando vuelta, y estoy mirando a Manuel, y ambos parpadeamos, yo porque me sorprende el tono repentinamente tenso con el que me habló, un tono que no tiene nada que ver con el que usó para pedirme disculpas, y para consolarme, y para contarme sus planes para los muebles de la cocina. Un tono que me hace pensar que voy a acordarme por mucho tiempo de que hoy es 22 de noviembre.

18

—No pensé que fuera a encontrarla acá —dice Manuel, rascándose la cabeza, apoyado contra la mesada, al otro extremo de la cocina, y se queda callado.

La verdad que, como revelación, no es gran cosa. Sí, lo entiendo. Él no pensó que fuera a encontrarme y yo no pensé que fuera a venir y me pegué el susto de mi vida. Deja de rascarse la cabeza y mete las manos en los bolsillos del pantalón.

—Y desde que la vi aparecer en la sala estoy pensando si le digo o no le digo esto que estoy a punto de decirle. Yo…

Vuelve a detenerse. Baja los ojos. Me mira otra vez. Cuando ve que sigo mirándolo vuelve a bajarlos. Si es por eso, que siga con los ojos bajos, porque pienso seguir mirándolo casi sin parpadear hasta que termine de decir lo que pretende decirme.

—En realidad estoy cambiando de idea en este momento. Y yo no soy de cambiar de idea. Para nada. O casi nunca. Yo estaba decidido a no decirle nada. Y calculo que lo que voy a decirle la va a ofender, y le pido perdón. Como le digo, estaba convencido de que era un asunto cerrado y un problema mío. En realidad sigue siendo un problema mío. Eso no cambia. Pero como tiene que ver con usted, en un punto lo voy a volver un problema suyo. Pero un poco suyo, nada más.

Manuel levanta la cabeza pero no para mirarme sino para mirar por la ventana de la cocina. Como si lo atrajera la luz camina hacia la ventana. Lo que sigue me lo dice casi vuelto de espaldas hacia la calle, los ojos fijos en la ventana iluminada.

—Desde que la conocí que me parece… Yo la amo a Delfina. Me quiero casar con ella. Me hace feliz pensar en ella. Y se supone…

Por primera vez en todo el rato se gira hacia mí y me observa directamente. Levanta la mano en el ademán de quien descarta algo.

—Deje, Ofelia. Disculpe. Haga como que hoy no me vio.

Da unos pasos hacia la mesa y levanta su libreta. ¿Dónde está mi lengua? ¿Dónde se me trabó la voz que no puedo emitir sonido? Lo único que tengo es un corazón que me late en el paladar, en la panza, en cualquier lado menos en el sitio donde se supone que está y que late el corazón.

—Eso sí que no —alcanzo a decir.

¿"Eso sí que no"? Se ve que encontré mi voz y destrabé mi lengua, pero no tengo ni idea de dónde salen esas palabras, ese tono imperativo, cuando soy apenas un temblor que late.

—¿Ve lo que le digo? Ya la ofendí, y ni siquiera empecé.

—No me ofende —digo, y es verdad. Pero no sé qué me hace—. Dígame lo que quiera.

Manuel vuelve a retroceder, ahora hacia el lado del horno.

—No es lo que quiera, sino lo que debo, me parece. O lo que no debo. O lo que tengo para decirle es justo lo que no tengo que decirle. Y estaba convencido de que no iba a decirle nada. Porque no correspondía y porque no iba a tener ocasión de decírselo. En realidad debería alcanzarme con lo primero. Yo a usted la conocí y me empezaron… la conocí y de repente me encontré acordándome de usted todo el tiempo. Lo que decía, lo que hacía, cómo lo decía… Empezamos a salir al cine todos juntos y yo me moría por hablar con usted, porque me sacara charla, porque me preguntara algo, porque quisiera conversar conmigo de la película… Y de puro estúpido que soy me ilusioné con que usted… Quédese tranquila que usted no hizo nada malo. Soy yo. Fui yo, más bien. Que me puse a pensar pavadas. Después me di cuenta de que no, de que usted nada que ver. Por eso me llamé a sosiego, para no estorbarla. A usted y a Juan Carlos, que me pongo a pensar en él, y sé que somos amigos, y también me quiero morir. Y después usted contó que se va a casar, o mejor dicho pusieron la fecha y yo dije hiciste bien en callarte, Manuel, no molestes. Y me prometí que esto moría conmigo. Pero al mismo tiempo… No sé… Hay días que me pesa tanto lo que me pasa con usted que necesito decírselo a alguien. Y no hay nadie a quien pueda decírselo que no vaya a pensar que es una barbaridad. Bueno, usted también pensará que es una locura. Pero de todas las personas a las que se lo puedo decir y que van a pensar que es una barba-

106

ridad prefiero decírselo a usted, porque en el fondo es la única que me importa que lo sepa. Y no sé para qué quiero que lo sepa. No sirve para nada que lo sepa. Y sospecho que es peor, eso de que lo sepa. Pero ya ve, se lo digo igual. Parece que la quiero, Ofelia. Mil perdones, pero me parece que la quiero mucho.

19

Es como si el cerebro se me hubiese empequeñecido dentro de la cabeza y dejase lugar para que los pensamientos reboten dentro de los huesos de mi cráneo. Es una estupidez esta imagen, pero es eso, como si las cosas que pienso estuvieran volando y chocando contra la parte de adentro de mi cabeza, como pájaros enloquecidos. No es la primera vez que me pasa, pero nunca en mi vida me ha pasado tan fuerte como esta vez.

Manuel sigue apoyado contra el borde del horno, y yo permanezco en el umbral de la puerta que conduce de la cocina al comedor, donde me detuvo el pedido que me hizo Manuel de que esperara, de que tenía que decirme algo. Ya me lo dijo. Y vaya si me lo dijo.

Si lo que pienso es un barullo, lo que siento es un barullo más enredado todavía. Y como mi cabeza sigue pensando y pensando, no soy capaz de ponerle nombre a la mezcla de cosas que siento. Pero en el centro del caos hay algo que permanece: Manuel dijo que me quiere mucho. Todo lo demás gira alrededor de eso. Manuel acaba de decir que me quiere mucho.

Todas las cosas que giran como un torbellino, como si fueran parte de una película, frenan un segundo como si estuvieran en una pantalla para que yo las vea, las reconozca. Imágenes que yo no sabía lo bien guardadas que estaban en mi memoria. Imágenes en las que siempre estamos Manuel y yo. Conversaciones. Miradas. Gestos mínimos. Situaciones que, más allá de lo que estuve dispuesta a reconocer, me importaron mucho. Y por eso las mantuve, las conservé. Situaciones sobre las que, mientras las vivía, me preguntaba si para Manuel también eran importantes. Si también él las estaba conservando. Una vez Manuel me había dicho que era difícil hacerme un chiste porque yo me quedaba mirando seria al autor del chiste, y que esa mirada tenía el poder de congelar, y a mí me gustó que me dijera eso. O esa tarde en el Tigre en la que salí a pasear y me topé con Manuel leyendo un libro, y me pareció que al mismo tiempo le alegraba y le entristecía que justo yo apareciera mientras leía. O los cientos de veces a la salida del cine en que me pareció que él estaba pendiente de lo que yo decía… o, mejor dicho, en los cientos de veces en que yo quise que él estuviera pendiente de lo que yo decía… ¿significa que era verdad?

Siento vértigo, siento miedo, siento vergüenza. Pero lo que siento sobre todo es alegría. Una alegría feroz, una alegría volcánica que supera todas las otras emociones que siento al mismo tiempo.

Manuel se endereza y saca las manos de los bolsillos. Hace un gesto mostrándome las palmas, como quien se disculpa con un "no tengo nada más" porque no dispone de más palabras, o porque las palabras no le sirven, y me doy cuenta de que está a punto de irse.

—Ya me voy, Ofelia. Y perdóneme por… ya me voy.

Dice eso y levanta su libreta. Yo siempre pienso mucho en lo que voy a hacer, antes de hacerlo. Odio equivocarme. Odio precipitarme. No me gusta que la gente improvise lo que hace y lo que dice. Me parece que la precipitación causa daño a otras personas. Por eso me gusta pensar las cosas que hago y las que digo con tiempo y con detalle. Pero una no puede decidir las cosas con tiempo y con detalle mientras los pensamientos le rebotan en las paredes del cráneo y mientras las imágenes de estos meses le pasan por delante como una película que recién ahora se completa y mientras el corazón galopa con una alegría desbocada.

Y como si yo no fuese yo avanzo dos pasos en la cocina y levanto también las manos, pero no en un gesto de disculpa y despedida sino en uno que le pide a Manuel que se detenga y que espere.

—No, Manuel. No me pida perdón. Porque me parece que a mí me pasa lo mismo.

20

Es como si hubiese tirado una piedra desde el borde de un barranco sin mirar antes qué hay debajo, si
hay alguien a quien pueda lastimar con esa piedra, o si
puedo desatar un alud, montaña abajo, con esa piedra.

Yo, que siempre pienso mucho antes de actuar y
que medito todo lo que quiero decir y lo que quiero
callar, acabo de decirle al novio de mi hermana que a
mí me pasa lo mismo que a él, es decir, que lo quiero
mucho.

Manuel me está mirando con las cejas enarcadas.
No es que tenga el ceño fruncido, o que su expresión
sea de sospecha o de escepticismo. Creo que lo que
expresa su cara es aturdimiento. Ni más ni menos que
estupefacción, pensaría una, si una pudiera pensar las
cosas en términos tan raros como ese. Estupefacción
es una palabra de los libros, no de mi vida. ¿Por qué se
me viene a la mente una palabra como esa, entonces?
¿No es quedarme atada a un detalle ínfimo, minúsculo? ¿No es mucho más importante pensar que estamos
los dos en la cocina de mi casa, separados por dos metros, poseídos por un silencio completo y absoluto,
después de decirnos mutuamente unas pocas palabras
imposibles y maravillosas y aterradoras?

Tal vez es precisamente por eso que mi cabeza prefiere quedarse con eso de la estupefacción. Porque lo otro, lo que hay detrás, es demasiado inaudito, o hermoso, o angustiante.

Manuel sigue inmóvil, aunque sus ojos están absortos en los míos. Sus ojos incrédulos, sus ojos debajo de sus cejas enarcadas. Siento que es ridículo que sigamos así, quietos, inmóviles. Por otro lado no tengo la menor idea de qué es lo que correspondería hacer. El verbo mismo, "corresponder", me angustia. Porque si es por corresponder, no corresponde nada de lo que dijimos ni nada de lo que está pasando, aunque bueno, pasando lo que se dice pasando tampoco está pasando nada. Dos personas inmóviles que se miran… estupefactas.

Porque me siento ridícula en mi estupefacción o porque sí, porque soy una Ofelia extraña que ha dejado de planificar cuidadosamente sus palabras y sus movimientos, adelanto un pie y doy un paso hacia Manuel. Enseguida doy otro. Manuel hace lo mismo, aunque en realidad los pasos que damos no son estrictamente hacia adelante, porque en medio de nosotros está la mesa grande de la cocina, la mesa donde la familia desayuna todos los días, la mesa alrededor de la cual cualquier otro domingo a esta hora mamá estaría trajinando con el almuerzo y nosotras ayudándola, y porque hoy se fueron de picnic a Luján es que la cocina está vacía salvo por nosotros dos y precisamente por eso Manuel dijo lo que dijo y yo le contesté lo que le contesté. Pero más allá de que nuestros pasos sean laterales lo que están haciendo es acortar la distancia que nos separa. Tarde o temprano vamos a rodear la mesa en dirección al otro, y entonces qué, me pregunto, y no sé qué responderme, pero no me detengo, sigo avanzando y Manuel también y ahora ya torcí la esquina de la mesa y estamos a ochenta centímetros, como mucho, uno del otro, y nos miramos y nuestra mirada sigue siendo de perplejidad, porque es evidente que ninguno de los dos sabe qué hacer ahora y es normal, porque si ninguno preparó lo que íbamos a decir hace dos minutos mucho menos podemos haber planeado qué hacer después de decir lo que dijimos y de escuchar lo que escuchamos.

Creo que este momento de perplejidad silenciosa, de absorto y recíproco estudio, casi, podría prolongarse indefinidamente porque es evidente que no somos personas de tomar decisiones apresuradas, y porque ninguno de los dos, cuando entramos a la cocina, imaginamos que la vida de aquí en adelante iba a incluir este día que estamos viviendo, pero justo en este momento de este día Manuel sonríe.

Solo eso y ni más ni menos que eso. Manuel sonríe y yo me contagio esa sonrisa y también sonrío. Y los dos sonreímos estas sonrisas silenciosas y avergonzadas pero evidentes y Manuel avanza otro paso y entonces ya no son ochenta sino cuarenta los centímetros que nos separan, y yo doy un paso pero más chico porque no me atrevo a más, porque no quiero que sean cuarenta pero tampoco me atrevo a que sean menos de veinte los centímetros entre nosotros, o al menos no todavía, porque necesito tomar aliento, necesito decidir de qué modo voy a transitar estos veinte centímetros finales, y transitarlos para qué, para que terminen cómo, mientras el corazón está a punto de salírseme por la boca y es en ese momento cuando escucho a mis espaldas la pregunta:

—¿Se puede saber qué está pasando?

Y Manuel deja de mirarme y observa por sobre mi hombro a mis espaldas y yo giro el cuerpo por completo para mirar en la misma dirección y sí, ahora yo también la veo, nítida, concreta e indudable: la tía Rita en el umbral de la cocina, que nos observa con sus ojos grises echando chispas.

21

—Acabo de pegarle a la pobre Ofelia el susto más grande de su vida, señora —dice Manuel—. Ella estaba estudiando en el patio y yo entré como Pancho por su casa con las llaves de Delfina, pensando que no había nadie.

—¿Y a qué vino, si puede saberse? —los ojos de la tía Rita siguen echando chispas.

—Doña Luisa me pidió la vez pasada si la ayudaba a renovar los muebles de la cocina —Manuel señala el metro amarillo con letras negras y la libreta de los bocetos, que quedó sobre la mesada—. Vine a tomar las medidas.

La tía sigue de pie frente a nosotros. Sin ser conscientes de ello nos hemos ido distanciando uno del otro. Ahora hay un buen metro de distancia entre nosotros. ¿Habrá notado la tía que nos hemos alejado? Lo más importante: ¿habrá notado, cuando entró, lo cerca, lo cerquísima que estábamos?

—Sigo sin entender —dice la tía.

—Disculpe, pero no entiendo lo que no entiende —por primera vez el tono de Manuel deja de lado la cordial simpatía que traía hasta acá.

Yo me alegro de que sea él quien conversa con ella. Creo que si intentase hablar no me saldría la voz.

La conozco tanto. Lo que sigue "sin entender" es cómo es posible que yo esté sola en casa con un hombre. Si ese hombre fuera mi novio sería un escándalo. Pero el hecho de que esté con otro hombre, que no es mi novio, sino el novio de mi hermana Delfina, está más allá de la definición de escándalo. ¿Se animará la tía a explayarse, con Manuel, sobre aquello que sigue "sin entender"?

—¿Y a vos qué te pasa, que estás colorada como un tomate? —de repente me encara y me suelta la pregunta.

Titubeo. Entiendo perfectamente su movimiento. Una vez en el cine, hace tiempo, vimos una película documental en la que una manada de leones se lanzaba a cazar cebras. No elegían las más fuertes ni las más veloces, sino las más frágiles, las más indefensas, las que menos trabajo podían acarrearles. La tía Rita caza con idéntica estrategia.

—¿Te parece poco, tía? —no pienso ponértela fácil, vieja de porquería—. Entré a la casa suponiendo que iba a encontrarme con un ladrón, o con un sátiro. ¿Vos cómo te habrías puesto?

Le señalo la sala. La tía, con las manos a la espalda, como un sargento que pasa revista matinal a los reclutas, sale en esa dirección. Estoy a punto de seguirla cuando un mínimo movimiento de Manuel me disuade. Tiene razón. ¿A cuento de qué tengo que ir detrás de ella? Manuel mueve una silla y se sienta. Hago lo mismo. Enseguida la tía está de regreso.

—¿Puedo ofrecerle otro té? —le pregunto a Manuel en el tono más casual del que soy capaz.

—¿Y esa mesa destrozada? —la tía no piensa detenerse en cortesías.

—Justamente, tía. Pasé corriendo como loca desde el patio con la idea de escaparme hacia la vereda. Empujé una silla con tanta mala suerte que cayó sobre la mesa ratona.

—Lo importante es que no se cortó ni nada, Ofelia —interviene Manuel—. Y lo del té le agradezco, pero termino de medir y me voy enseguida.

—¿Y esto? —la tía alza la mano izquierda donde lleva la azada.

—Una herramienta de mamá. La tomé al voleo, con la idea de defenderme.

—Menos mal que me reconoció, Ofelia —Manuel lo dice tocándose la cabeza como si evocase un posible ataque, y vuelve a sonreír.

Yo también sonrío. Me encantaría agradecerle en voz alta todo lo que me está ayudando. Como si se interpusiera una vez y otra vez ante los embates de ese león sanguinario que es la tía.

—¿No tendrías que estar con la familia en Luján? —vuelve a la carga.

—Me quedé a estudiar para el último final de la carrera. ¿Y vos?

—No quería faltar a la misa de once en Santa Elena. Y no me gustan los picnics.

Rita, sin sentarse, sigue mirándonos de a uno por vez, con un descaro que linda con la mala educación.

—Permiso —dice Manuel, y se incorpora.

Vuelve a buscar el banquito en el rincón, lo acerca a la mesada, se trepa, apoya el metro contra uno de los laterales de las alacenas, murmura un número, baja del banco, lo ubica en su sitio y asienta una cifra en el bosquejo de la libreta.

—Ahora sí, me voy yendo.

—¿No tenía que tomar las medidas del mueble de cocina usted?

—Con esto ya terminé, señora. El resto del trabajo lo hago tranquilo en casa.

Rodea la mesa y le tiende la mano a la tía, que se la estrecha sin dejar de escrutarlo. Manuel sigue impertérrito. La misma inocencia en la mirada, en el pestañeo, en el andar liviano hacia la puerta. De repente me doy cuenta de que no puedo dejar que Manuel se vaya así. Sin hablar más, sin aclarar lo que dijimos, sin entender dónde estamos parados ni cómo seguimos. Me levanto de un salto.

—Lo acompaño a la puerta, Manuel.

—Sí, Ofelia. Cómo no.

—Dejá, nena —interviene, seca, la tía—. Yo me ocupo. Vos aprovechá y ponete a estudiar, que ya bastante tiempo debés haber perdido.

Quiero retrucarle de alguna manera, encontrar un argumento para oponerle y hacer lo que quiero, pero no lo consigo. Ni siquiera soy capaz de sostenerle la mirada más de dos segundos.

Me vuelvo hacia la mesada y, despavorida, caigo en la cuenta de que ahí están las tazas vacías del té que nos tomamos. Si la tía suma dos más dos se dará cuenta de que entre mi susto y su irrupción hubo tazas de té y una conversación que terminó con Manuel y conmigo a treinta centímetros uno del otro. Y fui tan estúpida como para preguntarle a Manuel, delante de ella, si quería "otro" té. ¿Puedo ser tan imbécil?

Escucho que a mis espaldas la tía Rita y Manuel se alejan por el zaguán. Lavo las tazas y las seco en dos segundos. Oigo la puerta de calle abrirse y cerrarse, la llave, los pasos de la tía volviendo por el zaguán. Cuando entra otra vez en la sala nos miramos. Por un segundo tengo la impresión de que va a decirme que no cree una palabra de lo que le dijimos. Contengo el aire. Estoy lista. Nada de lo que le dijimos es mentira. En todo caso lo que hicimos fue callar la parte más importante de la verdad. Pero puedo repetir una y mil veces lo que ya dijimos, y confiar en que no se me noten los nervios de lo que estaré callando. Pero la tía se limita a tenderme la azada para que vuelva a llevarla al patio.

Salgo de nuevo al sol. Todavía no es mediodía.

22

El mundo es asombroso. Hace media hora estaba sentada en esta misma silla, en este mismo patio, frente al mismo ejercicio de probabilidad para mi examen final de Estadística. Ahí está la regla de madera barnizada con números negros sobre fondo blanco que, aunque rara vez la uso, tengo siempre a mano mientras estudio. Ahí está el lápiz negro. Ahí está el cuaderno cuadriculado. Ahí sigue el sol colándose un poco por entre las hojas del tilo.

También está el ejercicio a medio plantear: está definida la variable, está normalizada la variable, está buscada la equivalencia entre equis y zeta y está despejado el valor de zeta.

Aquí en el patio la vida parece ser exactamente idéntica a como era hace media hora, cuando me sobresaltaron unos ruidos y me asusté y me topé con Manuel en la cocina. Y sin embargo la vida es absolutamente otra.

Yo, por lo menos, soy absolutamente otra. La Ofelia que se incorporó y corrió hacia la puerta de calle enarbolando una azada estaba segura de algunas cosas. La Ofelia que acaba de sentarse otra vez frente al ejercicio de probabilidad está segura de otras. Estoy segura, por ejemplo, de que me atraviesa la felicidad imposible de que Manuel me quiere. También estoy segura de que hice bien en decirle la verdad: decirle que a mí me pasa lo mismo. Estoy segura de que lo quiero desde esa noche que me pasé diciéndome que no, que no lo quería, justo después de que Mabel insinuase que sí, al bajarnos del colectivo. O desde antes, desde que fuimos al cine y vimos *Los isleros* y sentí que habíamos visto exactamente la misma película, pero no por la obviedad de que habíamos ido al cine y nos habíamos sentado en butacas contiguas para asistir a la misma función, sino porque al salir del cine y comentar la película yo había constatado que habíamos visto lo mismo, pensado lo mismo y sentido lo mismo.

Estoy feliz, pero sobre todo estoy sorprendida. De Manuel y de mí misma. De Manuel, porque jamás de los jamases pensé que él pudiera sentirse así conmigo. Y de mí, porque llevo meses jurándome que no lo quiero, y han bastado un puñado de palabras de Manuel para derribar esa certeza como si yo la hubiese edificado a base de aire.

En el mundo de hace media hora yo estaba resolviendo un ejercicio de probabilidad sobre temperaturas máximas en el mes de junio en una ciudad ficticia. En el mundo en el que habito ahora solo tengo lugar en el cerebro para imaginar a Manuel caminando por Bonpland hacia Niceto Vega. Lo imagino titubeando, caminando lento, sumergido en pensamientos parecidos a los míos. Lo imagino soñando con la escena improbable de que yo salga corriendo de casa y lo llame a los gritos, corriendo detrás de él por la vereda. Muero por hacerlo, pero, ¿con qué excusa? ¿Con qué cara puedo mirar a la tía Rita, al regresar de la calle? Fue un milagro que no nos descubriera, pienso. ¿Que no nos descubriera haciendo qué? Porque hablando de cosas inadecuadas e inaceptables, sí que nos descubrió. ¿Qué faltó? ¿Un beso? ¿Habría besado a Manuel si la tía Rita no hubiese irrumpido en la cocina?

Por primera vez siento que mi mundo cruje, porque acaba de cruzárseme la imagen de Juan Carlos. ¿Cómo es posible que no haya pensado en él en todo este rato? Manuel sí mencionó a Delfina. ¿Cuándo la mencionó? ¿Qué venía diciendo cuando la nombró? No me acuerdo. Y no me acuerdo porque cuando dijo que me quería todo lo demás estalló por el aire, todo lo que él había dicho antes, y todo lo que yo me había obligado a sentir y a no sentir.

No quiero pensar ahora en Juan Carlos. No es que no quiera pensar más en Juan Carlos. Por supuesto que sí. Pero ahora no. Ahora no puedo. No quiero. Necesito no pensar en nada más que en lo que dijo Manuel y lo que dije yo. Necesito repasarlo una vez y otra vez y otra más, como quien mira una foto. Fueron dos minutos, desde que él dijo que tenía que decirme algo hasta que yo le respondí lo que le respondí. Necesito salir corriendo a seguir hablando con él y decidir cómo sigue la vida.

Pero no puedo.

La tía Rita sale de la casa, me observa y camina hacia donde estoy sentada. Cuando llega se agacha y levanta el lápiz negro.

—¿No se supone que esto lo necesitás para estudiar?

—Sí. No. Estaba pensando en el planteo.

Esta mujer es bruja. Seguro que no tiene la menor

idea de cómo se resuelve un ejercicio de probabilidad con la tabla de Gauss, pero tiene clarísimo que mi cabeza está en cualquier lado menos en ese ejercicio. Acepto el lápiz que me ofrece y vuelvo al problema.

Ya tengo la equivalencia entre equis y zeta, siendo zeta igual al valor de equis menos la media, dividido el desvío… no tengo la menor idea de cómo llegué hasta acá, ni de cómo se supone que sigue el ejercicio. No puede ser, porque hace un rato lo resolví casi completo en los azulejos de la cocina, mientras se calentaba el agua de mi té. Y ahora, con todo el material adelante, se ha convertido en un conjunto de jeroglíficos que no entiendo. Y encima la tía sigue de pie ahí, viéndome hacer o, mejor dicho, no hacer nada. La miro. Me cuesta, pero aunque me sostiene la mirada no bajo los ojos.

—¿Pasa algo, tía?

—Voy a hacer el almuerzo. ¿Hay algo que quieras en particular?

Sigo mirándola. Ahí está la tía Rita. La tía y su luto, moteados de las luces y las sombras del tilo. Sí, tía, hay algo que quiero en particular: quiero salir a la calle, alcanzar a Manuel antes de que tome el colectivo, preguntarle cómo sigue la vida de acá en adelante. Y mi necesidad es tan gigantesca que me quita el aliento y me pone el corazón a latirme en la garganta. Por supuesto que no, tía, no voy a hacer semejante cosa, porque sé perfectamente que no te podés sacar de la cabeza la certeza absoluta de que en esa cocina pasó algo importante que te perdiste por centésimas de segundo. Y se te escapó lo de las tazas de té, tía. Si hubieras reparado en las tazas estarías haciendo especulaciones febriles y, sospecho, acertando, tía. Y no, tía, no voy a darte el gusto de bajar la mirada como querés que hagamos cuando nos mirás con los ojos grises escupiendo culebras, y si advertís el mínimo temblor de mis manos mala suerte, voy a seguir mirándote desde la cúspide de la impura felicidad de saber que Manuel también me quiere.

—Cualquier cosa, tía. Lo único que falta es que te pongas a trabajar en domingo. Termino este ejercicio y te ayudo.

—Como quieras —dice la tía, mientras regresa a la cocina arrastrando los pies—. A la tarde voy a aprovechar a pulir los pisos, ya que no hay nadie que venga a pisotearme el trabajo.

—Voy enseguida —le digo a la espalda de la tía, que ya se pierde dentro de la casa.

Si dedica la tarde a pulir los pisos habrá que andar con cuidado en la semana, porque deja la madera tan resbaladiza que nos coloca a todos al borde del porrazo. Así que veamos, tengo que calcular cuántos días del mes de junio la temperatura máxima será de entre 21 y 27 grados en una ciudad ficticia en la que dicha máxima sigue una distribución normal con una media de 23 y una desviación típica de 5. Y para eso tengo que usar la tabla de Gauss.

Claro que primero tengo que conseguir tragarme el corazón, volverlo a su sitio, encontrar un modo de seguir viviendo sin salir corriendo detrás de Manuel para rogarle que sigamos hablando de que me quiere y de que lo quiero. Mucho. Porque así dijo Manuel. Que me quiere mucho.

23

Odio los domingos a la noche. Desde chica. Aunque parezca imposible tienen una luz moribunda más triste que la de los otros días. Y no importa que sean de invierno o de verano. Puede que los del invierno sean peores, porque encima hace frío, y sí o sí al día siguiente hay escuela, o universidad, o trabajo o lo que sea. Pero los de verano tampoco son inocuos.

¿Será por eso que mi ánimo de repente cambió a esta angustia que me pesa en el pecho? ¿Será que cuando la familia en pleno volvió desde Luján a mí me dio culpa no participar de su cansada alegría, de su placer por derrumbarse en los sillones, de su interés por saber cómo había estado mi día de encierro voluntario? Intentando mostrarme la mar de tranquila comenté que había pasado Manuel a medir las alacenas. "¿Te dejó algún mensaje para mí?", preguntó Delfina, y si hasta ese momento sentía culpa a partir de entonces simplemente me quise morir. Mensaje. Vaya si dejó un mensaje. Pero no era para vos, Delfina, pensé, sigo pensando. Y hace un rato llamó Juan Carlos desde Rosario. Debe haberse gastado un platal en la llamada de larga distancia. Para que me quedara tranquila, que no había pasado nada grave. Nada grave, en la jerga de mi novio, significa que no hubo muertos ni hospitalizados. Palos de la policía, piñas con los nacionalistas de la Alianza Libertadora Nacionalista, eso ni me lo cuenta porque es pan de todos los días. O de todos los congresos. En medio de un ruido infernal de interferencias, ecos y distorsiones lo escuché decirme que me quiere, que me extraña y que vuelve a Buenos Aires en tren mañana temprano.

Ahora es de noche y de mis sensaciones de hoy a la mañana no me queda nada. Ni la sorpresa, ni la alegría, ni la ansiedad feliz. Hoy dos hombres distintos me dijeron que me quieren. Con el primero todo se ha torcido y marchitado. En un día. En la mitad de un día. Y para el segundo lo único que tengo es culpa. Culpa y más culpa.

24

Toco el timbre y me quedo esperando. No pasa nada. Vuelvo a tocar. Ahora sí Mabel se acerca a ver quién llama. La figura de mi hermana se ve borrosa a través del vidrio esmerilado.

—¿Vos no tendrías que estar estudiando, nena?

Se sorprende al verme y me lo dice. Mabel es así. Lo que piensa lo dice, siempre y cuando tenga que ver con los demás. Cuando la cosa es consigo misma, no. Eso se lo calla. Pero apenas me ve parada en la puerta de su casa un martes a la tarde, a menos de setenta y dos horas de dar la última materia de mi carrera, me dice lo que piensa. Eso es lo que vine a buscar. Creo.

No le respondo. Espero que mi expresión la disuada de insistir. Me hace pasar y me precede rumbo a la cocina.

—¿Té o café?

—Té, por favor.

En silencio prepara las cosas.

—¿Pedro? —pregunto.

—Hoy martes viene tarde porque tiene reunión en el sindicato.

Lo sé, y mi pregunta no es inocua. Necesito estar segura de que nadie nos interrumpa en un buen rato. Necesito que el té se haga de una buena vez por todas, que vayamos a sentarnos a la salita, que Mabel se acomode delante de mí y que yo pueda contarle lo que me pasó, lo que me pasa.

Una hora y media es lo que me lleva explicarle lo que me pasa, si a esta mezcla de palabras, lágrimas, ratos en silencio mirándome los pies, vuelta de las palabras y de las lágrimas, puede denominársela "explicación".

—¿Qué hago? —le pregunto después de que llevamos cinco minutos en silencio, las dos.

Mabel suspira. Me mira. Vuelve a mirar el vacío.

—No tengo ni idea, Ofelia.

¿Me imaginé que Mabel iba a tener mejores respuestas? No lo sé. Otro ítem para anotar en la lista de cosas que no sé. Pero cuando supongo que Mabel va a cambiar de tema, porque no tiene nada que decir sobre lo que le conté, empieza a hablar.

—Hay una parte de lo que me contaste que encaja perfecto en el cuento de hadas. Ofelia estaba enamorada de Manuel pero suponía que no era correspondida. Manuel estaba enamorado de Ofelia pero suponía que no era correspondido. El otro día hablaron y se dieron cuenta de que sí son correspondidos. Perfecto. El cuento de hadas dice que ahora se ponen de novios, después se casan, y después son felices para siempre.

Mabel hace una pausa para llenar otra vez las tazas de té.

—Pero la vida suele ser más complicada que los cuentos de hadas. Porque vos también estás enamorada de Juan Carlos. ¿O no?

Asiento. Me da vergüenza decir que sí. Es ridículo que me dé vergüenza decir que estoy enamorada de mi novio. Pero me la da.

—Y podemos suponer que Manuel sigue enamorado de Delfina.

Es curioso, porque Mabel lo dice sin mayor entonación, simplemente como quien constata una evidencia, y a mí me revuelve las tripas. ¿Cómo es eso? ¿Yo tengo todos los derechos y todos los motivos para estar enamorada de mi novio, pero Manuel no tiene ni de los unos ni de los otros para seguir enamorado de su novia? Si los tiene, no me importa en lo más mínimo. Evidentemente soy estúpida. Pero convencida. Mabel sigue hablando.

—Y Juan Carlos está enamorado de vos, y Delfina de Manuel. De modo que ahí, apenas empieza a crujir el cuento de hadas, la historia comienza a chorrear infelicidad. Pero no porque la estés contando mal, Ofelia. La estás contando bien. La macana es que hagas lo que hagas, digas lo que digas, calles lo que calles, alguien va a salir lastimado. Y muy lastimado.

—Tiene que haber una solución —digo, porque el tono sentencioso de Mabel me duele. Me escoce. Me asusta.

—Hagamos la prueba, hermanita. Manuel y vos les dicen a sus respectivos que están enamorados de otras personas. En tu caso, con ruptura de compromiso incluida. Suponiendo que todo el mundo se comporta civilizadamente: ¿te imaginás cómo reaccionaría la familia? A Juan Carlos no lo vemos más. Perfecto. ¿Y cómo hacemos con Manuel y Delfina? ¿Se siguen viendo en casa los domingos? ¿Papá y mamá aceptan tan campantes que el novio de una termina de novio con la otra?

Hace una pausa mientras trato de imaginarme la escena. Intento pensar que si hablo con ellos, con cada uno por separado…

—¿Y la tía Rita metiendo cizaña de aquí al año 2000?

—La tía no va a vivir hasta el año 2000.

—Vos y yo probablemente no, Ofelia, pero que no te queden dudas de que la harpía va a ver el siglo XXI.

No puede estar así de segura. O no quiero que lo esté, que no me deje el menor resquicio para tener una esperanza.

—¿Vos suponés que Manuel y vos van a poder construir un matrimonio feliz sobre la infelicidad de Delfina y de Juan Carlos?

—¿Y entonces? ¿Me tengo que aguantar la infelicidad?

—¿Y qué otra cosa te pensás que es vivir, Ofelia?

Esto último Mabel lo dice casi gritando.

—Cuando te dije lo que te dije al bajar del colectivo, hace meses, ¿para qué te pensás que te lo dije?

—No sé.

Mi hermana hace una pausa, como si retrocediera.

—En realidad, yo tampoco. Supongo que intenté prevenirte sobre la tormenta que se te venía encima.

—¿Ahora sos adivina?

—No, Ofelia. Adivina no soy. Pero se les notaba mucho cómo se iban enamorando.

No sé qué responderle. Además: ¿responderle para

qué? Ya no sé ni lo que estamos buscando con esta conversación.

—En una de esas, si frenaban a tiempo, la cosa quedaba como una confusión, como un...

—Momento —digo yo, que no quiero que los últimos restos de la felicidad que sentí el domingo a la mañana terminen de desintegrarse en el aire—. ¿Por qué sí o sí tiene que ser algo malo el amor?

—Malo no, Ofelia. Pero el amor es dolor, sobre todo. Dolor y algunas cosas más.

Ahora las dos nos quedamos calladas. De repente quiero irme de su casa. Me incorporo. Mabel me imita.

—Sonó duro eso. Perdoname.

No le contesto. Camino hacia la puerta y ella hace lo mismo. Algo me dice que me la estoy agarrando con la persona equivocada.

—No me pidas perdón —le digo cuando está girando la llave en la cerradura—. Es que no tolero que algo que debería ser...

—Que debería ser... ¿Cómo? ¿Hermoso, reparador, bello, sea todo lo contrario? En realidad lo estoy diciendo mal. Lo que te pasa es hermoso. Y al mismo tiempo es horrible. Es lo mejor que te puede pasar en la vida. Y al mismo tiempo es lo peor que te podría haber sucedido. Mirás alrededor y hay no uno, sino dos hombres que te quieren. Y hay gente que mataría por algo así. Gente que mendiga toda la vida por importarle a alguien, y vos a falta de uno tenés dos. Pero al mismo tiempo, hagas lo que hagas alguien pierde, alguien sufre. Y lo único que te queda por decidir es quién.

Me recuesto sobre la pared del zaguán. Hablando de decisiones que no se pueden tomar, no me quiero quedar ni me quiero ir. Mabel sigue:

—Si hablás, sufren Delfina y Juan Carlos. Si no hablás, sufren Manuel y vos. ¿Te das cuenta?

Sí. Ahora sí me doy cuenta.

—¿Y qué hago?

—No lo sé. Contá el número de sufrientes, y optá por dejar el menor tendal posible.

—No te entiendo.

Mabel se aproxima y me abraza fuerte. Le devuelvo el abrazo.

—No te preocupes, que no hay nada que entender. Tu hermana la segunda es una estúpida, y vos sos otra estúpida por venir a pedirle consejo.

25

Cuando salgo de lo de Mabel es casi de noche. El solo hecho de pensar que dentro de diez minutos voy a estar en casa teniendo que conversar como si tal cosa con Delfina, con mamá y hasta con la tía me revuelve el estómago. No soy capaz. Mejor alargar la caminata, y en lugar de doblar para el lado de Gorriti voy a subir por Carranza para el lado de Santa Fe. Que sean veinte minutos en lugar de diez. O treinta en lugar de veinte.

¿Qué fue lo que dijo Mabel sobre el amor? Ahora no soy capaz de recordarlo, aunque hace cinco minutos me hizo tanto daño que necesité salir de su casa, irme lejos de sus palabras.

Quiero pensar que tiene que haber otro modo. No puede ser que algo tan lindo como querer y ser querida tenga que terminar mal. Yo la adoro a Mabel, pero a veces ese sentido trágico con el que pinta todas las cosas me parece un exceso. Quiere la casualidad que justo ahora vaya caminando por la cuadra de Honduras por la que los vi alejarse con Pedro, aquel sábado a la noche en el que Mabel me dijo lo que me dijo. Y la casa estilo *art nouveau* que ambos miraban, antes de perderse en las sombras de la esquina, es esta que tengo delante. Es linda, la verdad, aunque no sabía que a ellos les llamaran la atención esas columnas florecidas y esas rejas como plantas.

¿Qué tendría que haber hecho yo, distinto a lo que hice, para no sentir la angustia que siento? ¿No le hice caso a mi hermana, pese a todo? ¿No me distancié de Manuel, para que no quedasen dudas de que no había nada entre nosotros? Y no importa si era mentira, eso de que no sucediese nada. Me distancié, de todos modos. Y Manuel hizo lo mismo. Me consta.

¿Será que estábamos condenados a que algo pasara, entonces? ¿Fue el destino? Me da vergüenza pensar en mis sentimientos en términos igual de cursis que los de una radionovela, pero no encuentro otros mejores. De nuevo me siento horrible. O, mejor dicho, sigo sintiéndome horrible. O mejor todavía: también por este camino vuelvo a caer en la misma sensación fea, sucia, inacabada.

Cuando cruzo Guatemala veo la cuadra llena de jacarandás en flor y me detengo. No puede. No puede ser que las cosas no tengan una solución. Tampoco es culpa de Mabel que no lo vea posible, pobrecita. Sufrió demasiado, y cualquiera en su situación habría sufrido lo mismo, y a cualquiera que hubiera sufrido lo mismo le habría quedado ese pesimismo, esa melancolía impregnada hasta los huesos.

¿Qué edad tenía yo cuando estalló el escándalo? Escándalo que ni siquiera estalló en realidad. Estuvo a punto de estallar, y de hacer volar todo por los aires. Por suerte para la familia, mamá y la tía se movieron rápido. Y Mabel las dejó hacer. Yo tenía diez años y Delfina nueve, pero me acuerdo de lo triste, lo dolida que estaba nuestra hermana. Lo desganada. Todo le daba lo mismo.

Parece mentira que el pasado pueda enterrarse. Como los cuerpos de los muertos. Se cava una tumba. Se entierra un cuerpo. Los primeros días queda un túmulo de tierra removida que poco a poco se va asentando, con las lluvias. Después construyen la losa y la cruz, y la tumba parece tan vieja como todas las otras. ¿Qué tan enterrado está el pasado de Mabel para Mabel misma? ¿O para Pedro? ¿Para quién de los dos ese pasado será más acuciante? ¿O de verdad a Pedro no le importa?

Porque parecería que nunca le llevó el apunte. Un buen día, cuando yo andaba por los trece, mamá y la tía Rita empezaron con la cantinela de que Mabel tenía que salir un poco, conocer a algún muchacho, algún muchacho bueno, aclararon. Una sola vez, la primera, Mabel las miró fijo, se le encendieron los ojos, y les gritó que ya había conocido a un muchacho, que se acordaran del color de cabeza que les había traído que ella conociera a un muchacho. Todas nos quedamos mudas esa vez. Pero unos días después, o a la semana, mamá y la tía volvieron a insistir. Y Mabel las dejó.

¿Quieren invitar a Pedro a tomar el té? Que lo inviten. ¿Quieren que lo reciba? Lo recibo. ¿Quieren que me ponga de novia? Me pongo. ¿Quieren que mantenga en secreto que se está llevando la joyita de la corona? Ahí fue donde Mabel se plantó. Y volvieron a estallar los gritos y las peleas y a pasearse las caras largas, como en la época del escándalo. Pero Mabel en eso fue inflexible. Y por eso una noche cualquiera, cuando los dejaron a solas en la sala —Mabel más de una vez se burlaría de lo liberales que se habían vuelto con ella los mandatos de mamá y de tía Rita—, Mabel le explicó a Pedro punto por punto la historia de su vida o, mejor dicho, la parte escandalosa de la historia de su vida. Supongo que Pedro entendió por fin, esa noche, la razón de las miradas nerviosas que se habían cruzado en una de sus primeras visitas domingueras, cuando alzó la mano para señalar el piano y preguntó quién lo tocaba, y el silencio que le respondió se hizo de piedra. Y supongo que esa conversación le permitió llenar los agujeros de la imagen que se había formado sobre Mabel. Su novia no era únicamente esa chica hacendosa, amante de los libros, maestra del corte y de la confección que seguramente sería una madre estupenda. Su novia también era su escándalo.

Una vez hablamos con Mabel sobre esa conversación que tuvo con Pedro. Me dijo que nunca se arrepintió de habérselo contado. La había escuchado con atención y hasta se había animado a formular alguna pregunta. Al final le había dicho que para él eso no cambiaba nada, y que si quería casarse lo haría el más feliz de los hombres. Mabel me dijo que en ese momento lo abrazó, agradecida. Y que no se detuvo a pensar que "agradecida" no es la disposición de ánimo que se espera de una joven a la que acaban de proponerle matrimonio, porque mejor suenan calificativos como enamorada, embelesada, dichosa o estupideces como esa. Pero que así se había sentido. Agradecida y reconciliada. De alguna manera, reparada. Bastante mejor que lo que se había sentido en los dos años anteriores, en su casa y con los suyos.

En la esquina de Bonpland y Gorriti me doy cuenta de que me falta media cuadra para llegar a casa. Parece mentira lo que es venir pensando en algo. No recuerdo cuándo pegué la vuelta. ¿Llegué a Santa Fe o giré antes de llegar a la avenida? Ya es de noche y, si no entro pronto, papá y mamá van a preocuparse.

En esos cincuenta metros finales vuelvo al principio de mi recorrido mental. Si no hago nada voy a sufrir. Y si hago algo Delfina va a sufrir, y Juan Carlos va a sufrir. Y Manuel también. Y yo también.

Cuando pongo la llave en la cerradura me acuerdo clarito, ahora sí, de lo que dijo mi hermana. Y pienso que es cierto. El amor es dolor y poca cosa más.

26

Suena el teléfono y papá y mamá se miran entre ellos con extrañeza. Son dos timbrazos y se corta.

—Qué raro —comenta papá, con la ansiedad propia de quien piensa que, a esa hora, solo puede tratarse de malas noticias.

—Con Manuel ya hablaste, ¿no? —mamá le pregunta a Delfina.

—Sí, mami, a eso de las ocho, como siempre.

El teléfono vuelve a sonar, esta vez un solo timbrazo. De nuevo el silencio. Papá alcanza a incorporarse y a bajar el volumen de la radio.

—Pero me cacho… —murmura, y después en voz alta—. Tiene que ser de la fábrica.

—Esperá, José. No empecés a preocuparte que te hace mal.

—En una de esas está ligado —especula Delfina—. Subí la radio, ma, que nos vamos a perder todo lo importante.

Mamá le hace caso porque el radioteatro que están escuchando este mes las tiene a las dos obsesionadas. Yo, la verdad, apenas le presto atención. De repente se me enciende una idea y doy un respingo.

—¡En una de esas es Juan Carlos! —suelto de pronto.

—¿Cómo Juan Carlos? —frunce el ceño mamá mientras pregunta—. ¿Desde cuándo tiene teléfono?

—No... —respondo mientras intento pensar.

Tal vez fue una corazonada estúpida y me estoy metiendo en un embrollo inútil. Pero en ese momento vuelve a sonar la campanilla. Me levanto como un resorte y salgo disparada desde el comedor hacia la sala, con el corazón latiéndome en la garganta.

—No, no es que tenga... —digo, y espero que alcance con esa vaguedad.

Cruzo casi corriendo la sala para atender antes de que se vuelva a cortar.

—¡Hola! —digo, casi en un grito.

—Hola, Ofelia.

Es la voz de Manuel. Escucho que le han vuelto a bajar el volumen a la radio.

—Espere —le digo en un susurro.

Dejo el auricular junto al aparato y vuelvo hasta la puerta del comedor.

—Es para mí —digo.

Regreso enseguida a la sala para desalentar cualquier curiosidad ulterior. Más tranquila, levanto el tubo del teléfono. Momento: ¿más tranquila? ¿Estoy a punto de atender un llamado clandestino de trasnoche que me hace el novio de mi hermana, mientras Delfina escucha tan campante el radioteatro en la habitación contigua con papá y mamá? Tendría que colgar el teléfono en la horquilla. Cortar la llamada y que insista hasta que se canse o hasta que alguien lo descubra. En lugar de eso, acerco el teléfono a mi oído.

—¿Esta ahí, Ofelia? —escucho justo en ese momento.

Esa es la voz de un hombre decidido a arriesgarse, pienso. Porque si cualquier otro miembro de la familia hubiese escuchado ese "¿Está ahí, Ofelia?" habría tenido, por fuerza, que detectar el susurro, la complicidad, el tono conspirativo. No. Definitivamente no puedo dejarlo solo en esta insensatez.

—Sí. Estoy acá.

Pasa un minuto entero. Un largo minuto en el que nos oímos respirar. Es como si acabásemos de volver al domingo pasado, a la cocina, al momento en el que cruzamos esas medias palabras prohibidas. Y sin embargo parece que no tenemos nada que decirnos. ¿Por qué no corto y listo? Ya lo atendí. No cometí la descortesía de dejarlo con la palabra en la boca. Ya transcurrió un minuto durante el cual, si Manuel tenía algo para agregar, tuvo tiempo suficiente para decirlo. Pero no tengo valor para soltar un "Buenas noches", colgar y volver al comedor con los demás. Ni valor ni deseo. Aunque me niegue a reconocerlo, me encanta escuchar la respiración de Manuel al otro lado de la línea.

—Como conversación, lo que se dice conversación, le confieso que he tenido mejores —dice Manuel y me obliga a sonreír a mi pesar, como si estuviese viendo también su boca sonriendo y me contagiara la sonrisa.

—No estaría tan segura. Mire que llevo mantenidas unas cuantas conversaciones con usted, y esta es de las más inteligentes que le recuerdo.

Escucho, franca, la risa de Manuel.

—Es culpa mía. Todavía me creo que puedo ganarle un duelo verbal y me arriesgo. Y usted me deja como un tonto.

—No se haga el humilde.

—No me hago. Escuche —el cambio de su tono es abrupto—: necesito hablar con usted.

No me siento capaz de seguir de pie y me dejo caer en la silla que tenemos junto a la mesa del teléfono. ¿Cuándo empezaron a temblarme las piernas? ¿Y si mejor volvemos a orientar la conversación a cuando jugábamos a molestarnos?

—No sé si corresponde —le digo.

¿"Corresponde"? ¿De dónde saqué ese "corresponde"? ¿De una de las celadoras del Liceo de Señoritas? ¿Cómo hago para escalar nuevas cimas en mi montaña de imbecilidad?

—Tal vez no corresponda —insiste Manuel, sirviéndose de mi verbo estúpido—, pero lo necesito. Sobre todo por lo que pasó el domingo.

Casi me traicionan los nervios y suelto un "¿A qué se refiere?", proferido no ya desde mi montaña de imbecilidad sino desde la cordillera del cinismo.

—Yo pensé que… —retoma Manuel—… pensé que era el único que tenía algo para decir y…

No dice más pero no hace falta. Manuel pensó que era el único que tenía algo para decir pero yo me lancé a decir mis propias barbaridades con lo que el embrollo, que ya era grande, ahora es mayúsculo. Y Manuel tiene razón. No podemos hacer de aquí en adelante como si no hubiese pasado nada. Tenemos que vernos y hablar. Pero no se me ocurre cómo, ni con qué excusa, ni dónde, ni cuándo. Momento. Ya que Manuel es el hombre, que se ocupe de las respuestas. Que yo odie que los hombres tengan la última palabra no implica que no pueda servirme de esa injusticia, si por una vez en la vida la injusticia me conviene.

—Supongamos que acepte que conversemos… ¿Cómo… cómo quiere que hagamos?

Tres minutos después vuelvo al comedor. Todo está como lo dejé. Los tres con la atención puesta en la radio.

—¿Quién era? —pregunta, de todos modos, Delfina.

Trago saliva e intento pensar. Es casi imposible que el domingo que viene Delfina, mamá o papá se acuerden de preguntarle a Juan Carlos si de improviso le pusieron teléfono en la casa. Pero mejor no correr riesgos.

—Nada. Era para mí.

Me siento y miro el cuaderno y el libro que dejé abiertos sobre la mesa del comedor. Si el viernes apruebo Estadística y me recibo será un milagro.

27

No existe un solo motivo que justifique que yo esté sentada en este café, a solas con Manuel. Ni uno solo. Y por eso no puedo evitar mirar cada cinco segundos la puerta vaivén, en un intento de prepararme para que en cualquier momento la atraviese alguien que me conoce y que se sorprenda de verme ahí, sentada con un hombre que no es mi novio. ¿Por qué Manuel no buscó un sitio menos expuesto? Cuando se lo pregunté me dijo que lo había hecho adrede: si hubiese buscado un sitio menos concurrido y alguien nos reconociera, ese testigo sí podría haber sospechado nuestra clandestinidad.

No puedo negar que tiene su lógica. Si alguien nos detecta en este sitio lo natural es que piense "Ahí está Ofelia sentada con el novio de la hermana, qué raro, pero por otro lado, si tuviesen algo que ocultar no se citarían en el Bar Oriente, en una mesa a tres metros de la puerta y dos de la barra". Me siento estúpida. ¿Quién dice que si alguien nos descubre piense de esta manera, así, tan ordenadita, con esas palabras que elijo para tranquilizarme?

Y de todos modos no me tranquilizo. Porque si alguien nos descubre, y se acerca a saludar, los nervios van a traicionarme, y mis únicas opciones serán llorar o fugarme. O ambas, en ese orden.

—Me parece que no fue una buena idea —dice Manuel, y yo no alcanzo a decidir si en su voz hay sarcasmo o pesadumbre. ¿Es que nunca habla en serio este hombre?

—¿Por qué lo dice? —me empeño en preguntar en tono neutro.

—Porque no consigo que me mire dos segundos consecutivos, Ofelia. Si no mira la puerta, mira las ventanas. O al mozo, o a las mesas de alrededor.

Lo único que me falta es que este señor me venga ahora con reclamos.

—¿A usted le parece que es una situación como para estar muy tranquilos?

—Tranquilos, no. Pero tampoco desesperados.

—¿Y si entra algún conocido suyo? ¿O mío?

—¿Y qué problema habría?

—No, problema ninguno. Estoy tomando un café a solas con el novio de mi hermana.

Ahí tiene, joven. Que yo también puedo ser sarcástica, o qué se creía.

—Nos encontramos en la calle —Manuel, comprendo, refuerza el tono despreocupado de quien despliega una coartada—. Usted andaba por acá porque tiene que hacer tiempo antes de volver a la oficina de Títulos de la Universidad para seguir con el trámite. Por cierto —Manuel alza su pocillo como si fuese una copa y brindase con ella—, ¡la felicito, señorita contadora pública!

—Gracias —respondo, sin entusiasmo, y me hago acordar a la tía Rita, que se las ingenia siempre para torcer las buenas noticias y los elogios a pura fuerza de frialdad y desgano.

—Bueno. Y yo salía del banco para almorzar, y nos encontramos, y decidimos cruzar al Bar Oriente para conversar un rato. ¿Qué tiene de malo?

—Usted se lo toma a la jarana. Se ve que está acostumbrado a organizar encuentros clandestinos.

Me quiero morir. ¿Cómo se me ocurre decir semejante cosa? ¿De dónde salieron, por Dios, palabras semejantes? Manuel pestañea mirando su pocillo y me siento una bestia.

—Perdón. Perdóneme, Manuel.

—No, no se disculpe. Se lo decía en serio, eso de que no fue una buena idea.

—Tal vez con otra persona sí, Manuel —veo que me mira y que mis palabras vuelven a sonarle mal. Me apresuro a corregirme—. No digo que lo que me dijo a mí se lo haya dicho a otras chicas, por favor. Quiero decir que si yo fuera distinta. Distinta a como soy. No debí aceptar, el otro día, cuando hablamos por teléfono.

—Sí —Manuel ahora está con la cabeza baja y los ojos fijos en la mesa—. Supongo que era difícil hablar por teléfono así. Pero no sabía cómo combinar con usted para charlar. No sé. Me parecía que no podíamos quedarnos con esas medias palabras del otro día, qué quiere que le diga.

Respiro hondo. Tiene razón. Estos diez días fueron una tortura. Y una parte de mi cabeza está siempre volviendo a ese día. Volviendo y solazándose en el recuerdo de lo que Manuel me dijo ese día en la cocina. Y me siento loca, porque el resto de mi cabeza sigue viviendo la vida como es, y disfrutando las visitas de Juan Carlos y conversando con la familia y rindiendo

Estadística y recibiéndome de contadora. Pero no sé vivir con la cabeza partida en dos. Y no quiero mirar hacia la puerta pero no puedo evitar imaginarme a Juan Carlos entrando, viéndonos ahí, caminando iracundo entre las mesas. Y eso lo piensan las dos partes de mi cabeza. Basta. No puedo más.

—Tiene razón, Manuel. Pero en una de esas lo mejor es dejarlo así. No sé si lo mejor. Lo único, más bien.

Manuel vuelve a parpadear. Siento como si mis palabras lo fuesen golpeando, y sus parpadeos fueran el reflejo minúsculo de su manera de absorber cada golpe. ¿Qué fue lo que acabo de decirle? Algo de que lo mejor es dejar las cosas como están.

—¿Y entonces? —Manuel alza la cabeza y me mira y me lanza esa pregunta como si todo le costase un gran esfuerzo.

Y yo no sé qué responderle. Una parte de mí quiere salir corriendo de inmediato. Pero todo el resto desea quedarse hasta que las paredes de este sitio se hagan polvo de puro viejas. En la radio están pasando un tango que me gusta mucho, de esos que la tía Rita me censura por arrabaleros. "Misteriosa angustia de vivir", está cantando… ¿quién es el que canta? ¿Cómo puedo ser tan estúpida de distraerme con eso mientras estoy sentada en un café con el novio de mi hermana que hace diez días me dijo que me quería y yo le respondí que me pasaba lo mismo? No soy capaz de tomar ninguna decisión. Eso es lo que pasa. Que decida Manuel. Haré lo que él haga. Si insiste en hablar, me quedo y hablamos. Y hablamos a fondo. El tango sigue. "Tuve a cada instante un nuevo amor", está cantando ahora. ¿Por qué me gusta ese tango si no tiene nada que ver conmigo? A duras penas puedo manejar lo que siento por dos hombres. No tendría el menor interés en tener nuevos amores a cada instante. Ni loca. Levanto los ojos y Manuel me está mirando. Le sostengo la mirada hasta que él la baja. ¿Qué hará? ¿Qué haremos? Me tranquiliza haber decidido que decida él. Es ridículo pero es así.

—Me parece que tiene razón, Ofelia —dice por fin—. Lo mejor es que lo dejemos así.

Manuel se incorpora y le hace una seña al mozo. Deja un billete sobre la mesa para pagar su café. Recién ahora me doy cuenta de que es el único pocillo, porque apenas me senté me negué a aceptar el café que me ofreció. Me quedé con la cartera en el regazo, presente y ausente al mismo tiempo. Lista para huir. Lo compadezco. ¿Quién podría haberse puesto a hablar con semejante acogida?

—Yo voy al baño, así le doy tiempo a usted para que salga tranquila —Manuel sigue hablando y su voz es triste y es serena y es dulce, a pesar de todo—. Gracias de todos modos por aceptar venir, Ofelia. Hasta luego.

Manuel desaparece a mi espalda, rumbo a los baños. El mozo retira el dinero y murmura un buenas tardes. Suenan los últimos acordes del tango. Me queda dando vueltas una frase: "Me hice bachiller en el dolor". Reconozco que se trata de *Viejas alegrías*, pero no conseguí identificar al cantor. Yo no quiero eso para mí. Eso de hacerme bachiller en el dolor. ¿Quién me mandó meterme en este callejón sin salida de culpa y de tristeza? No lo necesito. No lo acepto.

Estoy furiosa. Pero furiosa, furiosa. No sé si furiosa conmigo, por el modo horrible en que di la charla por zanjada o furiosa con él, por la docilidad con la que aceptó su derrota. Pero tengo una rabia que me ciega y me da ganas de ponerme a gritar en medio del Bar Oriente.

Por supuesto que no voy a empezar a los alaridos. Así que me levanto yo también, aferro la cartera bien fuerte con la mano derecha y salgo a la calle Cangallo golpeando fuerte con los tacos en el piso de baldosas. Ya en la vereda tuerzo a la derecha, como quien va hacia Avenida de Mayo.

28

Mientras avanzo por el pasillo a oscuras me pregunto si va a ser siempre así. Esto de tener la cabeza partida en dos cerebros que piensan cosas distintas al mismo tiempo. Que están atentos a mundos separados. Uno de los dos percibe la mano de Juan Carlos, que va agarrada de la mía y la conduce siguiendo al acomodador y su linterna. Y el otro está pendiente de Manuel y lo que cuernos sea que esté haciendo, y dónde, a mis espaldas.

Ese cerebro, el que vive atento a Manuel, es el que siempre la tiene más difícil, porque trabaja con datos parciales, imperfectos. Y tiene que sobreponerse todo el tiempo a la culpa de sentir lo que siente. Aunque, momento: ¿es el cerebro el que siente? Supongo que sí, porque el alma no queda en ningún lado y me cuesta representármela.

Así que ahí voy, con una parte del cerebro empantanada de culpa y de cautela, sin atreverme al lujo de mirar de lleno a Manuel, ni de sostenerle la mirada, ni de quedarme conversando, ni de quedarme pendiente de lo que tenga para decir. Apenas conformándome con retazos, con vaguedades, con ramalazos fugaces de palabras y de vistazos.

Como ahora, por ejemplo, que sé que viene caminando detrás de mí. Eso es obvio porque el que abre la marcha es el acomodador, y detrás va mi novio, y detrás voy yo, y los demás vienen siguiéndonos. Pero en ese "los demás" caben también Pedro, Mabel y Delfina. Ignoro el orden de la hilera, pero mi cerebro —ese cerebro, el que vive pendiente de Manuel— va pendiente de la secuencia. Si es Manuel quien viene justo atrás podemos terminar sentados uno al lado del otro, y la idea me horroriza. ¿En el cine, a oscuras, con mi novio de un lado y este muchacho —que dijo las cosas que dijo y escuchó las cosas que escuchó— del otro? Tranquila, Ofelia, que también puede ser que Manuel venga en el medio del grupo, o cerrando la marcha. En ese caso ocupará una butaca bien lejana de la mía. Perfecto. Lástima que esa posibilidad también me horroriza.

¿Cuándo fue que mi vida se transformó en este choque permanente de disyuntivas minúsculas que, terminen como terminen, me hunden en la angustia? El acomodador mueve la linterna de lado, iluminando las piernas de algunos espectadores, para darnos a entender que nos abramos paso por esa fila. Juan Carlos le da una propina e ingresa pidiendo permiso en un murmullo. Por suerte están proyectando las colas de próximos estrenos. Así que es tarde pero no tanto. Juan Carlos sigue llevándome de la mano. Mejor concentrarme en los pensamientos y las percepciones de ese cerebro, el que siente la mano de mi novio en mi mano. Qué idea estúpida esa de los dos cerebros. ¿Y si mejor lo pongo en términos de dos corazones? Más estúpido todavía. Mientras me siento llevo la imagen al paroxismo del cliché: un corazón partido en dos. Puaj. ¿Cómo fue que permití que mi vida se transformase en este culebrón inadmisible?

—Llegamos justo —murmura Juan Carlos mientras nos sentamos.

—Menos mal —respondo.

En la pantalla ruge el león de la Metro y disfruto del sobresalto mínimo y gozoso que siento cada vez que estoy sentada en un cine a oscuras y una película está a punto de empezar. Pero ahí está: mi cerebro paralelo, o mi corazón partido, o un guiso de todas mis cursilerías acaba de detectar el perfume de Manuel, y este nuevo sobresalto no es ni mínimo ni gozoso.

—Me dijeron que la película es muy buena —la voz de Manuel susurra en mi oído, peligrosamente cerca.

Maravilloso. Estoy a punto de ver *Cantando bajo la lluvia*, protagonizada por Gene Kelly y Debbie Reynolds, ladeada por mi novio a la derecha y por este muchacho que dijo las cosas que dijo y escuchó las que escuchó, a la izquierda. ¿Le contesto algo o me quedo callada? Para responder una obviedad al estilo de "Sí, yo escuché lo mismo" o "Seguro, si la reponen es por algo", mejor mantengo la boca cerrada.

La película empieza con otra película, como si fueran esas muñequitas rusas. Gene Kelly aparece en una *avant première* de Hollywood con una actriz rubia que no conozco. Un poco antes se ve al otro actor que vimos en el afiche de la puerta. Es rubio, no muy alto, tiene una mirada preciosa.

—¿Qué actor es ese, mi amor? —le pregunto a Juan Carlos.

—Ni idea —responde.

Gene Kelly está escapando de una muchedumbre de admiradores y aterriza en el auto descapotable que maneja Debbie Reynolds.

—Se llama Donald O'Connor —susurra Manuel, a mi izquierda, y si escuchó la pregunta que le hice a Juan Carlos significa que está absolutamente pendiente de mí, o extremadamente cerca.

Mejor me hago la que no lo oyó.

—El actor por el que estaba preguntando… —aclara Manuel.

Acaba de responderme una pregunta que incluía el inciso "mi amor". ¿Este muchacho está loco o es estúpido, o las dos cosas?

—Ah, sí. Gracias.

A ver si mi tono cortante lo disuade de seguir hablándome en la oscuridad. No me gustan demasiado los números musicales, en general, pero me gusta el argumento de la película: son actores de cine mudo que necesitan adaptarse al cine sonoro. Ahora en la pantalla aparece el público de un cine. Es como un juego de espejos, con nosotros acá, haciendo lo mismo.

En la pantalla el productor de la película ha intentado convertir una película muda en otra sonora, pero las voces se descompaginan de las imágenes. Son apenas unos segundos, pero los gestos de los actores indican una cosa y sus palabras algo totalmente distinto. El público de la pantalla se ríe y el de la sala en la que estamos también se ríe.

—No pensé que Gene Kelly estuviera al tanto de lo que me toca vivir con usted.

Otra vez me petrifica la voz de Manuel. Definivitamente sí: está loco y es estúpido. Valiente, también. El comentario que hizo no puede haber llegado hasta Juan Carlos, estoy segura, porque yo apenas lo escuché. Pero si apenas lo escuché significa que el muy tarado me lo dijo casi al oído y cualquiera pudo haberlo visto. Empezando por Delfina, que está sentada al otro lado. Estoy tentada de darme vuelta hacia él y congelarlo, o prenderle fuego más bien, con la mirada más rencorosa que sea capaz de construir, pero me detengo al entender su comentario. Lo soltó recién, cuando los actores hacían una cosa con sus cuerpos y otra con sus palabras. Y yo me aflojo en la butaca, derrotada, porque tiene razón. Lo que vengo pensando desde hace días en términos de cerebros múltiples y corazones cursis y partidos la película acaba de decirlo de un modo más sencillo. Mi boca también suelta palabras neutrales mientras por dentro exploto de sentimientos. Ojalá pudiese compartir el ánimo festivo de *Cantando bajo la lluvia*. Al contrario. Ese tironeo entre hacer y fingir, entre decir y sentir me está matando. Otra vez el maldito cliché. No exageremos con eso de que me está matando, que bien viva estoy.

Pero la estoy pasando horrible y me quiero ir. Dejar a Gene Kelly y a Debbie Reynolds haciéndose los que se enamoran de a poquito, y desaparecer del cine corriendo por Lavalle. Aferrar la mano de Juan Carlos y salir disparados de este sitio. De todos estos sitios. Pero en ese momento Gene Kelly se pone a cantar una canción en un estudio vacío para que solo lo escuche Debbie Reynolds. Enciende unas luces, un ventilador gigante para que el vestido de ella se abanique con la brisa, y le dice que ella es como una melodía melancólica que nunca lo abandona, y que nació para él y viceversa, o cosa parecida, porque los ojos se me llenan de lágrimas y se me borronea el subtitulado y me sube una angustia tal por la garganta que me pongo a llorar sin remilgos ni consideraciones.

Juan Carlos, pobre, me aferra la mano para consolarme y lo que logra es que mi llanto sea más desconsolado todavía. Porque la vida no es como el cine. En el cine las cosas son cristalinas. Gene Kelly ama a Debbie Reynolds y Debbie Reynolds ama a Gene Kelly. Y él no está enamorado en absoluto de Jean Hagen, que hace de la rubia de voz estridente. Y si Jean Hagen se cree que sí lo está, es problema de ella. Nadie se confunde, nadie duda, nadie se pasa las noches en vela.

¿Por qué no filmarán una maldita película en la que Gene Kelly esté enamorado de Jean Hagen y de repente aparezca Debbie Reynolds y él se enamore también de ella, pero sin desenamorarse de Jean Hagen? ¿O esas cosas no le pasan a nadie, ni a Gene Kelly ni a Debbie Reynolds ni a Jean Hagen ni a nadie más, a nadie excepto a esta contadorita recién recibida en la Universidad de Buenos Aires que no sabe cómo lidiar con esto que está sucediéndole?

—Le pido que preste atención a lo que dice esa chica, Ofelia. Porque está diciendo justo lo que yo no le puedo decir.

Y yo ya no tengo fuerzas ni para alarmarme, ni para ofenderme, ni para temer que Delfina o Juan

Carlos o Mabel o Pedro o quienquiera que sea en este maldito cine de la calle Lavalle advierta que el novio de mi hermana se inclina y me habla por enésima vez al oído. ¿Así que me pide que le preste atención a lo que dice Debbie Reynolds, estimado Manuel? Perfecto, prestémosle atención, a sabiendas de que usted esta película ya la vio, y cuando sugirió con tanta vehemencia que viniéramos todos a verla usted ya estaba planeando esto de sentarse a mi lado para decirme las cosas que me lleva dichas y sabe Dios cuántas faltan todavía hasta que termine la película.

Y sí, efectivamente, ahí está Debbie Reynolds cantando una canción romántica en la que dice cosas como que un muchacho y una chica se encontraron y fueron amigos pero algo cambió entre ellos y al final el muchacho va a besarla. Y le aferro la mano a Juan Carlos, que me devuelve el apretón, pobre inocente, que supone que simplemente estoy enternecida por el argumento de la película. Y yo me aferro a su mano como si fuera un salvavidas que me arrojan desde la cubierta de un barco que de todos modos no tiene manera de rescatarme, mientras ruego a Dios que la película termine de una vez por todas.

Pero quiere la maldita *Cantando bajo la lluvia* terminar con Gene Kelly diciéndole a Debbie Reynolds que ella es su buena estrella, y que la vio de lejos con sus hermosos ojos brillantes, y que le abrió las puertas del cielo, y ella le contesta que él la hechizó y no sé qué más, porque no soy capaz de contenerme y me giro hacia Manuel y él me hace un gesto de "Lo lamento pero las cosas son exactamente así", y es como si este muchacho se hubiese ido hasta Hollywood para convencer a Gene Kelly y a Debbie Reynolds y a Donald O'Connor y a Jean Hagen de hacer esa película y decir esas cosas simplemente para que él pueda decírmelas a mí a través de ellos, y ahora cómo cuernos seguir la noche, cómo cuernos seguir la vida, ahora cómo la pizzería y cómo la charla y cómo la despedida de Juan Carlos en el zaguán con esta película taladrándome el cerebro o el corazón o lo que sea, y ese gesto de "Esto es lo que yo siento por usted y la traje al cine para que se lo dijeran por mí", y aunque soy una chica educada que jamás de los jamases dice malas palabras no puedo evitar que en mi cabeza se formen, concluyentes, las palabras que me gritan que Gene Kelly, Debbie Reynolds, Donald O'Connor y Jean Hagen se pueden ir bien, pero bien, a la mierda.

29

—Dejá que yo sirvo, mamá. Sentate un poco.

—Que no hace falta, Ofelia, lo hago enseguida.

—Nosotras también —me apoya Delfina—. Así que quedate acá.

—Estábamos hablando —se queja papá, en un tono que no admite réplica.

—Cierto. Y para que puedan seguir hablando y tomando café necesitan que nosotras levantemos la mesa y lo traigamos. Así que bien vale que te aguantes la interrupción, papito.

A Delfina le importa bastante poco si el tono de papá admite o no admite la dichosa réplica. Me mira divertida, y yo disimulo la sonrisa. No necesitamos mirar a las demás para conocer sus reacciones. Mabel debe seguir atenta a la discusión de los hombres. Rosa debe estar mirándonos, escandalizada, con expresión de "cómo se atreven a tratarlo así a papá". La tía Rita estará contemplándonos con el desdén de quien sabe que la joven generación femenina está perdida. Y a mamá no necesito imaginarla: la veo ahí de pie, api-lando platos, indiferente a mi consejo de que se quede sentada y a la queja de papá de que el movimiento lo desconcentra.

—¿Podemos inaugurar, por lo menos, un tema

nuevo de discusión? Lo de Juan Duarte me tiene un poco cansada —se queja Mabel—. Además hace como un año que se murió. ¿O no?

—¡Qué va a hacer un año! —se crispa Ernesto—. ¡Si fue en abril pasado que lo mataron!

—Y dale con que lo mataron. No tenés ni una, escuchame bien, ni una prueba de que lo hayan matado —el tono de Pedro es conclusivo.

—Por favor, cuñado. No jorobemos.

—Y dale… —la queja de Mabel no apunta a ninguno de los hombres, y al mismo tiempo a todos.

—En serio, Ernesto —se acalora Pedro—. ¿Qué pruebas tenés de lo que decís?

—Era el cuñado de Perón. Manejaba un montón de negocios turbios. Y…

—Lo de turbios corre por tu cuenta, Juan Carlos.

—Por mi cuenta y por la del periodismo de verdad, Pedro.

—Muchachos… —Manuel intenta intervenir, en vano.

—¿Qué periodismo de verdad?

—Buena pregunta, Pedro —se entusiasma Juan Carlos—. Qué periodismo, decís, y tenés razón. Si manejan los diarios, manejan las radios…

—Uh, ya empezamos con la cantinela de la dictadura. ¿Tan difícil es aceptar que un tipo se suicide?

—Un tipo sí, pero Juancito Duarte…

—¿Y qué tiene que ver que sea Juancito Duarte?

—¡Era el mismísimo cuñado de Perón, Pedro!

—¿Y nadie así se suicida? ¿Hasta cuándo lo piensan discutir?

—¡El asunto es por qué tuvo todo eso! ¡Ese iletra-do, ese bárbaro! —papá pasa de la quietud al estallido: se acalora y la piel del rostro se le enrojece.

Se hace un silencio pesado. Pedro mira a Mabel, que le ruega en silencio que no diga nada.

—Ya que hablamos de bárbaros iletrados, déjeme meter a los incumplidores, don José, así puedo hablar un poco de mí mismo —Manuel alza la mano y todas las cabezas giran hacia él, que se dirige a mamá—. Yo le prometí que iba a proponerle algunas ideas para reformar la fachada de su casa, y no he movido un dedo para cumplir esa promesa.

—Por favor, Manuel. Bastante tuvo con los mue-bles de cocina.

—Que quedaron hermosos —acota Delfina, or-gullosa.

—No me diga que van a empezar a romper por todos lados, como pasó con la cocina —interviene la tía Rita—. Los obreros que mandó dejaron todo a la miseria.

—Quédese tranquila, señora, que toda esa gavilla de inescrupulosos está detenida en el penal de Ushuaia —le responde Manuel, sin perder la compostura, y provocan-do la risa del conjunto y, en la tía, un odio casi animal.

—Nos puso a todas a pulir las maderas como locas —se anima Rosa, amparada en la algarabía general.

—¿Sigue abierto el penal de Ushuaia? —se intere-sa Juan Carlos.

—No jorobe, que estoy hablando en serio —insis-te mamá, que no quiere que su elogio a Manuel quede desdibujado por el jolgorio—. Quedaron hermosos.

—Será por la fábrica, no por el diseñador —Manuel hace una reverencia jovial hacia papá, cuyo rostro empieza a recuperar su color habitual.

—Pues si quedaron bien habrá sido de puro milagro, joven, porque con el personal que tengo hoy día…

—Quedaron perfectos, José —lo corta mamá y, de nuevo, hacia Manuel—. Están hermosos.

—Me alegro, entonces. Pero le debo lo otro. Eso sí… Ofelia…

Me prometo no sobresaltarme. Sonrío. "Es solo mi futuro cuñado que tiene una trivialidad para decirme", pienso. Y estoy tan segura de que la práctica y el empeño que pongo en esa práctica me garantizan que cualquiera que me vea enarcar las cejas y sonreír pensará, sin recelo alguno, que así se le sonríe a un futuro cuñado que tiene una trivialidad para decirnos.

—¿Qué cosa, Manuel?

—La ventana de su habitación da al frente. Y necesitaría pasar para mirar cómo está hecho el alféizar, la distancia entre la ventana y la persiana de postigos, esas cosas. Si me permite, claro.

¿Quiero que Manuel entre a mi dormitorio? No. ¿Tengo algún argumento para impedírselo? Tampoco.

—El antepecho ya lo dibujé, pero quiero que combine —Manuel está aclarándole algo a Ernesto, pero perdí el hilo. Ahora se dirige a mí—. No sé si prefiere acompañarme o…

—No —estúpida de mí, fui demasiado abrupta—. Pase tranquilo. Creo que está ordenado y todo, pero por si acaso no se asuste, je.

Mejor. He dominado la situación y hasta pude permitirme una risita final. Nadie tiene por qué haber notado mi desesperación, después de todo.

—Permiso —asiente Manuel, y sale del comedor.

—¿En qué estábamos? —pregunta Juan Carlos.

—En el suicidio de Juan Duarte —dice Ernesto.

—¿Hace falta? —ruega Mabel.

—Yo no tengo problema en seguir discutiendo —Pedro desafía, sereno.

—Yo sí —dice Delfina—. Hablemos de algo más lindo y menos polémico.

—¿El aumento del precio de la carne? —interviene Rosa, irónica.

—Basta, nena —insiste Delfina.

En ese momento vuelve Manuel.

—Gracias, Ofelia.

—¿Tan rápido?

—Era mirar unos detalles. Ya me hice la idea.

—Que no me salga muy caro, muchacho —interviene papá—. Los números de la fábrica distan de ser halagüeños. Y hablando de eso…

Y sin que medie ninguna otra señal que me permita prepararme para la tormenta que se avecina, papá se vuelve hacia mí.

—¿Cuándo voy a poder contar contigo en la fábrica?

—Eh… ¿qué, papi?

—Que cuándo vas a venir a trabajar conmigo, Ofelia.

Me vuelvo a buscar a Juan Carlos y advierto que se ha ido al patio con Ernesto a conversar a gusto de política un rato a solas. ¿Justo ahora tenía que salir? Me enojo conmigo misma. ¿Acaso no soy capaz de defenderme sola?

—Creí que ya lo habíamos hablado, papá.

—Sí, pero que lo hayamos hablado no significa que me hayas convencido. Necesito un contable. Y necesito que sea de confianza. Y…

—No soy una empleada contable, papá —no me quiero enojar, pero ya estoy enojada—. Me pasé cinco años estudiando en la Facultad, y no pienso tirarlo a la basura.

—¿Trabajar con tu padre sería tirarlo a la basura? —interviene la tía Rita, y debo reconocer que la vieja estuvo aguda. No era eso lo que yo quería decir, pero lo dije, y la tía aprovecha para llevar agua para su molino, que en este caso es el molino de su hermano.

—Nadie habla de tirarlo a la basura, Ofelia —el tono de papá es mucho más amable que el de la tía, cosa que no me sorprende porque papá es una buena persona—. Hablo de que lo apliques en la fábrica, hija, porque…

—¿Aplicarlo? ¿Aplicar qué, papá?

—Los… números. Todo eso que…

—¿Números? ¿Vos suponés que me pasé cinco años estudiando números?

—Cuando terminaste la escuela, y dijimos que estaba bien que estudiaras, con tu madre fuimos claros: quisimos que estudiases una carrera…

—Útil —le ahorro encontrar la palabra exacta—. Una carrera que sirviera para algo.

—¡Eso! —corrobora, entusiasmado, sin entender que lo que me duele es, precisamente, su entusiasmo.

—¡No estudié Matemáticas porque no era suficientemente útil, papá!

—¿Te parece que son modos de dirigirte a tu padre? —me amonesta mamá.

—¿Me estoy dirigiendo mal, mamá, o estoy diciendo algo que no les gusta escuchar?

—En una de esas lo que papá quiere decir…

—Te agradezco, Rosa, pero no necesito traducto-
res para entender a papá.

¿Con quién me falta pelearme? Ya llevo media familia en cinco minutos.

—¿Hace falta que tengamos esta batalla campal en
la sobremesa? —mamá parece dispuesta a parlamentar
con el enemigo.

—No, mamá, pero Ofelia tiene razón.

—¿Vos también, Delfina?

—Si quieren me sumo y formamos un trío de hijas
descastadas —ofrece Mabel.

—Basta, Mabel —dice mi padre, seco.

—"Basta, Mabel" —remeda ella—. Las palabras
más utilizadas en esta casa a lo largo de dos décadas.

El clima de la mesa es francamente penoso.

—Perdón que me meta en una cuestión tan "Fernández Mollé", siendo, como soy, un convidado de
piedra, pero…

—En absoluto —lo anima mamá—. Ni es un
convidado de piedra ni nos viene mal una mirada ob-
jetiva.

—Bien, doña Luisa —carraspea—. Yo propongo
que nos pongamos a hablar de Perón, así todos des-
cuartizan salvajemente al pobre Pedro, aquí presente

y dispuesto al sacrificio, y la dejamos descansar a Ofelia.

—¡No, por lo que más quieras! —dice Pedro, falsamente dramático—. ¡Rompiste un momento mágico en el que se estaba discutiendo en esta casa y yo no era el pato de la boda!

Mamá sonríe y mis hermanas también. Papá afloja el gesto. La atmósfera recupera su liviandad, salvo para mí y para la tía Rita, que no se afloja nunca.

—Hablando en serio —Manuel se dirige de repente directamente a mí—. ¿Qué se imagina haciendo, Ofelia?

La vida es extraña. En ningún otro contexto me sentiría cómoda respondiendo un interrogatorio directo de Manuel con semejante número de testigos. Pero con tal de que papá deje de insistir con su cantinela de "te necesito en la fábrica" cualquier vía de escape es preferible. Hasta Manuel.

—Mañana, de hecho, tengo una entrevista en el Ministerio de Hacienda. Es una primera entrevista, de todos modos.

—¿Ministerio? —salta papá como si lo hubieran herido con algo filoso—. ¿Me estás hablando de trabajar para el gobierno?

—Para el gobierno, no, papá. Para el Estado.

—¿Y qué diferencia hay?

—¡No es lo mismo! —y sí, ya estoy indignada—. Y me gustaría enseñar, también. En la Facultad.

—¿Enseñar qué? —pregunta Mabel.

—No sé. Alguna de las materias de Matemáticas de mi Facultad, me parece.

164

—Seguro que con eso le va bien, también —afirma Manuel.

—¿Y usted cómo lo sabe? —no sé por qué me atrevo a preguntárselo directamente. Supongo que quiero saber si lo piensa de verdad o es un mero cumplido.

—Bueno. No la conozco mucho, pero de lo que la conozco veo que explica muy bien las cosas.

—No creo que sea fácil que te acepten —interviene, realista, Mabel—. Siendo mujer, me refiero.

—Lo sé —concuerdo—. Si ni siquiera es fácil que te acepten como alumna, imagínate como profesora.

—Es cierto —dice Manuel—. En mi Facultad casi no tuve profesoras mujeres. Pero con lo que sabe usted de Matemáticas no creo que quieran perdérsela, Ofelia.

—¿Un arquitecto no sabe más, mi amor? —pregunta Delfina.

—No, para nada. Seguro que Ofelia me da vuelta y media con casi todos esos temas.

—Cuánta modestia —interviene la tía Rita, en un tono que da a entender cualquier cosa menos admiración.

Varias cabezas se giran hacia ella. Uno de ellos es Manuel, que asume una mueca divertida.

—No es una cuestión de modestia. Además, como dije antes, me parece que Ofelia es paciente y ordenada. Y no pierde la calma. Y todo eso, a la hora de enseñar…

En ese momento vuelven Juan Carlos y Ernesto de su rato de tabaco y charla política.

—Es cierto —dice Juan Carlos, que escuchó al vuelo el último comentario de Manuel.

—¿Es cierto, dice usted? —la tía Rita sigue hablando desde el fondo de su rincón, impasible—. ¿Y no le parece que si alguno de los hombres sentados a esta mesa va a piropear descaradamente a Ofelia, ese hombre debería ser usted?

El silencio es absoluto. Lo miro a Juan Carlos, que se ha quedado perplejo.

—No estoy piropeando a nadie, señora —la voz de Manuel es serena—. Simplemente estoy elogiando la inteligencia de su sobrina Ofelia. Y si hablamos de piropear, por supuesto que puedo empezar a hacerlo con Delfina. Descaradamente, como sugiere usted. No lo hago únicamente para que a usted no se le suban los colores.

El murmullo que se levanta es divertido, burlón, desenfadado.

—¡Cochino! —grita Delfina, fingiendo indignación y pegándole una palmada en el brazo.

Más risas alrededor de la mesa. Yo respiro aliviada. Me cuido muy bien de mirar a la tía, no sea cosa que detecte la hondura de mi alivio. Y más me cuido de mirar a Manuel. Otra escena así me mata. Otra conversación como esta y yo me caigo redonda.

30

Los últimos en irse son Rosa y Ernesto, porque el nene se despierta tarde de su siesta. Delfina y mamá se quedan levantando las cosas de la mesa y yo aprovecho para volver a mi dormitorio y acomodar las cosas para la entrevista que tengo mañana en el Ministerio. Entro en la habitación y cierro la puerta. Sin proponérmelo me pongo a pensar que hace un par de horas Manuel estuvo ahí, de pie en medio de mi habitación vacía. Parece mentira que quepan tantas cosas en un solo domingo.

¿Se habrá detenido él a pensar lo mismo? ¿A pensar que estaba en la habitación en la que duermo, me visto, estudio, escucho música? Me siento en la cama. ¿Dónde se habrá parado Manuel? ¿Habrá chusmeado los papeles del escritorio? ¿Se habrá mirado en el espejo de la cómoda? ¿O se habrá limitado a aproximarse a la ventana para estudiar su dichoso asunto de antepechos, alféizares y la mar en coche? Desde afuera se ve encendida la luz de mercurio y me percato de que los postigos de la persiana quedaron abiertos. Tengo que cerrarlos o se verá todo desde afuera. Cuando apoyo las manos en la cama para incorporarme siento algo raro bajo la mano izquierda. En realidad, bajo el rebozo de la colcha, que siempre dejo haciendo un ángulo recto con respecto a la línea de la almohada, porque me gusta cómo queda.

Meto la mano bajo la colcha. Sí. El ruido es de papel. Hago a un lado la colcha y la sábana de un manotazo. A medias bajo la almohada, a medias sobre la sábana hay un sobre de papel. Un sobre con una carta adentro.

31

Siento que se me eriza el vello de la nuca mientras vuelvo a sentarme sobre la cama. ¿Qué habría pasado si alguien hubiera entrado a mi pieza durante la larga tarde del domingo, movido las sábanas antes que yo y encontrado la carta? Porque estoy segura de que es una carta. Y de que es una carta de Manuel. Y de que la dejó entre las cobijas cuando entró a mi dormitorio con la excusa de medir no sé qué de mi ventana. ¿Quién habría podido detener el escándalo?

Aunque, por otro lado, imaginarlo a Manuel inventando aquella excusa de las ventanas y propalándola como si tal cosa delante de toda la familia, delante de papá, por empezar, para tener ese minuto a solas en mi pieza, me provoca una… ¿admiración? No sé. Algo parecido.

Abro el sobre, que en lugar de estar pegado tiene la solapa doblada por dentro, y saco dos hojas de papel rayado. Antes de empezar a leer ojeo la densidad de la letra, la extensión completa de la carta, lo apretado de los márgenes y me alegro: es una carta extensa. Mejor. Me alegra que Manuel me haya escrito muchas palabras.

Querida Ofelia:
Aunque no tengo demasiado claro qué me propongo
con estas palabras, hay algo que sí tengo muy claro.

Estoy confiando en usted como nunca jamás he con-
fiado en nadie. Decirle las cosas que le dije es grave,
pero dejarlas por escrito es mucho más grave todavía.
Hasta ese punto confío en usted, y la dejo en completa
libertad para hacer con esta carta lo que usted consi-
dere: quemarla, devolvérmela o dársela a leer a quien
usted quiera. No es que me tenga sin cuidado el futu-
ro. Es que estoy tan confundido que no sé qué desear
para ese futuro. Y tal vez lo mejor que puede pasar es
que ese futuro quede más allá de mi albedrío. Ya que
no soy capaz de decidirlo, en una de esas es preferible
que otros decidan por mí. Suena cobarde, creo. Pero
en los últimos meses no estoy seguro de qué significan
cosas tales como valentía, o cobardía. En realidad no
estoy seguro de lo que significa casi nada.

Me detengo un momento a esa altura. Yo me siento igual que Manuel. Lo que está bien y lo que está mal
cambia a lo largo de los días y de las noches, como si
fueran mareas.

Releo lo que llevo escrito y me temo que se parece
demasiado a alguna pésima película de amor. Pero
vea, ya me siento más allá hasta del ridículo. De
modo que hasta soy capaz de seguir adentrándome
en este sendero inútil de escribirle y de decirle.
Escribo eso de las películas y de inmediato me acuer-
do de nuestras salidas al cine. ¿En qué momento se
me volvieron imprescindibles? ¿A partir de qué vier-
nes o de qué sábado el resto de la semana empezó a
girar alrededor de esos encuentros? ¿Qué fue prime-

ro: el asombro por encontrarme pendiente de usted o la culpa por empezar a sentir por usted las cosas que solo debo sentir por Delfina? Fíjese. Ahí tiene una de mis innumerables confusiones. No he dejado de sentir lo que siento por su hermana. Sigo queriéndola… sigo queriéndola y si no entro en mayores detalles es porque ese límite sí me parece que no debo atravesarlo. Lo que siento por Delfina debe estar destinado a decírselo a Delfina.

Es horrible, pienso. Es tan horrible que todo lo demás, todo lo lindo y todo lo bueno, no tiene sitio alguno. Estoy encerrada en mi habitación leyendo una carta que el novio de Delfina me escribió a mí, mientras Delfina, lo más tranquila, ayuda a nuestra madre a levantar los trastos de la hora del té. ¿Y si fuese al revés? ¿Qué haría yo, cómo me sentiría, si me enterase de que Juan Carlos le escribe a Delfina una carta como esta?

¿Y lo que siento por usted? ¿A qué está destinado lo que siento por usted? ¿A quedármelo escondido como estaba hasta ese domingo cuando se lo solté de mala manera en la cocina de su casa? ¿A proclamarlo, y con eso generar un escándalo y un montón de sufrimiento en personas a las que quiero con toda mi alma? Tal vez ni una cosa ni la otra. Tal vez eso que siento por usted está destinado a que solamente usted lo sepa.
Me doy cuenta de que me estoy enredando, Ofelia. Avanzo y avanzo en estas palabras, y no llego a ningún lado. ¿Hay adónde llegar? ¿Dónde termina esta historia?

Esa es la gran pregunta. Dónde termina esta historia. Y el verbo "terminar", en esa oración, es un cuchillo que se me clava en la barriga. Porque aunque sé que las cosas no pueden seguir así, porque de ninguna manera pueden quedar así, de todos modos me niego a que terminen. Cualquier final va a generar dolor. Mucho dolor. Ahora, así como están las cosas, ya me duelen. Pero si se precipita un desenlace van a doler más todavía. Y no quiero más dolor. Prefiero que las cosas permanezcan así. Así para siempre. Doliendo lo que duelen, pero no más.

Supongo que, como carta de amor, esta carta es un fracaso. Lo único que hago es hacerle preguntas. No se preocupe. No espero que me las responda. No creo, ni siquiera, que esas preguntas tengan respuesta. Si esto fuera una película tal vez... Ahí sí. En una película habría un final feliz en el que nadie sale herido. Todas las cuentas se equilibran, como en uno de esos libros enormes lleno de columnas y de cifras que los empleados contables del banco tienen siempre abiertos sobre sus escritorios, y que seguro usted sabe interpretar mucho mejor que yo. No hay villanos en esas historias. Y si los hay, no están entre los que se enamoran. Todos los personajes que se enamoran son buenos y, por lo tanto, nadie tiene que sufrir. Mejor dicho, sufren, pero al final esos sufrimientos se terminan y se sanan.
Y sin embargo, Ofelia, aunque repase una vez y otra vez todas las opciones, no hay modo de que nadie salga lastimado, de que nadie sufra, de que nadie pierda.

Estas son las cosas que me pasan con este hombre. Hace medio minuto yo pensaba en esto del dolor y del final. Y de inmediato Manuel se pone a escribir sobre lo que pienso en el mismo momento en que lo pienso, como si me sacara las palabras de la boca, o de un lugar mucho más profundo y secreto y fantasmal que la boca.

Y lo peor (en realidad no sé si es lo peor, o es igual de malo que todo lo que llevo escrito hasta acá) es que no tengo con quien hablarlo, y eso me hace sentir solo. Estar enamorado de una mujer y no poder hacer nada al respecto es terrible. Pero estar enamorado de esa mujer y encima tener que callarlo, y hacer como que no pasa nada, y mirar a otra parte cada vez que uno la tiene al otro lado de la mesa y se muere por mirarla...

Es terrible, Ofelia. Se lo juro. Es como si me hubiesen crecido ojos en la nuca, o arriba de las orejas. O tuviera oídos en los dedos... ¡Antenas! Antenas de insecto. ¿Vio como los bichos, que sienten las cosas en la vibración de las antenas? A mí con usted me pasa eso, Ofelia. Usted entra a la casa y yo lo percibo en el movimiento del aire. Usted está a punto de hablar en el almuerzo y yo escucho su voz antes de que pronuncie una palabra. Y cuando empieza a hablar me quiero morir, o quiero llorar, porque está diciendo casi casi lo que yo supe que iba a decir antes de escucharlo. Yo paso por el patio y me choco con su perfume y el perfume conserva la forma de su cuerpo, así, en el aire. Y le juro que es una tristeza.

Mejor la voy dejando, Ofelia. Espero no haberla

ofendido. Sé que esta carta está llena de melancolía. Otra diferencia con el cine, mire. Ahí el amor rara vez termina en melancolía.

—¡Ofelia! —la voz de la tía Rita avanza por el pasillo—. ¿Estás en el baño?

—Estoy en mi pieza, tía. Ya voy.

—¡Ofelia! —repite—. ¿Dónde se metió esta chica?

—¡En mi pieza! ¡Ya voy, tía!

Que la tía Rita irrumpa en el mundo de ese monólogo de Manuel, un monólogo que encima dice las cosas que dice, me hace sentir como si alguien se pusiera a reír a carcajadas en medio de la misa, en el momento solemne de la consagración, por ejemplo. Me horrorizo con la comparación que acabo de construir. ¿La voz de la tía me parece una profanación, y pensar en la consagración mientras me alborozo en esta carta bochornosa no me parece una profanación imperdonable de mil cosas sagradas, al unísono? ¿Cuándo me despojé así de la moral?

De todas maneras le aclaro que no pretendo que se compadezca de mí. Eso se lo aseguro. Todas estas tristezas que le estuve contando (y por las que le pido disculpas) se compensan con una sola cosa: que usted me quiera. Cada vez que me siento derrotado por esta situación, cada vez que me gana la tristeza, me viene a la mente la misma idea. Ofelia me quiere. Y con eso me alcanza. Le juro que saber que a usted le pasa lo mismo que a mí, o algo parecido, me cura de todo. Me repara. Me compensa.

¿Y sabe qué? Hasta creo que me alcanza. Me alcan-
za para seguir adelante. Para que no me importe
tener que callarme, o tener que fingir que me da lo
mismo que usted esté o no esté en la misma habita-
ción que yo, o tener que resistir la tentación de abra-
zarla cuando me la cruzo en un pasillo de su casa, o
cuando me hago a un lado mientras entramos a al-
gún sitio y usted me deja estúpido con su perfume.
No me importa nada más, le juro. Me alcanza sa-
berla conmigo en este entuerto. Sabiendo eso, me
aguanto el silencio y la distancia y los años y lo que
venga. Eso es todo, Ofelia.
Disculpe la osadía de escribirle esta carta. Y disculpe
la osadía de decirle, en cinco letras imperdonables:
la amo.

Una lágrima gorda, espesa, que acaba de estallar redonda sobre el papel se lleva, completa, la palabra "alcanza", y convierte en un borrón el "Me" que la precede y el "para" que Manuel escribió después. En el renglón de abajo, "tener" y "que" quedan perjudicadas, pero todavía se entienden.

Me acurruco sobre la cama, sin quitarme siquiera los zapatos. Los preparativos para la entrevista de mañana me importan poco. Me importan nada. Me pongo de costado, hecha un ovillo, con la carta aferrada en el puño, y el puño apretado contra el pecho. Y no puedo decidir si soy la persona más feliz del mundo porque Manuel acaba de escribirme que me ama, o soy la persona más triste y más acongojada, precisamente por el mismo motivo.

32

El taxi estaciona frente a mi casa y Juan Carlos baja de un salto, da la vuelta por detrás del auto y me abre la puerta. Después se demora apenas pagándole al chofer y me ofrece el brazo hasta la puerta. Juan Carlos siempre tiene esos gestos de caballerosidad, pero hoy parece dispuesto a extremarlos.

Sé que su sueldo en el estudio, aunque no es exiguo, tampoco da para lujos. Sobre todo desde que se puso a ahorrar hasta el último peso pensando en el casamiento. Y sin embargo esta noche Juanca dejó de lado toda austeridad y me llevó a comer a un restaurante hermoso del Rosedal porque sabe que me encanta el jardín, y las mesas separadas por los cercos de ligustro, y la orquesta, y como se hizo tardísimo decidió que no esperásemos el colectivo y tomamos un taxi, que debe haberle costado un ojo de la cara.

Cuando el taxi se aleja ya estoy abriendo la puerta de calle y pasamos al zaguán. La casa está casi a oscuras. A lo lejos se adivina encendida la lámpara de porcelana del rincón del living, cuya luz convierte la oscuridad del pasillo en una mínima penumbra.

—Es tardísimo —comento en un susurro—. Lo tarde que será que papá y mamá ya se fueron a dormir.

Juan Carlos no responde. Me abraza con fuerza, pero el abrazo me produce una sensación de extrañeza.

No tiene, este abrazo, los condimentos propios del contexto. Lo tarde que es, la ausencia de mis padres, el silencio, podrían sumarle a la proximidad de nuestros cuerpos la energía del erotismo y sus caricias inminentes. Pero no. El abrazo de Juan Carlos es llano, simple, enérgico. El abrazo que se le da a un viajero que acaba de regresar, y a quien queremos mucho, y a quien no hemos visto en mucho tiempo.

Mientras le devuelvo el abrazo me doy cuenta de que, más allá de lo que piense Juan Carlos en este momento, así es como yo misma me siento: de regreso de un viaje larguísimo, extenuante. El pasillo en penumbra es como un muelle, y estos meses turbulentos son un barco del que acabo de bajar. Y ahora estoy de regreso, a salvo, en mi casa, y no mi casa de la calle Gorriti, sino en la casa que son los brazos de Juan Carlos.

—No sabés cuánto necesitaba esto —murmura él, sin dejar de oprimirme en el abrazo.

Pasa un buen rato hasta que, como se me cansan los brazos, termino por aflojar el apretón, pero apoyo la cabeza en el pecho de mi novio. Como siempre, su traje huele lejanamente a lavanda.

—¿Por algo en especial? —suelto una risita—. Me refiero al abrazo…

Yo se lo pregunto anticipándome a que va a contestarme una nimiedad al estilo de "Por nada", o "Porque sí".

—Porque hace tiempo que te siento lejos.

Muy a mi pesar me pongo rígida. Y me alegro de que Juan Carlos no pueda ver la expresión de mi cara.

—Y la verdad es que no sabía qué pensar…

No sé qué hacer. ¿Lo interrumpo? ¿Lo disuado? ¿Le miento alguna excusa estúpida? ¿Lo embrollo preguntándole algo, a mi vez?

—Pensé, no sé, que a lo mejor eran los nervios de los últimos finales, o que yo estaba demasiado obsesionado con lo del Centro de Estudiantes, y las asambleas, y la política… o hasta… mejor ni te lo digo…

¿Qué hago? ¿Prefiero que lo diga o que no lo diga? Si Juan Carlos menciona a Manuel entre los motivos que lo inquietaron en los últimos meses voy a sentirme una basura. Y bueno. Será que me lo merezco.

—Decímelo.

Mejor una basura pero con algún vestigio de valentía. Es un poco menos humillante.

—Como si no me quisieras. O me quisieras menos…

—¿Cómo podés pensar eso, mi amor? —de nuevo me aferro a sus brazos—. Nunca, entendeme, nunca, ningún día de mi vida, te dejo de querer. Ni te quiero menos. No seas tonto.

—No, tonto no. Pero a veces me siento… no sé, me comparo…

—¿Cómo que te comparás? —de nuevo la piedra en el estómago—. ¿Con quién te comparás?

Termino de preguntarlo y me arrepiento. Lo pregunté porque la angustia me condujo. Casi saber de antemano lo que iba a decir Juan Carlos y querer que lo dijera y querer que lo callara. O, mejor dicho, suponer que está a punto de decirlo pero confiar en que la respuesta va a ser otra y soñar con el alivio de esa constatación tranquilizadora. Que responda que se compara con Ernesto, o con Pedro, o con mi padre…

—Con Manuel, con quién va a ser.

Y ahí están cumplidas las peores profecías. ¿Y ahora qué hago?, es la pregunta urgente y silenciosa. Me separo del abrazo y me empino sobre mis tacos.

—¿Qué? ¿Qué tiene que ver Manuel? ¿De qué me estás hablando?

Jamás, ni en mis peores pesadillas, supuse que iba a sostener una conversación como esta.

—Ay, Ofelia —el tono de Juan Carlos no es hostil, ni angustiado—. Es inteligente. Es pintón. Le gusta el cine como a vos. Los libros…

—¿Y eso qué tiene que ver? ¿Acaso me voy a andar enamorando de cualquier tipo al que le guste el cine como a mí?

—No, pero…

—¿Y vos suponés que en la Facultad no había, o ahora, en el Ministerio, no hay, un montón de tipos con los que pueda conversar de libros?

Temo haber ido demasiado lejos y que esa última pregunta no disipe los temores de Juan Carlos, sino que tienda a multiplicarlos.

—Seguro que sí, pero a esos tipos no te los cruzás todas las semanas en tu propia casa, ni salen con vos al cine cada dos por tres…

—¡Salimos en grupo!

—Pero salimos… y no te estoy diciendo nada, Ofelia.

—¿Cómo que no me estás diciendo nada?

—No te acuso de nada.

Ahora el tono de Juan Carlos es tajante, pero sigue careciendo de enojo o de resentimiento.

—Soy yo. Te estoy diciendo las cosas que pensé, y que me preocuparon. Nada más.

Intento serenarme. Nada, absolutamente nada de lo que ha pasado es irreparable. Y ese novio mío más dispuesto a encontrarse responsable que a tildarme a mí de culpable es la mejor prueba de que todo tiene arreglo. Siempre y cuando me deje de jorobar. Maldita estúpida. Llevo meses caminando al borde de un precipicio y aun así Dios quiso que todavía no me cayera. ¿Voy a ser tan imbécil de seguir tentando a la suerte?

—Escuchame bien —me aproximo lo suficiente como para que, en la mínima luz que llega desde el living, los ojos de Juan Carlos vean el fondo de los míos—. Nada en mi vida importa más que vos. Nada. Ni nadie. Me voy a casar con vos porque te amo. Y voy a estar siempre con vos por lo mismo.

Juan Carlos adelanta la boca y me besa, y yo le respondo el beso casi con desesperación. Contengo a duras penas las ganas de llorar. Si empiezo a lagrimear tendría que explicar por qué. Y no quiero. No quiero explicar nada, pero no a Juan Carlos. No quiero explicarme nada a mí misma. No quiero más dudas, ni preguntas, ni angustias ni noches en blanco. Lo que acabo de decirle a Juan Carlos es verdad. Absolutamente verdad. Y nada, por fuera de esa verdad, puede ser cierto. Ni puede ser importante. Y si en estos meses pensé lo contrario es que me confundí como una estúpida.

El beso se prolonga. Las manos de Juan Carlos empiezan a desprenderme el abrigo. Lo dejo hacer, aunque sonrío debajo del beso de mi novio. Para que se entere, qué tanto. Que no le pase desapercibido que yo sé perfectamente hacia dónde van esas manos. Que deseo que vayan, que acepto que vayan, y que yo también voy a disfrutar de que vayan. Pero cuidadito, joven. Hoy sí, porque lo que acabamos de hablar lo amerita, y porque es muy tarde, y porque el silencio del living nos garantiza tiempo y soledad. Pero sobre todo por lo primero. La mano derecha de Juan Carlos se aventura bajo mi blusa mucho más allá de lo que mamá recomendaría, y muchísimo más allá de lo que la tía Rita podría siquiera concebir como posible, y detengo un instante esa mano aferrándola por la muñeca, y Juan Carlos gruñe su decepción, y aflojo los dedos que impiden la continuidad del recorrido y el beso sigue y se continúa como un paraguas que protege el itinerario.

Qué tanto. Estamos comprometidos, y tampoco falta mucho para que nos casemos, y estamos en 1954, y sé perfectamente en qué punto sí o sí mi novio tendrá que detenerse. Que una cosa es una cena romántica en Burgenwelt y una conversación angustiosa y unas caricias demasiado osadas, y otra bien distinta es dejar que Juan Carlos coma un postre para el que todavía falta. Que será el mejor novio del mundo pero no deja de ser un hombre, al fin y al cabo.

33

Entro al Jardín Botánico por la puerta de la calle Malabia, porque es la más distante de Plaza Italia y la menos concurrida de todas, pero camino aterida de nervios y de malos presagios.

Tomé la decisión de encontrarme con Manuel el sábado a la noche, apenas cerré la puerta de calle detrás de Juan Carlos, después de esa conversación angustiante que mantuvimos. O, más exactamente, un par de horas más tarde, en medio del insomnio. Uno de todos los insomnios de los últimos meses. No fue de los peores, de todos modos. Alcancé a dormirme antes de que la luz del día empezase a colarse entre los postigos de la persiana. Y antes de eso, antes de dormirme, tomé la decisión de verme con Manuel.

Fue una cadena de decisiones, más bien, la que está a punto de conducirme a encontrarme con Manuel, en secreto, en el Jardín Botánico. Primero fue pensar en el lugar. Descartadas las confiterías —el solo recuerdo de nuestro encuentro tormentoso en el Bar Oriente me disuadió de repetir esa escenografía—, pensé que tal vez lo mejor era una simple caminata por el centro. Pero lo deseché después de calcular con cuánta gente una se cruza, de frente, si camina seis o siete cuadras por Avenida de Mayo o por Corrientes.

¿Para qué tentar la posibilidad de toparme con alguien conocido? Fue entonces cuando se me ocurrió el Botánico. Un banco en particular, en el que me gusta sentarme a leer desde los tiempos de la Facultad, en las raras temporadas en que estaba cómoda con el estudio y los exámenes. Un banco que está lejos de las calles circundantes, bien al abrigo de la fronda, al que el rumor de los motores de los autos llega apagado y distante. ¿Puede ser que alguien me vea sentada allí conversando con Manuel? Sí, es posible. Pero de las opciones que se me presentan esta es la más segura. Y si me cruzo con alguien tendré que mentir.

Después fue comunicárselo a Manuel. Unas pocas palabras en la tarde del domingo. Buen trabajo me dio encontrar el momento propicio, sin testigos. No hacía falta tanto tiempo. Veinte palabras se dicen y se escuchan rápido. Pero en esas tertulias superpobladas de los Fernández Mollé la privacidad es una circunstancia infrecuente, y se me fue la tarde buscando la oportunidad. A medida que avanzaban las horas iba poniéndome más y más nerviosa y odiándome por eso. Otro día perdido en verme a mí misma en medio de este pantano inútil de tensión, de culpa y de bochorno. Recién al atardecer, cuando las mujeres empezamos a recoger los platos y las tazas para llevarlas a la cocina, se me presentó la ocasión que había estado buscando. Manuel es el único de los hombres de la casa que ayuda en esos menesteres. Los demás lo tratan de pollerudo, pero él se excusa diciendo que lo aprendió cuando estudió pupilo con los maristas y lo tiene incorporado. Y ayer no fue la excepción. Se levantó mamá, la imitamos nosotras y Manuel hizo una pila de varios platos y varias tazas y nos siguió, desoyendo las burlas de los otros y las protestas de Delfina y de mamá. Cuando él dejó los trastos en la pileta de la cocina yo venía detrás y las demás ya habían vuelto al comedor para seguir con la recogida. Sin alzar la voz, pero asegurándome de ser entendida, le solté las pocas palabras que tenía preparadas.

—Necesito hablar con usted. Mañana. En el Botánico junto a la estatua de Neptuno. A las cuatro.

No esperé que me respondiera. Salí de la cocina precediendo a Manuel y en el umbral me choqué con Rosa, que traía una bandeja con los restos del budín inglés y la cafetera. Al rato, y mientras empezaban las despedidas en el pasillo, los ojos de Manuel se cruzaron con los míos y enseguida bajó la cabeza, serio, en señal de asentimiento.

No son muchos los paseantes una tarde de lunes. Lunes de otoño, ventoso y con poco sol, por añadidura. Cuando tuerzo el último recodo veo a Manuel sentado en el banco y mirando en mi dirección. Me aproximo con la vista clavada en un punto a la altura de mis ojos. Recién cuando me faltan unos metros bajo la vista hacia Manuel, que se incorpora y me estrecha levemente la mano.

—Qué bueno que vino.

En el tono de su voz creo distinguir notas de ansiedad y de alegría.

—Bueno. Yo misma se lo propuse, así que…

Se hace un silencio incómodo, tal vez motivado por la sequedad de mi respuesta. ¿Es mejor así, con esta frialdad? Creo que sí. Pues que sea. Manuel hace un gesto hacia el banco.

—¿Nos sentamos?

—Claro.

Tomo asiento casi en el extremo derecho. Manuel entiende la incomodidad que siento, porque ocupa casi la otra punta, se recuesta sobre el respaldo y cruza las piernas. Si alguien nos viese de lejos podría pensar que somos dos desconocidos que comparten un asiento con la menor familiaridad posible. Y si quien nos viese así nos conociera de antes podría, tal vez, suponer que nos vimos por casualidad, y que matamos el tiempo hablando de bueyes perdidos. Eso es bueno. Pero de todos modos no estoy dispuesta a demorar las cosas.

Hurgo en mi cartera y saco un sobre color beige, bastante arrugado. Manuel da un respingo cuando lo reconoce. De todos modos acepta recibirlo cuando se lo tiendo. Si alguien nos viese ahora, alguien conocido, no podría suponer que nos hemos encontrado en ese banco por casualidad. Nadie mata el tiempo hablando de bueyes perdidos y pasando un sobre de mano en mano.

—¿Puedo abrirlo, Ofelia?

La voz de Manuel ahora suena estrangulada de nervios, y comprendo el error. El de él. O el mío, que ha forzado el de él. Manuel supone que le escribí una carta respondiendo la que él me dejó bajo la almohada. Y está equivocado. Antes de que pueda decir una palabra ya Manuel está abriendo la solapa del sobre y metiendo los dedos entre las hojas de papel que contiene. Se detiene casi enseguida.

—Es la mía. Mi carta.

Ya no tiene la voz atorada de tensión. Ahora suena vencido. Y sí, pienso. Claro que sí. Claro que es su carta. ¿Qué pensó? ¿Qué entendió? ¿Que yo respondería su carta de amor con otra carta de amor? Me quedo callada. Creo que mi silencio ayuda a que Manuel vaya entendiendo. A que las ideas también vayan encontrando su lugar en la cabeza de Manuel.

—Usted me dio la libertad de hacer con su esquela lo que me pareciera mejor.

¿Esquela? ¿Por qué acabo de denominar "esquela" a esa carta que me arrancó lágrimas, risas, lamentos, deseos y pesadillas? Una esquela es una nota para dejar sobre la mesa de la cocina diciendo que no se olviden de comprar aceite. Eso es una esquela. ¿Por qué bautizar así la carta de amor de Manuel? Precisamente, me digo. Precisamente por eso. Por eso y por varias cosas más. Tomo impulso.

—Estuve pensando mucho en todo esto, Manuel.

—Los dos hemos pensado mucho, Ofelia.

—Lo sé. Estuve pensando mucho y me doy cuenta de que cometí un error muy grande. Enorme. Y le pido disculpas.

—¿Cómo un error? ¿A qué…?

—Yo no estoy enamorada de usted.

No me atrevo a mirarlo ahora. Creo que no voy a atreverme a mirarlo nunca más. Miro un poco más allá, como fijando la vista veinte centímetros delante de su nariz. No lo miro pero lo veo. Lo veo lo suficiente como para saber que Manuel no me está mirando. Entonces sí puedo, y lo miro de lleno. Manuel ya no está cruzado de piernas, sino de brazos, y las piernas las tiene extendidas, y los ojos perdidos en la punta de sus zapatos.

—Pero usted me dijo que sí.

—Yo no le dije que estuviera enamorada de usted.

—No, es verdad. Pero cuando hablamos en la cocina de su casa… Y después, cua…

—Yo no sé qué pensó usted, Manuel. Pero me parece que se equivocó.

Manuel gira la cabeza hacia mí. Antes de que nuestros ojos se encuentren me apresuro a mirar el piso. Porque todavía tengo algo que decir.

—Y tengo que pedirle perdón, Manuel. Porque yo sé que con mis actos alenté su equivocación.

—¿Mi equivocación?

—¿De qué otro modo llamaría a esto, me puede decir? ¡Está sentado en un banco del Botánico con la hermana de su novia, que a su vez está comprometida con otro hombre y se casa el año que viene! Si no es una equivocación, ¿cómo lo llamaría?

—No sé cómo lo llamaría, eso es verdad.

—Llámelo como quiera. Escándalo, confusión, bochorno. Cualquiera de esos nombres le cabe perfectamente.

—Dicho como lo dice usted suena todo a una porquería, Ofelia.

—El asunto no es cómo se diga, Manuel. Esas cosas se pueden disfrazar de lo que una quiera. Pero en el fondo son algo bien sencillo. Sencillo y nada bueno.

—En eso se equivoca.

Manuel habla gesticulando con la carta, en su sobre, hecha un guiñapo en el puño izquierdo. Desesperada, advierto que si alguien pasa y nos ve no puede caberle la menor duda de que estamos hablando de cualquier cosa menos de nimiedades de simples conocidos. Una pelea de novios, eso es lo que parece. La furia y el miedo me suben por el cuerpo. ¿Y si justo hoy, nada menos que hoy, alguien me ve y le cuenta a Juan Carlos? Ahora sí lo miro. Lo miro y le hablo en voz alta. Creo que casi le grito.

—¡Le pido que no me diga en qué me equivoco y en qué no me equivoco! Si tan ciertos estamos, ¿por qué no anduvo gritando a los cuatro vientos lo que me dijo en la cocina? ¿Por qué me dejó esta carta en secreto, poniendo en peligro su noviazgo, que al final es cosa suya, y el mío? ¡Que está bien lejos de ser asunto que le competa!

Todos mis sentimientos se han transformado en una única rabia. Definitivamente, ahora no tengo el menor empacho en mirar a Manuel directo a la cara.

—¿Se imagina lo que habría pasado si alguien hubiera encontrado estos papeles antes que yo?

—¿Papeles?

—¿Y acaso no son papeles?

Manuel busca en el bolsillo interior de su saco y saca los cigarrillos y el encendedor. Las manos le tiemblan un poco.

—No. Son mucho más que papeles.

Me doy cuenta de que por detrás de la rabia empieza a asomarse otro montón de sentimientos, y no estoy dispuesta a que eso suceda.

—¿Qué pretende, Manuel? A ver, explíquese. ¿Qué cuernos pretende?

Manuel da una larga pitada al cigarrillo.

—¿Sinceramente?

—Por supuesto.

—No lo sé. No sé lo que pretendo.

—Pues debería.

—¿Y cómo está tan segura de lo que yo debería?

—Porque de lo contrario no tendría que haber dicho una palabra. Si la dijo…

—Si la dije, ¿qué?

—¡La habrá dicho para algo!

Manuel vuelve a fumar. Sacude la ceniza con cuidado, entre sus piernas.

—Tiene razón, Ofelia. Le dije lo que le dije porque lo sentía. Lo siento. Y no sabía qué hacer con eso que sentía.

—Pues no puede ser.

—¿Qué es lo que no puede ser?

—Que usted me quiera a mí, además de a Delfina. Eso no puede pasar.

—¿Y dónde está escrito que no?

—¿Cómo "dónde está escrito"?

—Sí. ¿Dónde está escrito algo así?

—Por Dios, no entiendo si es la respuesta de un loco, de un estúpido o un ignorante.

—Se agradece.

—O de una mala persona.

Me quiero morir, pero lo dije. Y es tarde para todo. Ya lo dije y Manuel ya lo escuchó.

—Perdóneme, Manuel. Lo dije sin pensar.

Él deja transcurrir un largo silencio.

—No, Ofelia.

—Se lo digo de verdad. No lo pensé.

—Sí, eso lo entiendo. Pero no tiene que pedirme perdón. Tiene razón, a fin de cuentas.

Me quedo mirando el cigarrillo a punto de consumirse en la mano izquierda de Manuel. No fumo, pero en momentos como este me gustaría probar.

—Yo compartí con usted lo que me pasaba. No sé para qué se lo conté. O mejor dicho, me pareció que tenía que hacerlo… pero eso ya se lo dije y no la quiero aburrir. Pero es verdad: no tengo ninguna solución.

Manuel tira la colilla en el sendero de polvo de ladrillo. El pucho sigue humeando todavía un largo minuto antes de apagarse. Me conozco lo suficiente como para advertir que no me queda nada de la rabia de hace cinco minutos. Pero vine hasta el Botánico dispuesta a ponerle un punto final a todo esto. Para algo me acerqué a hablarle el domingo en la cocina a Manuel, y para algo me pasé media noche sin dormir el sábado, y para algo decidí lo que decidí cuando le cerré la puerta a Juan Carlos después de la cena romántica que me regaló.

—Lo que necesito que sepa es eso. Que yo no estoy enamorada de usted.

—Yo pensé que sí.

—Pues no. Lo siento. Pero no.

Manuel se levanta las solapas del saco, como si tuviese frío. Será que está empezando a bajar el sol.

—Eso es lo único importante, la verdad.

Manuel lo dice mirándome a los ojos, pero yo desvío los míos. Manuel sigue hablando.

—Yo se lo dije, Ofelia. O se lo escribí. O se lo dije y se lo escribí. Si usted a mí me quiere… No cambia nada, pero cambia todo. Usted se va a casar con Juan Carlos, y yo me voy a casar con Delfina. Y ojo que yo no pienso que usted no esté enamorada de su novio. Yo no soy quién… Y menos si pienso en Delfina y yo. Yo a Delfina la quiero. Lo extraño del asunto es que a usted le puedo decir que a Delfina la quiero. Pero si a Delfina le digo que la quiero también a usted, vuela todo por el aire.

—¿Y entonces? ¿Le parece normal toda la situación?

—No me cambie de tema.

—Yo no le cambio nada.

—No pretendo entender nada, Ofelia. Ni pretendo cambiar nada. Como le dije. Yo me aguanto callado lo que venga. Pero necesito saberlo.

—¿Saber para qué?

—Saber para saber. Punto.

—No entiendo de qué le sirve.

—Ni siquiera sé si me sirve. Pero quiero saber.

—Saber si yo lo quiero…

—Sí.

—Pues no. Lo siento, pero no lo quiero.

Una mujer vestida de mucama da vuelta el mismo recodo por el que, hace un rato, aparecí caminando. Empuja un cochecito de bebé. Los dos la vemos acercarse, pasar por delante, perderse en dirección a la entrada de Plaza Italia. No sé por qué reparo en que los adornos del cochecito son celestes.

—Y si en mi confusión le di a entender otra cosa

le pido perdón, porque no. Es decir, lo aprecio mucho porque me parece un hombre de bien, y Delfina…

—Gracias. Le pido si es tan amable que lo dejemos acá.

—Pero…

—Por favor, Ofelia. Le agradezco la claridad.

Manuel se pone de pie. Hago un gesto de extenderle la mano y Manuel inicia el ademán de estrechármela, pero lo entorpece el hecho de tener la carta aferrada en el puño. Manuel mira la carta hecha un bollo y ve que yo miro lo mismo.

—Quédese tranquila que la tiro en el primer cesto que vea. Se lo juro.

No sé qué responder. ¿"Gracias"? ¿"Confío en usted"? ¿"No hace falta que me lo jure"? Como ninguna me satisface me quedo mirándolo desde el lugar en el que sigo sentada, mordiéndome los labios.

Manuel suelta un "Buenas tardes" casi de espaldas, mientras se aleja a grandes pasos en la misma dirección que la niñera del cochecito. Aun de espaldas se adivina que está rompiendo las hojas de la carta. Se aproxima a un cesto pintado de negro y deja caer los restos de papel. Después se pierde por un camino lateral.

Suelto un suspiro interminable, como si llevase media hora conteniendo la respiración. Me siento triste, es cierto. Pero no me siento únicamente triste. Porque sobre todo me siento a salvo. Y hacía mucho que no me sentía así.

34

Mientras lo escucho hablar me cuesta no saltar al cuello de Juan Carlos y besarlo, y abrazarlo, y decirle lo mucho que lo admiro, pero me contengo. Sonrío, eso sí, pensando en la cara que pondrían mamá y papá si yo me permitiera semejante familiaridad. Pero mi novio acaba de hablar con tanta compostura, y tanta lucidez, y lo que ha dicho está tan de acuerdo con lo que pienso, que me gustaría poder interrumpir el mundo, abrazarlo, darle las gracias y después, sí, permitir que la vida prosiga su curso.

Enfrente está papá, algo perplejo, porque no está acostumbrado a que le lleven la contraria y menos a que lo hagan con esa altura. Al lado de papá está mamá sentada, pero ella ni siquiera se permite la perplejidad. Son dos hombres hablando, y por lo tanto ella considera que no tiene nada que decir. ¿Y si yo, con mi silencio, soy tan sumisa como esta madre a la que no puedo evitar juzgar con cierto talante despectivo? No. No lo soy. Si me mantengo callada no es porque no me atreva a hablar, sino porque mi inminente marido ha sido tan concreto, tan claro, tan explícito y tan tajante que no ha hecho falta que yo agregue palabra.

—En serio, don José —agrega Juan Carlos, como si la derrota de su contrincante lo moviese, a fin de cuentas, a la compasión o a la ternura—. Se lo agradecemos. Pero no hace falta. De verdad. Y como están las cosas, más vale que pueda disponer hasta el último peso que tenga para capitalizar la empresa.

—Bueno, hombre, que tampoco estoy en la ruina…

—Por supuesto. Pero si no lo está es porque usted no descansa. Y con estos tipos nunca se sabe.

—En realidad siempre se sabe. Se sabe que iremos a peor.

Vuelvo a sonreír, porque Juan Carlos acaba de hacer otra jugada maestra: previendo un posible contraataque de papá, deja derivar la charla hacia "estos tipos", que en las conversaciones familiares —las que no involucran a Pedro— son el modo más usual de referirse a Perón y a su gobierno. Éxito garantizado. Los próximos minutos mi padre los dedicará a quejarse del régimen y Juan Carlos apuntalará la diatriba con mínimas apostillas, lo justo para dar color al guiso.

Pero como tengo la tendencia a preocuparme y a suponer lo peor, me temo que la batalla todavía no esté concluida. Y como para darme la razón, papá no se deja conducir por la alfombra mullida que le ofrece su futuro yerno.

—No me cambie de tema, Juan Carlos. Se lo digo en serio. No me pueden rechazar el departamento.

—Es que sí, don José Antonio. Se lo rechazamos.

La perplejidad de papá no hace mella en el sereno desenfado de Juan Carlos. Ni la perplejidad ni el silencio incómodo que sobreviene después de que mi novio interrumpe la pormenorizada argumentación que papá se dispone a propinarle con un:

—Le agradecemos muchísimo, don José. Pero lo hemos hablado mucho con Ofelia y preferimos arreglarnos solos.

Es ese el momento que mamá elige para clavarme la mirada. Y yo sé lo que significa *esa* mirada. Doña Luisa es sumisa y obediente pero reserva, como todas las mujeres de la familia, un área secreta en la que gobierna sin descanso y sin clemencia: una zona inaccesible al control de los hombres, la zona de las decisiones últimas sobre el destino y la prosperidad de la estirpe. Así funciona la cabeza de mamá: los hombres en general, y nuestro padre en particular, llevan las riendas de las cosas. Pero en el fondo, en la penumbra, las mujeres disponemos de una sanción final, de una palabra inapelable. Si el clan por algún motivo está en peligro y los hombres, en su ceguera consuetudinaria, en su simpleza ramplona, no advierten el riesgo, somos nosotras las que debemos intervenir. Y este es, con claridad, a juzgar por el vistazo alarmado que me clava mi madre y sin el menor lugar para la duda, uno de esos momentos.

Papá acaba de ofrecernos, o más precisamente acaba de ofrecerle a Juan Carlos en tanto inminente jefe de nuestra nueva familia a partir del próximo junio, el departamento de la calle Mansilla. No ha sido, bien mirado, un ofrecimiento. Sino una notificación. Un acto administrativo: las cosas son así. Y está bien. Es natural. Sépanlo para organizarse en consecuencia.

Los inquilinos dejan el departamento en enero. Un milagro, teniendo en cuenta el zafarrancho que el sátrapa les permite perpetrar a los inquilinos desde hace años en perjuicio de los propietarios. Nadie en la habitación necesita aclaración alguna para entender a quién se refiere papá cuando habla del "sátrapa". Pero lo cierto es que el departamento queda libre en enero. Hay que aprovechar a fondo febrero (y todo parece que se amolda a pedir de boca porque febrero, obviamente, será el mes que el clan en su conjunto dedique a veranear en Mar del Plata) para ponerlo en condiciones ya que —papá lo descuenta— los inquilinos deben haberlo dejado hecho una ruina. Que para junio tampoco falta tanto, y que ya estamos en noviembre. Ahí mamá comentó algo sobre que parece mentira lo rápido que se le pasó 1954, y papá se permitió alguna digresión sobre los perjuicios que le ha ocasionado la ley de alquileres. Porque papá, a esa altura, se sentía todavía al comando del asunto. Todavía Juan Carlos no lo había interrumpido con el "Muchas gracias, pero vamos a arreglarnos solos". Ese plural que me incluye, que me incorpora y que me iguala en la temeridad de la negativa es, seguro, otro elemento que confunde a mi padre, y lo confunde aunque no llegue a distinguir que lo confunde. Y soy tan pero tan feliz, y estoy tan orgullosa, que soy capaz de acopiar la valentía necesaria para sostener la mirada en llamas de mamá.

No hacen falta las palabras (tampoco serían posibles aquí y ahora porque estamos delante de los hombres, y esas cuestiones últimas y decisivas se discuten, se acuerdan y se reprochan en la exclusividad de nuestro gineceo), pero el mensaje tácito que le envía mi expresión es claro: "No, no estoy loca. Sí, sí, entiendo la magnitud del regalo que mi padre nos está ofreciendo. No, no me tiene sin cuidado el futuro de mi prole. Y sí, tengo tanta confianza en mi futuro marido que estoy completamente segura de que más temprano que tarde podremos comprarnos uno con su trabajo y con el mío. Y no, no me molesta alquilar hasta entonces otro minúsculo en el que a duras penas quepamos mi marido, los muebles nuevos y yo". Como no me ha molestado posponer unos meses más el casamiento, y llevarlo del otoño al invierno del año que viene.

Notable, de todos modos, la estrategia de mi padre. Y pensar que algún empleado enojado se ha permitido tildarlo de gallego bruto. Cena de los cuatro en casa. Nada rimbombante, algo íntimo, ninguna señal de su plan ni con la entrada ni con el plato principal y ni siquiera con el postre. Nada de eso. Recién con el café, una carraspera y la ofensiva inmobiliaria.

Nos miramos un instante con Juan Carlos. Me guiña un ojo, porque sabe lo que estoy sintiendo y lo que estoy pensando. No puedo evitar una sonrisa pero enseguida la reprimo. No quiero incrementar el horror de mamá.

Por un momento me asaltan las imágenes de lo que pensé, lo que sentí y lo que viví el último año y no puedo creerlo. ¿Cómo fui capaz de confundirme tanto? ¿Cómo pude hacer peligrar mi futuro de manera semejante? ¿Cómo, Dios santo, cómo pude ser tan estúpida?

Tomo aire, lo suelto de a poco. Tranquila, me digo. Que tampoco es el último año. Porque esta tormenta la dejé atrás hace varios meses. Seis, para ser exacta. Y no es justo que no me lo reconozca, que siga echándome en cara el tiempo anterior. ¿No dice todo el mundo que "lo pasado pisado"? ¿Por qué no puedo tener para conmigo misma esa indulgencia?

Ya terminó. Y terminó hace tiempo. Y cualquiera puede pasar seis meses portándose como una idiota en esta vida. Como para darme la razón escucho la puerta de calle. Reconozco los pasos de Delfina.

—Ay, qué serios están, madre mía —dice, divertida, cuando nos ve a los cuatro.

—Sí, acá la tengo a la madre tuya —le digo, risueña, cuando me besa.

Mientras saluda a los demás pienso que también eso lo he recuperado. La tranquilidad de poder conversar con mi hermana sin que palabras como traición, engaño o deslealtad me asalten y me agobien. Así que tranquila, Ofelia. Que estás curada. Y te merecés disfrutarlo.

35

Rosa y Mabel emprenden el vigésimo viaje desde la habitación de mamá hasta el comedor. Rosa muestra un vestido celeste pastel que acaba de ponerse.

—¿Y este? —nos pregunta a mamá, a Delfina y a mí.

—Sí —digo yo.

—No —dice Delfina.

—No —dice mamá.

Rosa se da vuelta, resoplando, y Mabel la sigue hacia el dormitorio.

—¿Hacía falta dejar todo para último momento? —pregunta mamá.

—Bueno, hablando estrictamente no es que lo hayan dejado para último momento, mami —aclaro—. Llevan tres meses decidiendo, cambiando, volviendo a decidir…

—¿No querés que repasemos tus cosas para mañana? —me pregunta Delfina.

—No, nena —le contesto—. Estoy repodrida de repasar las cosas para mañana.

—Epa, qué carácter, señorita —comenta Juan Carlos, divertido.

—Yo que usted lo pienso mejor, Juan Carlos —le advierte Delfina, con el dedo en alto, admonitoria—. Todavía está a tiempo de arrepentirse.

—Me parece que ya estamos tardíos para arrepentimientos —intercala su cuota de vinagre la tía Rita.

¿Cómo hace esta mujer para estar siempre amargada, para nunca capturar una ironía, para jamás dejarse llevar por el aire liviano de una charla amigable? La odio. No debería pero la odio.

—¿Sirvo más café? —pregunta mamá.

Tiene cara de cansada, pobre. Se mandó una cena por todo lo alto, nada menos que en la víspera de mi casamiento por civil. Y esto no es nada. Mañana recibimos en casa a toda la parentela. Solo los íntimos, dijimos con Juan Carlos. Mamá asintió. El problema es que, para ella, solo los íntimos son treinta y cuatro.

—Nada de "más café". Ustedes a dormir —les digo a mis padres—. Y usted a su casa, que tengo entendido que mañana tiene un casamiento —le advierto a mi novio.

Empiezo a levantar los pocillos.

—Supongo que podremos quedarnos un rato conversando —aventura Juan Carlos.

—Supone mal, mi estimado —le contesto.

¿Así que el señorito tiene ganas de probar suerte en la víspera de nuestras nupcias? Le echo una mirada risueña que incluye el mensaje de "Ni lo intente, caballero". Acusa recibo, se incorpora y se arregla el pliegue de los pantalones.

—Yo le alcanzo el sombrero —se ofrece Delfina.

Y es en ese momento, cuando me dispongo a llevar los pocillos a la cocina, cuando suena el timbre. Es rarísimo que alguien venga a esta hora. Me asalta una inquietud que no tiene el menor fundamento. Me incorporo como disparada por un resorte. Aunque mi presentimiento sea estúpido quiero poder descartarlo cuanto antes. Pero mamá se me adelanta. Esa mujer no tiene un resorte para acometer las tareas: tiene varios que se accionan al mismo tiempo.

—¿Quién puede ser a esta hora? —masculla mi padre.

Ni Juan Carlos ni yo respondemos. En realidad no hace falta. Casi enseguida, en el umbral del comedor, aparece Manuel con expresión desorbitada.

—¡Manuel! —dice Delfina, tan sorprendida como los demás—. ¿Qué hacés acá a esta hora?

—Buenas noches —dice Manuel, y su voz es rara, distinta, como ajena—. Disculpen la hora. Pero necesito hablar una cosa urgente con Juan Carlos.

—¿No puede esperar? —Delfina sigue risueña—. Esta gente se casa mañana, mi amor.

—Justamente. De eso tengo que hablarle.

Mientras Juan Carlos se incorpora, y mamá dice algo de que pasen a la sala, me sube un grito de horror desde las tripas. A duras penas me mantengo callada. A duras penas evito tironear de la manga de mi novio cuando me pasa cerca para aproximarse a Manuel. A duras penas reprimo la tentación de salir corriendo a la calle, de huir antes de que mi vida se derrumbe sepultada por la vergüenza.

36

Juan Carlos cruza la habitación para acompañar a Manuel, quien se limita a hacer un gesto general de saludo, como si la urgencia de hablar con mi novio fuese más importante que las más elementales muestras de cortesía. ¿Ni siquiera se acerca a saludar a mamá y papá? ¿Ni siquiera a su novia, que está tan sorprendida como yo con esta visita intempestiva? Manuel está tan ensimismado que ni siquiera repara en que mamá lo invitó a usar la sala. Precede a Juan Carlos hacia la cocina, se meten ahí y cierran la puerta de vidrio esmerilado detrás de ellos.

Es estúpido, pero ver sus siluetas borrosas en la cocina me devuelve al centro de la angustia. Se me olvida la indignación que estaba empeñándome en sentir. Esa cocina es testigo de la situación más embarazosa que atravesé jamás y quiere el destino reírse de mí, esta noche, la víspera de mi casamiento, juntando en ese sitio a los dos hombres que involucré en la acción más humillante de mi vida. Más lo pienso y más la angustia me sube a bocanadas que me ahogan. ¿Qué otra razón puede tener Manuel para esta irrupción que no sea generar un escándalo por lo que pasó entre nosotros?

Mechita Ramírez.

Ese nombre me golpea la mente como el chicotazo de una rama. Mechita Ramírez, que es lo mismo que decir el derrumbe del mundo entero. Mechita Ramírez, que es la condensación de toda la humillación y toda la desdicha.

Hace años que ese nombre no suena en nuestra casa. En una época sí. O en dos. En la primera, con la liviandad con la que se nombra a las amiguitas del barrio. Amiguita de Rosa y de Mabel, porque era apenas más chica que ellas, y de vez en cuando mamá las dejaba jugar juntas. En la segunda, en los cuchicheos nerviosos de mamá con la tía Rita, las medias palabras con mis hermanas grandes, las elusiones sospechosas cuando Delfina y yo nos atrevimos a preguntar qué tramaban al hablar de ella.

Nunca se nos dijo todo —palabra por palabra— lo sucedido con Mechita. Debimos juntar algunos fragmentos chuecos, como los de un florero hecho añicos, y sumarles nuestras deducciones, nuestros miedos y nuestras sospechas. Y así Mechita se convirtió en la parábola de todo lo malo que espera a una chica que toma el mal camino, que se adentra en el infierno del deshonor. Creo que si nos juntásemos con nuestras hermanas grandes, dispuestas a contrastar nuestras cuatro versiones de los hechos, saltarían a la vista innumerables disidencias. Apenas coincidiríamos en lo fundamental: un novio muy guapo, escasa vigilancia familiar, confianzas abusivas. Y luego la precipitación en el infierno. Los largos meses con Mechita de viaje lejos, desaparecida del barrio, y de repente Mechita de regreso y empujando un cochecito de bebé por la calle Ca-

203

brera. Sin una explicación. Sin una palabra. Ni de la madre, ni del padre, ni del hermano, ni de Mechita.

Ninguna explicación pero todos los murmullos a sus espaldas. Las miradas socarronas y prolongadas, el rictus insidioso en el rostro de las comadres. Mechita se convirtió en el ejemplo vivo del infierno. La tía Rita, como siempre, se encargó de labrar su más sólido epitafio. "La suerte del chico depende de la chica", declaró, la única vez que mis hermanas grandes consiguieron arrancarle dos o tres frases alusivas al comportamiento de Mechita. Las grandes nos la contaron a nosotras. Y esa frase me quedó repicando para siempre, al punto de que cada vez que me cruzo con Mechita por la calle (no son muchas, sale poco, lo mínimo diría, para buscar al nene en la escuela y casi nada más) las palabras de mi tía vienen solas, desde algún lugar remoto de mi cabeza. "La suerte del chico depende de la chica." Me martillan el cerebro esas palabras mientras intento que no se me note mientras le sonrío, la saludo con afecto, intento demostrarle que no participo de las habladurías. Pero al mismo tiempo la parte más ruin de mí misma me urge a salir corriendo, a que no me vean hablando con ella, a que no me confundan.

Cuando con Mabel pasó lo que pasó, la imagen de Mechita sobrevoló nuestras vidas como una sombra de oprobio inminente. Pero quiso el destino que la sangre no llegara al río. El destino, o la suerte, o las acciones urgentes de mamá y de la tía Rita. Nunca lo sabremos del todo. Pero Mabel estuvo cerca de ese abismo que se llama Mechita Ramírez.

¿Y si ahora, de pronto, soy yo la que se precipita por ese desfiladero? ¿Qué dirán en el barrio si se destapa mi secreto? ¿Qué pensarán de Ofelia Fernández Mollé si dentro de cinco minutos Juan Carlos sale de la cocina y me obliga a carearme con Manuel? ¿Qué pasará si Juan Carlos rompe nuestro compromiso a causa de mi conducta? ¿Es más defendible mi caso que el de Mechita? ¿Importa que mi escándalo se reduzca a unas palabras indebidas, dos encuentros inaceptables en lugares públicos, una carta rechazada? ¿Me volverá eso merecedora de mayores indulgencias? Es verdad que no arrastraré un cochecito por las calles de Palermo. Pero: ¿quién me puede asegurar que no se tejan, a mis espaldas, los mismos cuchicheos?

Intento tranquilizarme. No sucederá. Juan Carlos no es de esos. De cuáles "esos", valdría preguntarse. De los que van por ahí ensuciando el nombre de sus novias. Pero, por otro lado, "la suerte del chico depende de la chica". Y yo, con mi estupidez, ¿acaso no arruiné la suerte de Juan Carlos? ¿O la frase no se aplica si se trata de palabras inmorales y cartas inaceptables? ¿O la única suerte que arruiné es la mía?

Y hay algo más: mi familia no permitiría que semejante cosa se supiera. El clan Fernández Mollé tiene sus reglas y esas reglas implican perjuicios, pero también algunas ventajas. Somos gente que hace de la discreción un culto. Me miro las manos mientras pienso. No me reconozco. Soy un manojo de sentimientos horribles, un fardo de egoísmo. Lo único que me importa es evitar la humillación. No me importa haber arruinado la vida de Juan Carlos. Ni la de Delfina.

Hasta la de Manuel he arruinado. Si ese domingo de noviembre de 1953 me hubiera quedado callada, o me hubiera horrorizado módicamente, la cosa no pasaba a mayores. Queda como un secreto entre ambos. Un muchacho confundido. Confundido y bocón, eso es todo.

Súbitamente me doy cuenta de que ahí sí. Ahí aplica el dicho de la tía Rita. Era la suerte de Manuel la que dependía de mí. Él era el muchacho cuya suerte estaba en mis manos. Y yo la desbaraté. Por estúpida, por no saber controlarme.

No tengo más tiempo para reproches porque en ese momento se apaga la luz de la cocina, se abre la puerta y los dos hombres regresan al comedor. Se quedan de pie. Nos miran con rostros serios.

—¿Pasa algo grave? —inquiere Mabel.

—Sí —lacónico responde mi novio, y mi angustia explota en una congoja interminable cuando agrega—: No podemos casarnos mañana.

37

—¿Qué? —pregunta mi padre.

—¿Cómo dice? —se suma, urgente, la voz de mamá.

Yo no abro la boca. Me limito a hundir la cabeza entre las manos.

—No se ponga así, Ofelia.

Aterida, reconozco que el "No se ponga así" lo dijo Manuel. ¿Que no me ponga así? ¿Está loco o es estúpido? ¿Que no me ponga así? Sigo con la cabeza hundida entre los brazos, abandonada sobre la mesa. Escucho el chirrido de las patas de una silla, un cuerpo que se sienta a mi lado y, casi enseguida, una mano en la espalda. ¿Cómo es posible? ¿Acaso a Juan Carlos le quedan deseos de consolarme? Me viene una imagen aterradora: seguro que Juan Carlos se aproxima porque quiere vomitarme todo su desprecio al oído, para que no me olvide nunca de lo que va a decirme.

Escucho que otra silla se desliza, ahora al otro lado de la mesa. Levanto la cabeza. Es Manuel el que se sienta en ella y me mira muy serio. Basta. No doy más. Terminemos con esto.

—Yo no… perdoname, Juan… —empiezo, pero no reconozco mi propia voz, estrangulada de miedo y desesperación.

Manuel alza una mano, imperativa.

—¡Es muy importante que me escuche, Ofelia!

—¡No, Manuel! ¡No quiero qu…!

—Usted sabe que mi hermano Nicasio anda muy metido con los socialistas. ¿Cierto?

¿Qué? ¿Qué es lo que acaba de decir este insano? ¿Quién le ha dado vela en este entierro a su hermano socialista? ¿Y a qué viene ese tono perentorio?

—¿De qué está hablando? —mi grito es más desesperación confusa que otra cosa.

—Que mi hermano tiene algunos conocidos…

—Mañana puede haber lío con los militares, Ofelita —lo interrumpe Juan Carlos.

¿Qué? ¿Están todos locos? ¿Qué tienen que ver los socialistas y los militares con lo que pasó con Manuel y conmigo?

—¿Se refiere a una revolución contra el tirano?

Cuando me giro hacia papá y veo su expresión de esperanza entiendo todo lo que está pasando. Es imposible, pero estoy a salvo.

—No es seguro que vaya a haber revolución, don José —Manuel habla y gesticula, cauteloso.

—Pero puede que sí —completa Juan Carlos.

—¿Y qué tiene esto que ver con el casamiento? —consigo preguntar.

—Para ir al Registro Civil tenemos que cruzarnos media Buenos Aires, y si efectivamente pasa algo…

—¿Están seguros? —la voz de mi padre no puede ocultar su ansiedad.

—No, papá —dice Delfina—. Esas cosas no salen en los diarios.

Se planta detrás de Manuel y le estrecha los hombros.

—¡Qué novio que me eché! ¿Vieron? ¡Es una fuente de primicias!

—Tampoco es seguro, les repito. Pero cuando llegué a casa me crucé con Nicasio y un par de sus amigos del partido, y medio que me dijeron. Y ahí caí en la cuenta de lo de mañana y me pareció que tenían que saberlo…

Yo lo miro a Manuel. Siento que en esos diez minutos envejecí diez años. No sé qué hacer. No sé qué decir. No sé qué sentir, tampoco.

—Perdóneme, Ofelia —dice Manuel, mirándome también—. Dudé mucho si venir a decirles. En una de esas no pasa nada. Pero, ¿y si pasa? No me lo perdonaría nunca…

—Qué bueno que siempre esté dispuesto a ser tan servicial —la voz glacial de la tía Rita se impone por sobre el murmullo entusiasmado que había suscitado la posible conspiración. Pero dura un segundo. Es demasiado el entusiasmo de papá, las dudas de Juan Carlos, el interés de Delfina, y la suspicacia de la vieja termina opacada, reducida al rincón que ella misma ocupa en uno de los sillones bajos.

Al menos la interrupción de la tía me evita tener que responderle a Manuel y su pedido de disculpas. Y hablando de disculpas… ¿No había yo misma iniciado una dirigida a Juan Carlos? Miro a mi novio: está atento a los detalles que Manuel intenta agregar para satisfacer la curiosidad de Mabel, la ansiedad esperanzada de papá. En otros términos: no guarda el menor recuerdo de lo que empecé a balbucir antes de que Manuel me cortase en seco, sabiendo seguramente hacia qué trampa me dirigía yo solita. ¿Debería agradecerle a Manuel? ¿Cómo, si me he prometido nunca más mantener una conversación a solas con él, nunca más hablar de nada que pueda prestarse a la murmuración o al equívoco?

Me gana una tristeza súbita y redonda. Me hundo en el pecho de Juan Carlos y me largo a llorar. Como siempre me pasa cuando lloro desde el fondo de mi alma, cuanto más lloro mi llanto se hace más desconsolado, más abierto, más incontenible. Y Juan Carlos sigue consolándome. Y aunque me esté consolando por algo diferente a aquello que me tiene así, llorando y llorando, me hacen bien su voz, su caricia y su consuelo.

38

Me despierto tardísimo, porque me dormí a las mil y una. Miro el reloj en la mesa de luz. Son las once de la mañana. Jamás duermo hasta una hora semejante. Pero claro, me quedé despierta como hasta las cuatro.

Juan Carlos esperó, anoche, a que dejase atrás lo peor de mi ataque de llanto. Se improvisó una ronda extra de café y papá sintonizó Radio Colonia, pero no decían nada de nada. A falta de mejores noticias Juan Carlos y papá obligaron a Manuel a repetir al derecho y al revés los datos que tenía. Al parecer los conjurados eran de la Marina, esperaban que se les sumara algún general del Ejército, estaban muy decididos. Papá no se estaba quieto de puro entusiasmo y mamá sugería prudencia. ¿Cuántas veces habían hablado de una revolución inminente que jamás se producía?

Cuando la conversación dio el suficiente número de giros sobre sí misma, Manuel y Juan Carlos se dispusieron a irse. Como a esa hora ya no había colectivos papá los obligó a que le aceptaran la plata para un taxi. A Juan Carlos le tuve que insistir porque no quería, pero me debe haber visto estragada después de los nervios y el desvelo porque al final dijo que sí.

Nos acostamos tan pasadas de nervios que ninguna pegó un ojo hasta las tres o las cuatro. La última vez que miré el reloj eran las cuatro menos cuarto.

Me desperezo y me siento en la cama. Hace frío. Caigo en la cuenta de que a esa hora debería haberme convertido en una mujer casada. Y de inmediato recuerdo a mis amigas del Ministerio, Raquel Ávalos y Susana Salusti, que me prometieron asistir a la ceremonia del civil. ¡Las dejé plantadas sin avisarles! Me levanto como una exhalación, me abrigo como puedo con el salto de cama y corro a la cocina. Desde el pasillo empiezo a llamar a mamá, para que me ayude a pensar cómo hacerles llegar la noticia.

—¡Mamá! ¡Mamá! ¡Hay que avisarles a las chicas que se suspendió el casamiento! ¡Seguro que fueron de gusto hasta el Registro Civil!

—Estamos acá —dice mi padre, que me hace señas desde la sala.

¿Qué hacen en la sala a esa hora? ¿Qué hace mi padre en casa, para empezar, en lugar de estar en la fábrica? ¿Qué hace junto a mamá, a Rosa, a Delfina y a la tía Rita, reunidos todos alrededor de la radio?

—Manuel tenía razón —dice Delfina, con una expresión en la que se mezclan la tensión, el miedo, el orgullo y el entusiasmo—. Dicen que son aviones de la Marina.

—¡Shh…! —mi padre alza la mano, para no perder palabra de lo que dicen por la radio.

—¿Aviones? —pregunto—. ¿Qué están haciendo con aviones?

Nadie se molesta en responderme.

—Están bombardeando la Casa de Gobierno —informa Delfina.

212

—¿Qué? ¿Pero qué pretenden? —no sé si me desespera más la tranquilidad de mi hermana menor o el silencio absorto de los otros.

—Matarlo a Perón, Ofelia —la tía Rita me informa sin mayores inflexiones en la voz—. ¿Qué otra cosa podrían pretender?

39

—¡Quemar iglesias! ¡Quemar iglesias! ¿Pero dónde se ha visto una salvajada semejante? —la tía Rita alza el puño en dirección a Pedro.

—¿Le parece más grave que matar gente en la Plaza de Mayo? —no es frecuente ver a Pedro perder los papeles, pero es evidente que la situación lo ha desbordado.

—¿Pero quién le dijo que mataron gente? —papá acompaña sus palabras con un gesto de incredulidad—. Seguro son patrañas del gobierno…

—¿Quién me dijo? ¡Pero si se vio en todos lados! —Pedro no puede más de indignación.

—Sí, don José… —interviene Manuel, para convalidar a Pedro—. Hicieron un desastre.

Porque participa poco en esas disputas, o porque lo dice con una expresión que no admite poner en tela de juicio lo que dice, la discusión parece aquietarse.

—¡Pues no hubieran llamado a los obreros a la Plaza! —dice Ernesto, que no está dispuesto a dar el brazo a torcer.

—¿Entonces la culpa no es de los que tiraron las bombas sino de los que estaban abajo recibiéndolas? —Pedro se pone de pie y se encara con su cuñado, incapaz de seguir conteniéndose.

—¡La Fe! —grita de repente la tía, que no grita nunca—. ¡Ustedes se convirtieron en enemigos de la Fe!

Mabel, que hasta ese momento se ha limitado a sujetar de la manga del saco a su marido, gira la cabeza hacia la tía mientras se pone de pie.

—Mirá… Mirá… —habla entre dientes, como si fuera el único modo de que la bronca no saliese de su boca hecha un incendio—. ¡No te vengas a hacer acá la no sé qué, que hasta hace nada esos curas amigos tuyos andaban como culo y calzón con Perón!

—No hace falta decir groserías —ensaya mamá, sin mayor convencimiento pero intentando sonar serena.

—¡Digo lo que se me canta, porque me pudrí de escuchar estupideces! Mirá que me acuerdo del cura ese, el padre Villa no sé qué…

—Villana… —apunta mamá, en el mismo tono.

—¡Villana, ese! ¡Mirá que yo me lo acuerdo en el 46, ¿eh?, cuando en el sermón decía que había que votarlo a Perón! ¡Y bien que le hiciste caso, tía! ¡Bien que le hiciste caso!

—¡Yo no tengo por qué rendirle cuentas a cualquier mocosita!

—¡Y yo no tengo por qué aguantar que vengan a insultarlo a mi marido!

—Por lo menos en esa época venías a misa —el tono de la tía suena provocador.

—¡Sí, porque mamá y vos me obligaban!

—Y lo bien que hacíamos. En una de esas te convertías en una mujer como Dios manda…

—¡O me convertía en una vieja de mierda!

215

—¡Basta, Mabel! ¡Te prohíbo que sigas hablando en esos términos!

La voz de papá ha sonado como un trueno. Nos miramos con Delfina que, como está sentada al lado de ella, le da la mano a Mabel por debajo de la mesa. Me viene a la cabeza la idea de que las cosas siempre pueden empeorar, aunque una suponga lo contrario. Estábamos sumergidos en una discusión política horrible. Ahora estamos hundidos en otra que es mucho más espantosa.

—¿Para vos qué va a pasar? —la pregunta la formula Ernesto y es para mi novio, y yo me alegro.

La ventaja con los hombres de la familia es que, como se ponen incómodos con los temas espinosos, llevan rápidamente las cosas al terreno que dominan. Y creo que hoy ninguna de nosotras está deseosa de impedírselo.

—No sé. Parece que Perón está como loco.

—Como no vuelva otra vez con la cantinela de "Empiecen ustedes a dar leña" que les gritó aquella vez en la plaza a los ne…

Ernesto deja la frase por la mitad. No necesito ser adivina para entender que Rosa acaba de propinarle un codazo para que se calle. Pedro, de todos modos, no parece dispuesto a recoger el guante. Mabel sigue pálida y los labios le tiemblan, y Pedro no debe querer seguir inquietándola.

—¿Usted qué piensa? —la pregunta de papá va dirigida a Manuel, que se toma un largo minuto para contestar.

—No sé qué decirle, don José —empieza, por fin—. Me parece que la cosa termina mal.

216

—¿Mal por qué? —lo interroga Juan Carlos.

—Mal… bueno. Mal desde mi punto de vista.

—¿Y cuál es?

—Con dictadura de Perón o con golpe de Estado —dice Manuel.

—Dictadura ya hay —dice Ernesto y se calla otra vez, y su concisión tal vez tiene que ver con el temor de recibir otro codazo.

—Bueno… —concede Manuel, siempre dispuesto a no pelear—. Me refiero a que si Perón se queda será, me parece, borrando la Constitución.

—¡Pero si ya la borró! Con ese engendro del 49.

—Borrando también la del 49 —lo corta Manuel—. Y si no, caerá por un golpe militar.

—¡Pero si el golpe fracasó!

—Habrá otro. Y si fracasa ese, otro más…

—¿Y por qué lo decís con ese ánimo? —le pregunta Juan Carlos—. ¿Acaso no te parece bien sacarse de encima a un tirano?

Manuel se toma un minuto más largo todavía.

—Eh… ustedes saben que yo no soy peronista. Ni de lejos. Y me parece que Perón, si no es un dictador, le pega en el palo.

—¿Qué significa eso del palo? —pregunta mamá, a quien las metáforas futbolísticas le quedan en las antípodas.

—Pero sacarlo por la fuerza… no va a arreglar nada.

—¿Cómo no va a arreglar nada? ¿Vos te estás escuchando? —insiste Ernesto.

—Mirá, Ernesto. Yo lo veo así. Hoy gobierna Perón, y hay un montón de gente que lo odia, y hay un montón de gente que lo quiere —señala a Pedro, que sigue callado.

—No entiendo cómo pueden…

—La cosa no es si lo entendés o no lo entendés —lo corta Manuel, y dándose cuenta de su rudeza busca un tono más amable—. Pero es así. Y si mañana vienen unos milicos y lo sacan a Perón, los que están contentos van a estar tristes, y los que están tristes van a estar contentos.

—¿Y no te parece justo que cambien los lugares? ¿No llevamos demasiados años siendo los que nos jorobamos?

—Lo que digo es que no se va a arreglar nada. Porque va a ser peor.

—¿Peor que esto?

Manuel no responde. De nuevo hay un silencio largo. Pero a diferencia del que sucedió al grito de papá llamando al orden a Mabel, este no produce escalofríos. La tía Rita se incorpora y se va a su pieza, escaleras arriba, sin despedirse de nadie. Quiere que se note que se va ofendida y enojada, ultrajada por Mabel. Pero nadie hace el menor gesto ni dice la menor palabra para retenerla.

—Una lo escucha y parece que tuviera las cosas siempre muy claras, Manuel —dice Mabel, probablemente más tranquila ahora que la tía se ha encerrado en su dormitorio.

—No se crea —Manuel sonríe apenas—. Desde hace un tiempo la vida parece empeñada en demostrarme que nada es como yo creía. Así que de seguridades ni hablar, Mabel querida.

—¿Se dan cuenta de lo inteligente que es mi novio? —dice Delfina, feliz, transida de orgullo.

Se produce un murmullo distendido alrededor de la mesa, donde se mezclan el comentario enternecido de Delfina y la chanza de Juan Carlos y de Pedro.

—No, mi amor. Lo que pasa es que cuando uno se hace el profundo parece inteligente, pero nada más —Manuel sonríe y sacude la cabeza.

—¿Y vos en qué te quedaste pensando que estás tan callada? —me pregunta Rosa.

—Nada, nena —le respondo.

No tengo la menor intención de decirle que lo que pienso es que los últimos comentarios de Manuel no tuvieron nada que ver con la política.

40

Papá porfía en sintonizar Radio Colonia todas las noches del resto de junio, con la esperanza de que la revolución contra Perón sea inminente. Mamá y Delfina se lo aguantan porque no tienen corazón para desilusionarlo, aunque las dos preferirían escuchar el radioteatro "Palmolive del aire" que las tenía obsesionadas.

Gracias a que Ernesto tiene un amigo de la infancia que trabaja en el Registro Civil, conseguimos que nos cambien la fecha de casamiento para el 1 de julio, que cae viernes. Hacemos lo mismo con la Iglesia y resolvemos todo el mismo día.

Somos los de siempre, las dos familias y un puñado de amigos. Todos hacen el mismo chiste de que esta vez Juan Carlos no consiguió bombarderos que obligasen a suspender el evento. Después de la ceremonia religiosa almorzamos en El Imparcial, un restaurante de la calle Yrigoyen que es de unos españoles a los que papá aprecia mucho, y que andan con problemas parecidos en el negocio. Por suerte antes de que empiecen a despotricar contra el gobierno empezamos con los brindis y papá se distrae con eso. Los regalos de mis hermanas son los más útiles, como yo me imaginaba que iba a pasar. Mi amiga Raquel me obsequia un juego de sábanas que es un primor. Susana, pobre, se pone en gastos con una fuente de vidrio parecidísima a otras dos que nos obsequia una tía de Juan Carlos. Creo que voy a tratar de cambiarla, aunque no le quiero decir nada a Susana para que no lo tome a mal.

Es casi de noche cuando Ernesto nos lleva en el auto a la estación de Retiro para tomarnos el tren a Córdoba.

Pasamos la luna de miel en La Falda y nos toca un tiempo hermoso.

41

Rosa se pone de pie por décima vez en la media hora que llevamos las cuatro juntas.

—¿Y ahora? —la pregunta que pronuncia Delfina es la misma que Mabel y yo nos formulamos en silencio.

—Me acordé de que tengo unos bizcochitos que no puse...

—Quedate sentada, por lo que más quieras. ¡Ya parecés mamá!

Delfina lo dice exagerada, histriónica, como si sufriera un ataque de nervios, y por suerte Rosa se lo toma a risa. Se deja caer otra vez en la silla y se tapa avergonzada la cara con su servilleta.

—¿Tan así?

—¡Síííí! —respondemos las tres casi a coro.

Son bromas que nos permitimos cuando estamos solas las cuatro, sin mamá presente. Y sin la tía Rita, sobre todo. Me quedo pensando en Rosa, mientras ella ofrece más té y llena la taza de Mabel. Aunque se haga la horrorizada, sé que en el fondo de su corazón toma la broma de Delfina como un cumplido. Rosa sigue los pasos de mamá no como un mandato, sino como un camino seguro, hecho de pasos conocidos, que la apaciguan y la gratifican. Y Ernesto es tan parecido a papá que también por ese lado las rimas son abundantes y tranquilizadoras.

—Además tenés que empezar a cuidarte —intervengo—. ¿El médico no te dice nada?

—¿Y qué querés que haga, Ofelia? Ernestito es un cohete. No se queda quieto un minuto. Parece que supiera, mirá.

—Y seguro que sabe… —interviene Delfina.

—¿Y cómo va a saber, si con Ernesto dijimos de esperar para contarle?

—Los chicos se dan cuenta —dice Mabel.

Mientras Rosa le contesta repaso nuestra conversación y me molesta la idea que se me ocurre: cuando éramos chiquitas y las tías venían a tomar el té a casa, las conversaciones que sostenían se parecían mucho a estas. ¿Será esto madurar? Si es así, mejor la muerte.

¿Por qué lo pienso en estos términos? ¿Por qué soy tan mala? Debe ser que me he pasado la tarde intentando saber de qué lado de la mesa me toca encuadrarme. Más que la tarde, llevo meses de meses barruntando estas cosas. O cómo debe transformarse nuestra dinámica de hermanas a partir de que somos tres las casadas y solo queda Delfina en la vereda de las solteras. ¿Hasta cuándo me puedo considerar "recién casada"? ¿O más allá del primer aniversario prescribe el calificativo?

Hasta que me casé me resultaba fácil dividir nuestro cuarteto en dos mitades, las grandes y nosotras. Las casadas y nosotras. Ahora yo, una de las chicas, estoy en el bando de las casadas. ¿Eso significa que también soy una de las grandes? ¿Y por qué elijo a Rosa como antagonista? Rosa y su maternidad multiplicada. Rosa y su marido modelo. Rosa y su prosperidad creciente. Podría elegir a Mabel como antagonista, y sin embargo no lo hago. Y no lo hago porque con Mabel me unen muchas cosas. Y no pienso en cosas como el gusto por el cine o por algunos libros. Tampoco sé bien el nombre de las cosas en las que sí pienso. Unas dudas. Unos silencios. Unos recodos de nuestras formas de ser.

¿Qué es lo que me fastidia de Rosa? ¿Qué es lo que me fastidia de mí e intento depositar en Rosa? ¿Por qué quiero ver chatura donde, tal vez, solo hay serenidad? Ahora está diciendo algo sobre la fábrica. Las cosas están más tranquilas desde que lo echaron a Perón, y el delegado gremial está con el rabo entre las patas.

—Tampoco es la solución, Rosa —objeta Mabel—. Tarde o temprano los conflictos van a volver. Y no podés dejar a millones de personas sin un partido al que votar.

—Si no son capaces de votar bien me importa un comino.

—A vos te importa un comino, pero a ellos no. Lo que hay que hacer es mirar para adelante y ofrecerles otra opción.

—No se la merecen.

—No podés decidirlo vos. Así no sirve. No se puede. No se arregla nada…

—Ellos decidieron por todos, por vos, por mí, por mamá y papá, durante años.

—La solución no es responder a una dictadura con otra dictadura.

—¡Esto no es una dictadura! —dice Rosa.

—¿Cómo que no? ¿Cómo que no? ¡Preguntales a los que fusilaron en junio! —Mabel está enardecida.

—¿Y quién los manda a alzarse en armas?

—¿Y los de la Libertadora no hicieron eso el año pasado, Rosa? ¿O acaso no se alzaron en armas?

Me quedo pensando en esa expresión de "alzarse en armas". Me suena a noticia de los diarios. O más aún, a libro de historia.

—¡No es lo mismo, Mabel! —lo de Rosa ya son gritos destemplados—. ¡Y se nota cómo tu marido peronista te llenó la cabeza, a fin de cuentas!

De pronto la conversación se ha vuelto muy, muy áspera. Decido intervenir.

—Yo creo, chicas, que si queremos que haya democracia tienen que poder votar todos.

—Y si te preocupa que gane el peronismo —dice Mabel—, ofreceles a los votantes del peronismo algo mejor que el peronismo.

—¡Cualquier cosa es mejor que Perón, Mabel! —insiste Rosa.

—Para vos sí, Rosa —digo—. Y en una de esas para mí también. Pero para ellos no.

—No me digas, Ofelia, que vos también te estás haciendo peronista.

—¿Qué tiene que ver? —me fastidia su simplismo—. ¿Tratar de entender cómo piensan los peronistas me convierte en peronista?

Rosa me mira con cara de que la respuesta es obvia. Obvia y afirmativa.

—Basta, nena —quiero dar por terminada la cuestión—. Leé un poco el diario. Enterate.

Pero Mabel tiene ganas de seguir hablando de política.

—En una de esas, hay que buscar algo nuevo.

—¿Algo nuevo como qué?

—Como Frondizi —responde.

—A ese ni lo nombres —le digo—, Frondizi es un traidor. Un traidor a los radicales. ¿Cómo le va a romper el partido a Balbín?

—¿Traidor? —Mabel luce divertida—. ¿No será demasiado llamarlo traidor?

—Si te escucha Manuel te tira con algo —me dice Delfina.

—¿Por qué? —le pregunto.

—Porque ama a Frondizi. Lo admira, lo respeta, lo sigue…

—Pues lo lamento, pero decile a tu novio que sí, que Frondizi es un traidor. Porque como sabe que la gente de bien lo sigue a Balbín, le rompió el partido…

—¡Basta! —lo de Mabel no llega a ser un grito, pero se le parece—. ¿Vamos a repetir las discusiones de los domingos? ¿Tiene sentido?

—La verdad es que si lo único que quieren es discutir de política, me aburro y me voy —declara Delfina liviana, divertida.

—Y yo que pensé que tenía suficiente con la pelea perpetua de Pedro contra los otros hombres —desliza Mabel, con un toque de amargura.

—¿Y qué? —de repente no estoy dispuesta a seguirles la corriente a mis hermanas—. ¿O solo los hombres pueden discutir de política?

Mabel me mira con esa cara de estar más allá de

todo. No es una cara de suficiencia, ni de soberbia, ni de nada parecido. Es una cara de estar más allá de todo pero de verdad. De haber ido al fondo, y de haber vuelto, y de saber que ni el viaje de ida ni el viaje de vuelta tienen sentido.

—Como quieras, hermanita —dice, como al descuido, y sé que en el diminutivo no intenta ser peyorativa—. Pero si vas a discutir intentá no reproducir a pies juntillas los argumentos de tu marido.

Siento cómo me suben los colores a la cara. Tiene razón. La muy maldita tiene razón. Rosa está esgrimiendo los argumentos de su marido. Y yo, los del mío. ¿Estamos convencidas o somos nada más que un eco de lo que ellos piensan? O peor: ¿Ya me parezco tanto a Rosa que ni siquiera me doy cuenta de que padezco la misma dependencia? ¿Cómo lo logré en apenas un año de casada?

—¡Me olvidé unos sandwichitos en la heladera! ¡Se van a secar!

Rosa se incorpora con un respingo y sale disparada a la cocina. Ella es así. Esas son sus prioridades. Hasta recién estábamos arreglando la patria. Pero por encima de la patria está la sequedad inminente de los sándwiches. Y no le molesta la abrupta mutación de sus jerarquías. No lo vive como una contradicción. Y yo me quedó ahí, sentada, dudando sobre si los argumentos que esgrimí son míos o son de Juan Carlos. E imaginando mi vida de casada como un laberinto en cuyo centro, guarecidas como un tesoro, están la mediocridad y la estulticia.

A veces me gustaría ser como Rosa. Pensar menos. Dudar menos. Sufrir menos.

42

—¡Alguien que mire a ese chico, que se va a romper el alma!

Mi madre no puede con su genio. Que Ernestito se caiga y sus lesiones se limiten a una rodilla raspada o a un golpe en la mano no entra en sus cálculos. Para nada. Si el nene se cae al piso padecerá, indefectiblemente, un traumatismo severo de cráneo, un estado de coma, una convulsión que lo colocará en la antesala de la muerte.

—Dejalo, mamá, que corra un rato. Desde que nació el hermano le agarró una locura que no lo para nadie. En una de esas se cansa y duerme la siesta.

Pobre Rosa. Está tan agotada que no me da el corazón para decirle que las probabilidades de que Ernestito, con seis años cumplidos, esté dispuesto a perderse el picnic en Luján durmiendo la siesta son, más que ínfimas, inexistentes.

—Yo me encargo un rato —dice Manuel, levantándose y sacudiendo los fondillos de su pantalón—. ¿Qué hiciste con la pelota, Ernesto?

Manuel es el único que evita el diminutivo al dirigirse a mi sobrino. Alguna vez lo escuché decir que él creció siendo "Manuelito", y que eso lo fastidiaba bastante.

—Usted se equivocó de profesión, Rosales —la tía Rita le habla a Manuel y su voz es, como siempre, una mezcla de mordacidad, sarcasmo y amargura—. Debería haberse dedicado a la enseñanza escolar, con su paciencia de santo.

—Mi estimada, le respondo como lo haría mi abuela: "La paciencia es la perla más rara de la corona de la Virgen María". Pero seguro que una católica ferviente como usted conocía ese dicho.

Manuel no se arredra ante los embates de la vieja. Nunca. Y consigue el reiterado milagro: la pone a la defensiva.

—Por supuesto. ¿Cómo no habría de conocerlo?

—Así me gusta, doña.

La tía Rita, que aborrece que Manuel la llame "doña", está a punto de lanzarle una nueva andanada de puñales, pero Ernesto se interpone en la línea de tiro poniéndose también de pie.

—Dejá, Manuel. Yo me ocupo.

—Muy bien ese padre —Juan Carlos aplaude sin moverse de su sitio, espalda con espalda conmigo, sobre la lonita de cuadros azules y colorados.

—¿Dónde dejaste la pelota, Ernestito?

Padre e hijo se alejan entre los árboles hacia una cancha de fútbol que está un poco más allá. Carlitos emite un quejidito desde el moisés. Rosa se asoma, le acomoda las cobijas, suspira aliviada porque el bebé sigue durmiendo.

—En serio se lo pregunto, Rosales —insiste la tía, y me sorprende, porque ella es víbora de una sola mordida. Ataca y se retrae. Es raro que vuelva a la carga tan pronto. Se ve que su encono con Manuel es un poco más acentuado que el que siente por el resto de la familia—. Haber estudiado tantos años para dedicarse a poner sellitos en planos ajenos…

—Manuel no "pone sellitos", tía —Delfina siente que debe intervenir—. Estudia los planos que presentan los que le piden créditos al banco. Analiza si son factibles. Es un trabajo requeteimportante.

—Ah… —dice la tía, con una sonrisa que es una cucharada de veneno. Me da pena por Delfina y por Manuel, porque no pueden dejar de ver esa sonrisa.

—En realidad sí pongo sellitos, querida.

Manuel se vuelve a sentar. Arranca un tallito de pasto y juega con él mientras sigue hablando.

—Es cierto que como arquitecto podría intentar trabajar por cuenta propia.

—Como hace un profesional… —la tía lo dice con una entonación tal que solo falta agregar "como Dios manda", pero no lo agrega. Disminuiría el efecto, cree. Y creo.

—Exacto. Como un profesional liberal —corrobora Manuel—. Pero… en ese caso me perdería la posibilidad de leer todos los planos que leo todos los días.

Manuel hace una pausa o termina de hablar. Nadie lo sabe. Se limita a morder la brizna de pasto con la que estaba jugando. La descarta y corta otra.

—No lo entiendo —incómoda, desde su silla plegable, insiste la tía.

—Claro —retoma Manuel—. Si yo me dedicase a diseñar casas…

—Podrían ser edificios, también, como el hijo de los Pandolfi —de nuevo la tía, la mueca, el desagrado.

Supongo que en toda familia hay modelos inmaculados, puestos allí para que los jóvenes se inspiren. La familia Pandolfi cumple esa función para nosotras, desde tiempo inmemorial.

—O edificios —concede Manuel—. Y a dirigir las obras...

—El hijo de los Pandolfi las dirige, por supuesto, porque eso...

—Exacto. Eso es lo que más dinero deja. Ahora bien: pongamos que trabajo en un estudio que diseña edificios. ¿O ese Pandolfi trabaja solo, por su cuenta? Difícil que se le encargue un edificio a un arquitecto que trabaja solito con su alma...

—No, sí, no —claudica la tía.

—Claro, claro. Bien. Para el caso da igual. Supongamos que en el estudio me encargan el diseño y la construcción de un edificio de departamentos.

—Es impresionante la cantidad de edificios que se están haciendo —la primera intervención de papá en la conversación es para destacar que desde que echaron a Perón el país marcha viento en popa.

—Si los están construyendo es gracias a la ley de propiedad horizontal del 48 —la primera intervención de Pedro en la conversación es para destacar que las únicas cosas buenas que quedan en pie en el país, en medio del vendaval de la Libertadora, vienen de la época de Perón.

—¿Pueden dejar hablar a mi novio, que está diciendo algo mucho más interesante que esa discusión de ustedes dos que no termina nunca?

Pedro y papá asienten, obedientes, al pedido de Delfina.

—A lo que voy —sigue Manuel—. Si yo diseño un edificio, y dirijo la obra después… ¿Cuánto tiempo me lleva? ¿Tres años? ¿Cuatro?

—Eso como poco…

—Exacto, don José. Como poco, tres o cuatro. Y quien dice cuatro dice cinco. O seis.

—¿Y con eso?

—Con eso, mi estimada doña Rita —Manuel intercala ese otro "doña" y le guiña un ojo a Delfina, que disfruta—, llego al siguiente cálculo: ¿cuántos edificios puedo construir en mi vida? ¿Diez, doce, catorce? Y eso si me jubilo a los setenta y no sé cuántos años.

—No, esperá —Juan Carlos saca cuentas con los dedos—. Ni siquiera…

—Piensen en esto. Cada mañana llego al Banco, me saco el saco, lo cuelgo en el perchero. Me sirvo un café. Extiendo los planos de la casa que me toca calificar sobre el escritorio. Me gusta llegar temprano. Tengo casi toda la oficina para mí, salvo algún que otro madrugador. A lo lejos se escucha algo de tránsito, pero el silencio es casi completo. Empiezo por los planos más básicos. Los planos de plantas, los de cortes, los de estructuras. Y es como si la casa, o el edificio, empezaran a crecer sobre mi escritorio. A veces lo que va naciendo es anodino, repetitivo, lo vi mil veces. Pero no siempre. A veces uno se da cuenta de que ahí hay una mano… distinta. Y entonces hago una pausa. Me sirvo otro café, vuelvo a mi silla, cierro los ojos e imagino la fachada. Ese es un momento clave. Porque hasta ahí todo puede ser maravilloso, especial, perfecto, pero… ¿y si la fachada es vulgar? Uno podría pensar que no. Que si la es-

tructura general está bien diseñada, es original, es atra-
yente, lo mismo pasará con la fachada. Y sin embargo a
veces no sucede. ¡Es tan difícil el equilibrio! Diseñar una
casa es como caminar por una cornisa delgada. Delga-
dísima. Si te caés para un lado te precipitás en la obviedad. Si te caés para el otro te hundís en lo estrafalario.

Manuel descarta el pastito y arranca de la tierra
uno nuevo.

—Pero a veces, cuando por fin abrís los ojos y con-
frontás tus intuiciones con la fachada de verdad te das
cuenta de que la hicieron bien. ¡O mejor! Te sorprendés
porque encontraron soluciones mejores, que a vos ni se te
habían pasado por la cabeza. Y te dan ganas de ponerte de
pie y aplaudir. No lo hacés, por supuesto. Pero te dedicás
un buen rato a seguir disfrutando de ese proyecto. El plano de instalaciones, el de terminaciones... Los cálculos
de costos... Cuando uno termina tiene la sensación de
que la casa, o el edificio, está terminado sobre el escritorio.
Y no como una maqueta. Nada que ver. Es... de verdad.

—Pero el arquitecto "de verdad" es el que va a
construir el edificio.

Nos miramos con Delfina. Ese "de verdad" de la
tía representa un nuevo peldaño en su guerra interminable contra Manuel.

—Será. Pero, ¿sabe cuál es la mejor parte de mi
trabajo? Que mañana tengo otra casa para ver crecer
delante de mis ojos. U otro edificio de departamentos.
Y pasado mañana otros distintos. No son ni diez, ni
doce, ni catorce. Es... como si fuera cine.

—No le entiendo.

—Claro. Alguna vez hablamos con los muchachos

233

y con las chicas —levanta la cabeza hacia nosotros—. ¿Se acuerdan de esa época en la que íbamos al cine todos los fines de semana?

—Claro que me acuerdo —confirma Mabel.

—No me puedo acordar qué película habíamos visto, que nos había gustado mucho…

—Fueron unas cuantas, mi amor.

—Cierto, Finita. Pero a la salida hablábamos de si nos gustaría ser directores de cine. ¿Qué película era? ¿*Barrio gris*?

—No… —Juan Carlos entrecierra los ojos, esforzándose en recordar—. Pará…

—¿No era *Los isleros*? —arriesga Pedro.

—Ya sé —se entusiasma Delfina—. *La princesa que quería vivir*.

—Tampoco. Pero la pucha… Bueno. No importa. A lo que voy: me acuerdo de que caminábamos no sé por qué calle. Y hablábamos de eso. De ser directores de cine. Y Ofelia comentaba… era usted, ¿no, Ofelia? que una película, hacer una película, lleva cualquier cantidad de tiempo.

Manuel me está mirando. No respondo.

—Bueno. La cosa es que decíamos que es mucho mejor ser espectador de cine que director de cine. ¿Cuántas películas puede uno hacer a lo largo de su vida?

—Diez, doce, catorce… —Mabel repite las cifras que antes dijo Manuel.

—¿Y cuántas puede ver? Cientos. Bueno. Yo prefiero construir los edificios y las casas al ritmo de uno por día, sobre mi escritorio. Porque son cientos, miles, los que me llevaré a la tumba.

—¡Qué tétrico, mi amor! —se horroriza Delfina en broma.

—Es un modo de decir, corazón.

Ernesto y Ernestito vuelven sudorosos con la pelota de fútbol. Ernesto le habla a su mujer.

—Tengo un hambre de lobo, Rosita. ¿Comemos?

—Ya mismo. Ayudame, Ofelia, con esa lonita, así la usamos de mantel.

Me pongo en movimiento. Extiendo la lona y, para que no se vuelen las esquinas, apoyo una canasta en una, otra en otra, el paquete con la pastafrola en una tercera.

—¿Te pasa algo?

La pregunta de mi marido me sorprende.

—Nada. ¿Por?

—Porque estás muy seria.

Parpadeo. Con cierta perplejidad. Digo lo primero que se me cruza por la cabeza, que es la pura verdad.

—Nada. Me quedé pensando.

—¿En qué?

La película no era *Barrio gris*. Era *Cómo atrapar a un millonario*. La calle por la que caminábamos era Suipacha, entre Sarmiento y Corrientes. Y la que habló del mucho tiempo que insumía construir un largometraje sí, efectivamente, era yo. ¿Por qué me acuerdo de semejante cantidad de nimiedades que no le importan a nadie, y mucho menos a mí misma? No tengo la respuesta. Lo que sí tengo es la necesidad de que ese pensamiento pase rápido, como una nube, y se aleje pronto.

—En nada, mi amor —es mi respuesta.

En ese momento Delfina me llama para que la ayude a cortar los tomates para los sándwiches.

43

La verdad es que la noche no trajo ningún alivio, y el calor pegajoso de enero sigue adherido al aire y a las paredes. Lo único que se escucha es el tintineo de los cubiertos sobre la vajilla, y yo no sé si insistir o dejar las cosas como están. Pero concluyo que no quiero que esta atmósfera pesarosa nos acompañe al dormitorio y opto por insistir.

—¿En serio no te pasa nada?

Juan Carlos levanta los ojos del plato y me mira. Lo conozco. Lo conozco tanto que casi puedo ver cómo las dudas recorren vertiginosas su cabeza hacia un lado y hacia otro, se cruzan y se trenzan y se destrenzan.

—Nada, mi amor. Nada importante.

—Aunque no sea importante prefiero que me lo cuentes.

—Una discusión que tuvimos con Manuel. Nada importante.

—¿Hoy, en el billar?

—Sí. Hoy en el billar.

Desde hace un tiempo mi marido y mis cuñados, los jueves, se encuentran a jugar al billar después del trabajo. Pedro termina en Entel a las cinco y media. Juan Carlos tiene el estudio con mi suegro en Talcahuano y Sarmiento. Y Manuel sale del Banco a las seis a media cuadra de la iglesia de la Merced. El que está más a trasmano es Ernesto, que tiene que costearse desde la fábrica hasta el centro, pero lo hace con gusto. Además va con el auto, y al regreso deja a Pedro en su casa y a Juan Carlos en la nuestra. Manuel se va por su lado porque vive en pleno centro por unos meses más. Cuando se casen, Delfina se lo trae para el barrio. De las narices, como le gusta decir. Manuel se burla un poco de esta tendencia de "las mujeres del clan Mollé" a afincarse en las inmediaciones del "nido primordial". Nos quita el Fernández, nos mete lo de clan, pero como no queremos caer en la trampa de indignarnos, como la tía Rita, nos hacemos las indiferentes. Con eso y con lo del nido primordial.

—¿Y por qué discutieron?

—Cosas de política. No importa…

—¿No importa o no me considerás capacitada para entender la discusión?

Juan Carlos me mira con los ojos muy abiertos, pero no retrocedo. ¿Qué se cree?

—Vos sabés que con Ernesto estamos a muerte con Balbín.

—Ya lo sé.

—Y Manuel, que mientras estábamos en la Facultad era un radical de paladar negro, ahora está como carne y uña con la gente de Frondizi.

—¿Pero Frondizi no es radical también?

—Qué va, esos son radicales cuando les conviene nomás. Nos usan el nombre porque les da lustre. Nada más.

Intento imaginar la discusión. Nunca fui al billar, porque las chicas de buena familia no frecuentamos lugares así, y menos después de casadas, pero una vez pasamos por la puerta, Juan Carlos me comentó que allí era donde jugaban y antes de que intentara impedírmelo abrí la puerta y me asomé. Me gustaron las luces enfocadas sobre las mesas, el ruido seco del choque de las bolas, hasta la nube de humo que parecía un muro sólido y amargo. Aunque supongo que lo que más me gustó fue importunar a todos esos varones que se volvieron hacia la puerta incómodos, amoscados.

—¿Sabés lo que nos contó Pedro? Que entre los peronistas se está empezando a comentar que, en una de esas, Perón manda a votarlo a Frondizi. Y que parece que la orden se las puede dar de un momento a otro. Y viste que Pedro está muy informado, con todo lo del sindicato y eso.

—¿Cómo? ¿Votar a un radical?

—¡No es un radical, Ofelia! Ahí está lo que te digo.

—¿Y Manuel qué decía?

—Se defendía como gato entre la leña. Que Frondizi esto, que el desarrollo lo otro, que el petróleo y la mar en coche. Y Ernesto se lo quería comer crudo.

Podía imaginarlo. Ernesto es como papá. Cuando lo echaron a Perón se sintieron en la gloria, y cuando Aramburu prohibió hasta su nombre pensaron que tocaban el cielo con las manos. Pero ahora tienen miedo de que las cosas vuelvan a ser como antes.

—Y encima fue Pedro y le dio la razón con que Frondizi podía ser una "alternativa superadora". ¿Al-

238

ternativa superadora? Por qué no se dejarán de joder...
Y ahí perdí la paciencia, te confieso.

Creo entenderlo. A Pedro lo quieren mucho, pero
el acuerdo tácito es que nunca, jamás, por nada del
mundo, le dan la razón en nada que tenga que ver con
la política. Su peronismo es como una enfermedad
incurable: todos saben que la tiene pero nadie la nombra. Y él tiene la gentileza, en general, de evitarlo también. Salvo cuando se sulfura demasiado.

—¿En qué sentido? Lo de perder la paciencia,
quiero decir...

Juan Carlos hace una pausa. Toma el último sorbo
de su vaso de vino. Suspira.

—Le dije que para muestra basta un botón, y que
si Pedro le daba la razón debía ser prueba suficiente de
que estaba equivocado...

Lo conozco. Hay algo más en lo que está pensando. Algo en lo que está pensando y no me dice.

—¿En qué te quedás pensando?

—En que Manuel... Nada.

—¿Manuel qué?

—A veces me exaspera. Eso.

Acomodo mis cubiertos sobre el plato. Tomo aire.
Me decido.

—¿Por?

—No sé. Es inteligente. Habla bien. Es divertido.

Miro a mi marido. Estoy a punto de responder "¿Y
eso qué tiene?", pero lo pienso mejor.

—¿Te parece?

Ahora es Juan Carlos el que me mira a mí.

—Sí, me parece.

Nueva inspiración profunda. Un trago de mi vaso de agua.

—¿Y qué con eso?

—Te vas a reír. O no. No sé.

Trago saliva. ¿Cuánto hace que no me siento así? Así de tensa, así de angustiada, así de mal.

—No alcanzo a entenderte.

—Celos, Ofelia. Me da celos.

—¿Manuel?

—Claro que Manuel. Sabe de cine. A vos te encanta el cine. Sabe de música, sabe de…

Suelto una risita que se pretende ligera, desenfada. Sospecho que me sale cualquier cosa menos una risa así.

—¡Por favor, Juan Carlos! ¿Celos por mí?

—Me pediste que te dijera.

—Sí, pero no pensé…

—No te enojes vos, Ofelia.

—No me enojo.

¿O sí? ¿O enojarme es la mejor salida para esta conversación horrible? No sé qué decir. Siento que camino por un campo minado en el que cualquier palabra puede activar una explosión que nos dañe. ¿A cuento de qué, por Dios? ¿Cuánto hace que dejé todo esto atrás? ¿Hasta cuándo Manuel será una amenaza para la vida que quiero construir? ¿Ese hombre nunca dejará de hacerme daño? Quiero tranquilizar a Juan Carlos. Jurarle que no tiene nada que temer. Pero la vehemencia con la que me nace hacerlo puede ser sospechosa. ¿De dónde saldría la seguridad fanática que me calienta el pecho mientras ensayo lo que tengo para decirle? Si hablo así, lo único que voy a conseguir es alimentar su incertidumbre.

Me duele. Me duele por él, porque sufra esa inquietud que no se merece padecer. Me duele por mí, porque ahora que estoy curada de cualquier desviación de mis sentimientos mi felicidad padece de todas maneras esta amenaza renacida.

—¿Y si nos vamos a acostar?

La pregunta de Juan Carlos me trae de regreso. A nuestra casa, a nuestro comedor, a nuestra mesa, a nuestra cena, a esta noche de verano. Sus ojos me miran con dulzura. No les queda rastro ni de recelo, ni de enojo, ni de nada malo. Me dan ganas de llorar y de reír al mismo tiempo. Tengo el mejor esposo del mundo.

—Dejame levantar la mesa y voy.

—Dejalo así. Levantamos todo mañana.

Sigue sonriendo. Extiende la mano sobre la mesa y aferra la mía. Sonrío yo también, a salvo de todo lo que sentí y pensé en los últimos quince minutos. Le digo que sí y nos vamos a acostar.

44

Bajo por las escaleras de la calle Reconquista y consulto el reloj. Estoy a tiempo. Miro alrededor y ni noticias de Mabel. Lo de siempre. Me encantaría quedarme con la idea de que esa mujer es feliz así, transitando un tiempo propio, pero no lo consigo. Primero porque mi hermana no parece demasiado feliz, en líneas generales, y segundo porque que ella transite un tiempo propio no me soluciona a mí el incordio de perder el mío esperándola una vez y otra vez y otra vez.

Odio a las personas impuntuales, y Mabel es un caso serio. De haberlo sabido me habría quedado en la oficina adelantando trabajo para el lunes. ¿Valdrá la pena volver a subir e intentar ubicarla por teléfono? Debería llamar a su vecina, para que le tocara el timbre, que Mabel se dignase moverse hasta la casa de la otra… No vale la pena. Mejor la espero. Si al menos hubiese un bar en esta cuadra podría matar el tiempo ahí, leyendo un libro. Pero ni siquiera. Miro el reloj otra vez. Claro: no han pasado ni tres minutos. Me decido: no voy a repetir el papel de estúpida. Me iré al café de acá a la vuelta y volveré dentro de media hora. Y si en el ínterin se digna aparecer, pues que espere. No le vendrá mal experimentar alguna vez el otro lado de sus encuentros postergados.

Pero los impuntuales deben tener un Dios aparte, porque no llego a caminar diez metros cuando la veo venir hacia mí, tan campante.

—Hola, hermanita. Qué bueno que ya bajaste.

—Te estaba esperando. ¿A qué hora es la función?

Deseo que tome nota de todo. De mi tono seco, de mi —voluntariamente— mal disimulada impaciencia, de que tenemos que caminar unas cuantas cuadras, del hecho de que lo más probable es que entremos al cine con la película empezada. Pero ni miras de que registre ni el tono ni la impaciencia. Muy lejos de eso, Mabel entrecierra los ojos, escudriñando la calle.

—¿Hay algún café por acá, Ofelita?

—No. Sí, bueno, acá a la vuelta. Pero pará: ¿no íbamos al cine?

Mabel gira la cabeza para mirarme, como si recién se percatase de que voy muy detrás de su razonamiento.

—No, nena. Tengo algo que contarte.

—Ufa. ¿Y no puede esperar?

—No.

Caminamos la cuadra y media que nos separa del café entre mis preguntas y sus evasivas. Que no, que no quiere arrancar a contar por la calle. Que sí, que es importante. Que no, que no sea impaciente, que ya llegamos. Así me tiene hasta que nos sacamos los abrigos, nos sentamos, le pedimos al mozo ella un café y yo un té, las dos con leche. Recién ahí parece dispuesta a hablar.

—Delfina y Manuel —dice por fin—. Se pelearon.

Evito las repreguntas tontas y los comentarios estúpidos. Entiendo lo que está diciendo Mabel. No está hablando de una tonta pelea de enamorados. Está informándome que nuestra hermana menor, que tenía planeado casarse dentro de tres meses, acaba de pelearse con su novio. ¿Será tan grave como para significar una ruptura de su compromiso? Puede que sí y puede que no. Pero si Mabel decide que prescindamos del cine para ponerme en autos del asunto significa que no es una discusioncita más. Le pido precisiones y me dice lo que sabe.

—Parece que ayer se quedaron conversando a la noche en el comedor.

Hasta ahí, todo normal. La costumbre de nuestros padres ha sido invariable: ninguna de nosotras tuvo permitido recibir a su novio a solas por la noche hasta casi las vísperas del casamiento. Después sí, con ciertos límites. Solo en el comedor, solo con la luz central encendida y solo con la posibilidad latente de que la tía Rita irrumpa rumbo a la cocina con el propósito aparente de prepararse una tisana a las once de la noche.

—Pero en lugar de terminar a las once y media o doce, eran las dos de la mañana y seguían hablando.

—¿Y mamá qué hizo?

—Nada. Parece que un par de veces estuvo a punto de entrar al comedor pero escuchó que Delfina lloraba y se contuvo. Manuel se fue de madrugada, Delfina se encerró en su habitación y no paró de llorar hasta esta mañana.

—¿Y vos cuándo te enteraste?

—Cuando llegué a la fábrica papá me dio el recado de que llamara enseguida a casa. Mamá me dijo que fuera para allá y obedecí.

Desde hace un tiempo Mabel está trabajando en la fábrica. Ella dice que es transitorio, para acomodar un poco la administración, los cobros, las cuentas corrientes. Ernesto y papá están chochos.

—¿Y pudiste saber los motivos?

—Sí, calculo que sí. Y digo calculo porque Delfina sigue llorando sin parar, y apenas se pone a explicarte, arranca a llorar de nuevo.

—Pobre.

—Sí, la verdad.

—¿Y qué dijo?

—Parece que Manuel le pidió aplazar el casamiento.

—¿Cómo aplazarlo?

—Sí, nena. Dejarlo para el año que viene.

—¿Y por qué?

—Ahí está el asunto. Delfina le preguntó. Lo exprimió a preguntas, según ella. Y él no supo darle razones.

Revuelvo el té aunque no lo voy a tomar. Debe estar helado.

—Bueno. Pero eso tampoco quiere decir que sea algo definitivo —digo yo, buscando sacarle dramatismo a la situación.

—Ni que no lo sea. Uno no pospone la fecha para casarse así porque sí.

—No te entiendo: ¿no me decís que el que quería posponer era Manuel?

—Sí, pero para el caso es lo mismo, Ofelia. Si te comprometés para casarte en tal fecha te casás. Y si no te casás… Bueno, es que no te casás.

Llamo al mozo. El té está intomable. Le pido que me traiga otro. Se me ocurre algo y pregunto.

—¿Y por qué no me dijiste de charlarlo en casa?

—¿En tu casa?

—No, Mabel. En lo de mamá, me refiero. Lo lógico es que vayamos a estar con Delfina.

Ahora es Mabel la que revuelve lo que le queda de café mientras piensa qué decir.

—Habíamos quedado en vernos…

—Sí, pero si íbamos a suspender, lo lógico es que me hubieras avisado y nos veíamos allá.

—Es que… —Mabel deja de mover la cucharita y me mira directo a los ojos—. Me pareció mejor decírtelo a solas. Decírtelo lejos.

—No te entiendo.

El mozo trae el nuevo té con leche. Mabel espera que se aleje para seguir hablando.

—Cuando la escuchaba a Delfina… no sé. Pensé que tal vez lo de Manuel… Esas dudas…

Siento cómo me sube el calor desde las tripas.

—No me mires así —se ataja Mabel.

—¿Así cómo?

—Así, como me estás mirando.

—Si te miro así será porque acabás de decir una imbecilidad.

Más que una imbecilidad, una boludez, una pelotudez, una mierda. Eso es lo que pienso. Pero nosotras no decimos esas cosas, ni aunque se nos incendien las tripas, ni aunque sintamos deseos de saltar por encima de la mesa y estrangular a nuestra hermana.

—No dije nada.

—Peor, porque lo pensaste.

—¿Qué es lo que pensé?

Mabel lo pregunta sin enojo, casi con una curiosidad mansa. "Tranquila, Ofelia", me digo. Cuando uno discute en caliente contra alguien que discute en frío pierde siempre. Me controlo.

—No sé. Decímelo vos.

—Bueno, si querés te lo digo. Se me ocurrió pensar que las dudas de Manuel podían tener que ver con vos. Con ustedes. Con él y con vos. Con lo que pasó entre ustedes. Me…

—Entre nosotros no pasó nada de nada. Y me ofende mucho que digas todo eso.

Es inútil que una se arrepienta de cosas que sucedieron hace años y que no puede modificar. Que una quiera volver atrás para anular gestos, acciones, conversaciones del pasado. Y sin embargo daría casi cualquier cosa por poder regresar a noviembre de 1953, a esa charla que mantuve con Mabel en la que fui ambigua, en la que me dejé ganar por mis propias confusiones y la dejé alimentar vaya una a saber qué fantasías. Por qué no me habré quedado callada esa vez. Eran días complicados. Estaba a punto de dar la última materia. Estaba nerviosa. ¿Por qué no es capaz de ponerse en mi lugar? El calor ese indefinido que sentía desde hace rato ahora es una bronca sólida y concreta.

—¿Vos suponés que yo me habría casado con Juan Carlos si sintiese algo por Manuel? ¿Quién te creés que soy? ¿O no me conocés?

Mabel ya no me mira. Mira el mantel, la taza, el cenicero vacío. Me doy cuenta de que, por primera vez en la conversación, está a la defensiva. Eso no me aplaca. Me enardece.

—¿Qué clase de mujer te pensás que soy, Mabel? ¿Una que anda robándole el novio a su hermana?

—Yo no dije eso.

—¡Para el caso da lo mismo! Que te quede bien claro: yo nunca sentí nada por Manuel. Y Manuel nunca sintió nada por mí. Fueron ideas tuyas, imaginaciones tuyas. Esa mente enfermiza que tenés y que te hace ver fantasmas donde no los hay.

Por el rabillo del ojo veo que dos señoras que están sentadas un poco más allá giran la cabeza para mirarme. Debo haber levantado demasiado la voz. Tomo un sorbo de mi té. O este también está helado o mi cuerpo es una antorcha que, por contraste, hace que el té parezca frío.

—Perdón. Como aquella vez que viniste a mi casa…

—Aquella vez que fui a tu casa estaba nerviosa, confundida, angustiada. Daba la última materia de mi carrera, faltaba poco para casarme… ¿Vos nunca estuviste confundida por nada?

Mabel sigue sin mirarme. Ahora mira hacia afuera. Por la ventana del café se ve que es casi de noche.

—Perdoname —repite por fin.

No le respondo. Y no responderle es casi lo mismo que decirle "No. No te perdono." Y eso es exactamente lo que me gustaría decirle.

—Siempre… Mejor dicho, a mí…

Mabel parece cansarse de esos comienzos infructuosos y hace silencio.

—Tenés razón —arranca otra vez, y esta vez no se detiene—. Supongo que tu hermana la del medio, o la más grande de las del medio, porque vos sos la otra del medio, tiene cierta tendencia al melodrama. Debe ser eso. Y cuando llegó Manuel a la familia, y los vi, sentí… me pareció… Bueno, no importa lo que me pareció.

—Sí que importa. Decilo. Animate a decirlo. ¿Qué te pareció?

—Que vos te estabas enamorando de él y que él se estaba enamorando de vos, Ofelia. Eso me pareció.

—Si hubiese sido así habríamos hecho algo. ¿No te parece?

Ahora Mabel me mira con curiosidad.

—No. No me parece.

—¿No te parece? ¿No te parece que si uno se enamora de una persona que no es su novio tiene que hacer algo?

—No.

—Me sorprende que digas que no.

—No, o sí. Pero no creo que el sí sea obligatorio.

—Para mí sí, Mabel.

—No lo tengo tan claro, Ofelia. Hay cosas que son fáciles de decir pero dificilísimas de hacer.

—No te entiendo.

—Por favor, Ofelia. ¿Te imaginás? ¿Con cómo somos nosotras? ¿Con cómo somos en casa? ¿Te imaginás lo que habría pasado si vos, de repente, decís que rompés tu noviazgo porque estás enamorada del novio de tu hermana? ¿Y te imaginás lo que habría pasado si el novio de tu hermana hace lo mismo? ¿Te imaginás la cara de mamá, la de papá, la de Delfina?

—Justamente. Habría sido el acabose.

Mabel me mira durante unos cuantos segundos antes de avanzar otra vez:

—¿Pero entonces no lo hiciste porque no lo sentías o porque no tenías la libertad de hacerlo?

—Es lo mismo.

—No, hermanita. No es lo mismo. Una cosa es que las cosas no sucedan. Y otra es que las cosas sucedan y se callen.

—Te repito lo que acabo de decirte: ¿vos suponés que yo podría haberme casado con Juan Carlos si en lugar de estar enamorada de él me hubiese enamorado de Manuel?

De nuevo me quiero morir, porque las señoras vuelven a mirarme con un interés renovado. Maldita voz de pito.

—¿Acaso yo dije, en algún momento de esta conversación, que vos no estás enamorada de Juan Carlos?

—Pero, ¿qué? ¿Cómo? ¿Vos te estás escuchando?

Ahora mi voz es un susurro. Un susurro desquiciado, un susurro asesino, pero susurro al fin.

—¿No cabe la posibilidad de que estés enamorada de los dos?

Creo que voy a enloquecer. ¿Escuché lo que acabo de escuchar? ¿Es mi hermana la que acaba de decir lo que acabo de escuchar?

—Es más —Mabel sigue hablando—. ¿No puede ser que a Manuel le suceda lo mismo?

Suficiente. Está visto que mi hermana ha perdido definitivamente el juicio. Me pongo de pie.

—No. Esa es mi respuesta. No, no y no. Por mí,

por Manuel, por todas las especulaciones estúpidas que acabas de… No, Mabel. Estás equivocada.

Me alejo hacia la puerta. Vuelvo sobre mis pasos.

—Estás equivocada y me ofende que digas esas cosas y que pienses esas barbaridades.

Ahora sí puedo salir a la vereda y lanzarme a caminar hacia avenida Córdoba y llorar mi rabia y mi indignación. No me entra en la cabeza que mi hermana más querida pueda haberme ofendido de ese modo.

45

Era obvio que iba a venir medio país, pero creo que ninguna de nosotras supuso que iba a quedar gente afuera de la parroquia.

—Está bien que es una iglesia chica —dice Rosa, mirando hacia el fondo donde se agolpa la gente que quedó de pie pero al menos pudo entrar.

Mabel y yo asentimos pero dudamos. Creo que las dos compartimos la sensación de que aunque el casamiento se hubiese hecho en la Basílica de Luján el sitio luciría igual de atestado.

—¿Me parece a mí, o hay más gente que en el tuyo, Rosa?

Mabel le suelta la pregunta mientras me guiña fugazmente un ojo. Cumplo mi parte y ni siquiera sonrío. Observo a nuestra hermana mayor esperando que responda.

—¿Y qué querés? ¡Si vinieron hasta los porteros de la escuela! —el tono de Rosa habla a las claras de que está amoscada.

—Porteros o no porteros… la nena le mató el punto a todo el mundo…

Mabel suelta la conclusión teniendo el cuidado de no mirar a Rosa, sino al tumulto de gente, para que el comentario venenoso suene casual. Una parte de mí se divierte y la otra se compadece por Rosa. Es, de nosotras, la que lleva el mejor cómputo de asistencias a casamientos, bautismos y velorios. Eso lo heredó de mamá. También eso. Las dos guardan un registro puntilloso de fechas, lugares y, sobre todo, tamaño de las concurrencias. Y Rosa cada tanto saca a relucir que el suyo fue un casamiento multitudinario. Papá había tenido un año estupendo en la fábrica y estaba convencido de que el porvenir tenía que ser maravilloso, mal que le pesara "a Perón y a su caterva de esbirros" que más temprano que tarde perderían el poder. Entonces no midió los gastos e invitó a todo el mundo: empleados, primos lejanos, proveedores, amigos circunstanciales y vecinos en general. El resultado fue, justo es reconocerlo, pasmoso.

Ni el casamiento de Mabel ni el mío opacaron ni un poco esa pretérita multitud. Ni lo intentaron. Las dos invitamos a los íntimos. Pedro es, por añadidura, hijo único de madre viuda, con lo que su lado era verdaderamente exiguo. Y nosotros, con Juan Carlos, decidimos ahorrar todo lo posible para el departamento y no nos interesó gastar en darle de comer a un montón de gente que nos interesaba solo a medias. Y una sabe cómo funcionan estas cosas: si no hay fiesta de por medio la concurrencia ralea.

Bueno, hoy es distinto: Delfina no va a hacer una fiesta tan enorme como la de Rosa, pero la familia de Manuel es grande y tienen buen pasar, con lo que fueron bastante pródigos al momento de organizar su parte de la lista. Y de nuestro lado papá tampoco quiso ser tacaño. Intentó, de hecho, pagar el total de los gastos, porque "así es como se estila" y toda esa perorata, pero Manuel fue tajante con eso: su parte la pagaba él o, mejor dicho, sus padres. Lo aclaró risueño y sencillo. Si fuera por Manuel se casaban por civil y listo. Esa salvedad le arrancó el tradicional gesto desdeñoso a la tía Rita, que lo considera un apátrida y un ateo, pero creo que a mi padre le trajo un tácito alivio. Una cosa es que papá esté dispuesto a confiar "un poco en este Frondizi" y en sus promesas desarrollistas (aunque el dolor que le provocó su pacto con Perón sigue en carne viva). Y otra muy distinta sería atreverse alegremente a endeudarse para pagar sándwiches de miga, champán y una torta de cinco pisos.

Lo que cambia absolutamente la ecuación son las alumnas de Delfina. Todo el Liceo de Señoritas está presente en el casamiento de su joven profesora. Pobre Rosa: si Delfina fuese maestra nuestra hermana mayor no tendría problema en restar de la suma de asistentes a los infantes, o a computarlos a razón de cuatro como equivalentes a un adulto. Pero con las señoritas del Liceo no se atreve. La mayoría vinieron arregladísimas, vistosas, emperifolladas casi como si ellas fueran las novias inminentes. De modo que a golpe de vista todo el público presente es ni más ni menos que eso: público presente.

De todas maneras Rosa es una competidora leal y no piensa perderse, por un disgusto menor, los detalles que podrán alimentar semanas de chusmerío entre nosotras. Sé que su memoria prodigiosa está almacenando imágenes sustanciales: vestidos, peinados, accesorios. Ademanes, compañías, frases sueltas. Todo va a un inventario que irá deshojando con maestría desde mañana mismo, cuando la familia cancele el tradicional almuerzo dominical y lo cambie por un té tardío, para dar tiempo a los cuerpos a recuperarse de atracones y trasnochadas. Pero Rosa es sabia administrando esa información, de modo que abrirá su registro con cuentagotas, muy de a poco. Como un jugador experto que orejea las cartas y encuentra placer en esa vacilación, en ese ocultamiento. Cuando Delfina regrese de su luna de miel —se van a Mar del Plata quince días—, todavía habrá mucha tela para cortar. Si somos las cuatro Rosa elegirá algunos tópicos. Si está mamá presente preferirá otros. Y si la tía Rita nos transforma en un sexteto elegirá las mejores piezas de su archivo, porque así como la tía Rita es insufrible, cruel, rencorosa y tiene siempre lista la palabra hiriente y el estiletazo sutil para nosotras, también lo ejerce contra el mundo en general. Y en esas situaciones en las que no somos nosotras el blanco de su maldad puede ser hasta divertida.

Mabel nos llama la atención para que miremos al frente. Ahí está Manuel con sus padres, atisbando hacia la puerta de la iglesia, seguramente ansioso. Mabel alza una mano para saludarlo pero él no nos ve. Si bien estamos casi adelante nos hemos ubicado un poco a la izquierda, y parte del público —sean o no chicas del Liceo— ha avanzado por las naves laterales para ver mejor, con lo que quedamos casi tapadas por el gentío.

—¿No tendríamos que ponernos más cerca del pasillo? —pregunto.

Rosa me mira con la expresión del experto que atiende con paciencia a la pregunta estúpida del neófito. ¿A esta altura querés cambiar de sitio? dicen sus ojos y la mueca de sus labios. Casi enseguida empieza la música, se abren las puertas enormes y, con cierto esfuerzo, alcanzamos a ver a papá y a Delfina que avanzan del brazo.

—Mendelssohn… —murmuro.

—¿Qué? —pregunta Rosa, que no está segura de si nuestras intervenciones merecen ingresar a su acopio informativo.

—Sí —concuerda Mabel.

Delfina avanza y sonríe con una felicidad contagiosa. No sé si mis hermanas lloran, pero a esa altura yo ya no puedo contenerme. El resto de la ceremonia lo recuerdo a través de la película acuosa de mis lágrimas. Sé que Manuel insistió en evitar la comunión para que la ceremonia fuese más corta, y que se lee un pasaje del Evangelio de San Juan por expreso pedido de la tía Rita.

A la salida sucede lo inevitable: los escalafones se subvierten y los allegados más próximos a los recién casados somos los últimos en saludarlos porque nos vimos obligados a recorrer una distancia mayor desde los bancos delanteros. Al principio los novios reciben, confusos, los besos y los apretones de mano y los enhorabuena de la concurrencia periférica que guarda con ellos un vínculo distante. Con mis hermanas nos abrimos paso poco menos que a codazos para saludar a Delfina, que sigue radiante. Como nos empeñamos en no ser de las últimas rezagadas nos toca mezclarnos con algunas colegas de mi hermana y, sobre todo, con una catarata inacabable de alumnas que gritan y ríen su felicidad. Me demoro en uno de esos diálogos que una ensaya varias veces queriendo ser sincera, y profunda, y memorable, y que finalmente salen truncos entre sollozos y abrazos y deseos de felicidad absolutos pero casi monosilábicos.

Cuando volteo para buscar a mis hermanas mayores las he perdido. Debería saludar a Manuel, pero es tal el gentío que prefiero retroceder un poco, salir del atolladero para recuperar el aliento. Tampoco tengo claro dónde están mis padres ni los flamantes suegros de Delfina.

Retrocedo hasta una estatua y me recargo sobre ella. Si me ve la tía Rita seguro va a sermonearme: debe ser un santo que no conozco, que está puesto ahí para la veneración de la feligresía y no para que yo descanse un poco y les dé tregua a mis pies, que se atormentan sobre estos tacos aguja que acabo de comprarme y que me están matando.

Juego a adivinar identidades de los que se acercan a saludar a los novios. Estas tres son alumnas, sin duda. Y no de las más grandes. Este viejo debe ser un tío de Manuel. O un tío abuelo, a juzgar por el temblor enclenque de los pasos que da avanzando por el atrio. Aquellas son profesoras, colegas de Delfina. Les falta la tiza y el puntero: lo demás lo tienen todo.

En ese momento diviso a Manuel, que ha quedado sorpresivamente solo en medio de la marea de personas. Esas cosas también suceden mientras los novios saludan en el atrio. De repente uno de los dos queda huérfano de abrazos. No los dos al mismo tiempo. En ese caso podrían mirarse y sonreírse, hasta darse un beso rápido o tomarse de la mano. Pero no. Siempre es uno de los dos el que queda suspendido en una soledad repentina, mientras el otro sigue sepultado en el afecto y los abrazos y los besos húmedos de las tías.

El náufrago es Manuel, en este caso. Y de manera inevitable sus ojos buscan los de la única persona que le devuelve la mirada, que vengo a ser yo, que sigo medio recostada sobre mi San Miguel, mi San Marcos o mi San lo que sea. Sonreímos. Y es normal. Un poco porque corresponde, y otro poco porque creo que a los dos nos resulta risueña esa comunicación de intimidad improbable en medio de la multitud. ¿Me acerco ahora y aprovecho a saludarlo? Supongo que sí, aunque lo más seguro es que esa brecha de repentina soledad vuelva a cerrarse con otro grupo de afecto bullicioso y yo quede detrás, a la espera de que se destrence la nueva tanda de abrazos. Pero no. Por un extraño milagro del movimiento de la masa humana sigue existiendo una península de suelo libre entre los dos. A los lados sigue el mar de gente que va y viene y saluda y felicita y recomienda. Mi santo estaba a veinte pasos de Manuel, pero no son veinte los pasos que doy hasta alcanzarlo. Él ha venido a mi encuentro, también, a la intemperie de la noche, fuera de los arcos del pórtico.

—Acá estamos —dice, sin dejar de sonreír, cuando quedamos frente a frente.

Como frase no es demasiado profunda, la verdad.

—Acá estamos —respondo yo, con la misma falta de originalidad e idéntica sonrisa.

Manuel hace un gesto con la cabeza que abarca los alrededores como si se dispusiera a comentar algo. Del gentío, de la familia, de Delfina que sigue sumergida en su océano de saludos. Pero no dice nada. Vuelve a sonreír. A sonreírme. Y yo le devuelvo la sonrisa. ¿Qué más puedo hacer? Adelantar la mano y estrechar la suya. Eso puedo hacer. Lo hago. Manuel ignora mi mano. Abre los brazos y me estrecha brevemente contra su pecho. ¿Cuánto puede durar ese abrazo? ¿Dos segundos? Sí. Dos segundos. Y sin embargo el resto de la noche voy a seguir sintiendo, en los omóplatos, el punto exacto donde apoyó los dedos, y un poco más abajo, el sitio donde me rozaron sus palmas. Terminan los dos segundos y termina su abrazo.

De nuevo estamos mirándonos. Y seguimos sonriéndonos. Sé que tiene que terminar. Sé que en cualquier momento alguien vendrá a interponerse entre nosotros porque "los novios saludarán en el atrio" y yo no tengo nada que hacer ahí. De hecho mi marido debe estar buscándome en el gentío.

Ahora sí retrocedo. Consciente, voluntariamente, me alejo. Quiero ser yo, y no un tío que vino del campo, la que decida cuando Manuel y yo dejaremos de mirarnos. Quiero volver hasta el santo ese que no sé quién es. Quiero que nadie me vea por los próximos cinco minutos. No necesito más tiempo. No necesito toda la noche. Pero necesito al menos cinco minutos para recomponerme. Para tragar saliva. Para contener las lágrimas. O al menos, para que las lágrimas parezcan de emoción. En realidad lo son. Pero no por la emoción de saber que mi hermanita menor acaba de casarse. Son por la emoción de que acabo de comprender que sigo enamorada de ese hombre. Y parece que no hay nada en el mundo que pueda hacer para remediarlo.

46

¿Existe el paraíso? ¿Hay un lugar donde la gente que fue buena en esta vida recibe su premio? ¿Y en qué consiste ese premio?

¿Y quién está a cargo de fiscalizar nuestros actos, y decidir si fueron justos o fueron injustos? ¿Cuentan los actos y los pensamientos, o solo los actos? ¿Es, como dice el "Yo confieso", que uno puede pecar de pensamiento, palabra, obra y omisión?

¿Puede Dios, como nos decían en catequesis, estar al tanto de cada minuto de nuestras vidas? ¿Alguien lo ayuda en esa tarea? Y si lo ayudan, ¿los ayudantes son lo suficientemente perfectos como para no equivocarse en las evaluaciones?

¿Y qué pasa con esas acciones que alguna vez fueron pecado y ahora no lo son? ¿O acaso no hubo un tiempo en que prestar dinero con interés era un pecado de usura, como nos contó una vez el titular de Derecho Financiero? ¿Y cómo nos comunica Dios sus cambios de criterio? ¿Únicamente a través de los sacerdotes? ¿Y qué pasa cuando un cura en confesión te dice una cosa y otro te dice otra? ¿Y qué pasa si tenés otra religión que no sea la católica? ¿Puede ser que, como decía el padre Urrutia, solo los cristianos católicos tienen reservado el cielo de los justos? ¿Tiene más derecho al paraíso un católico que se portó más o menos que un judío o un budista que tengan una vida virtuosa? ¿Es justo que suceda algo así, nada más que porque tuviste la suerte de nacer con la religión que tiene acomodo para llegar al paraíso?

¿Qué hacemos mientras estamos en el cielo? ¿Rezamos? ¿Llevamos una vida normal sin las dolencias y las frustraciones de esta vida de la Tierra? ¿Sabemos lo que pasa con los que siguen con vida? ¿Estamos al tanto de lo que hacen, lo que piensan y lo que sienten? ¿Cómo hacemos para movernos en la multitud de todos los muertos que a lo largo de siglos y siglos han subido al cielo? ¿Hay lugar para que quepa todo el mundo? ¿Conocemos a los parientes que no conocimos en la Tierra porque se murieron antes de que naciéramos? Y en ese caso, ¿parientes hasta qué grado?

¿Nos ven los muertos desde el cielo? ¿Saben lo que siento por Manuel? ¿Saben lo que pensé el otro día, en el atrio de la iglesia, cuando me acerqué a felicitarlo? ¿Lo sabe Dios?

¿Y si voy al cielo y mis parientes saben lo que pasó conmigo acá en la Tierra? ¿Hay murmuraciones en el cielo o todos son perfectos y nadie juzga nada ni critica nada ni se ofende por nada?

¿Vamos con la apariencia física de nuestro cuerpo hasta el cielo? ¿Nos reconoceremos por nuestro aspecto? ¿Y cuál sería ese aspecto? ¿El que teníamos cuando morimos o el mejor aspecto que tuvimos alguna vez? ¿Y quién decide cuál fue el mejor que tuvimos? ¿Y si subimos con el aspecto que teníamos al morir? ¿Los viejos quedan para siempre viejos y los jóvenes para siempre jóvenes? ¿Y si tu amor murió joven y vos tuviste una vida larguísima quedan los dos así, él joven y vos viejísima?

¿Y qué pasa si una tuvo más de un amor de verdad en su vida? ¿Y si esos amores dobles o triples son lícitos y sabidos, y bendecidos por el santo sacramento del matrimonio? ¿Con qué marido se queda una mujer que enviudó dos veces y se casó tres?

¿Y si no? ¿Y si los amores de una no fueron consecutivos sino simultáneos? ¿Los demás se enteran de algo así? ¿Se siente culpa en el cielo? ¿Hay, en el paraíso, lugar para la culpa?

¿Hay manera de que yo vaya al cielo?

¿Quiero, de verdad, ir al cielo?

47

Creo que estoy decidida. Si estuviera escribiendo en lugar de pensando, bien podría releer la frase y concluir que soy una estúpida. "Creo" que estoy decidida. ¡No digas, Ofelia! ¿En serio "creés" que estás decidida? ¿Estar decidida no es algo que tiene que estar un poco más allá del terreno de las creencias?

O estás decidida o no lo estás. No es algo en lo que se pueda creer o no creer. En Dios se puede creer o no creer. En una amiga se puede creer o no creer. O en que mañana llueva. Pero en algo de una misma, algo que tiene que ver ni más ni menos que con tomar una decisión...

Y sin embargo sé que soy así. Eso entra en el terreno de lo que sé. Lo que sé que soy. Soy insegura, soy frágil, soy una máquina de dar vueltas en redondo. Todo eso soy. Tal vez mi única manera de decidir algo sea esta difícil evolución casi de larva, de crisálida, desde la indecisión a la decisión, pero pasando y deteniéndome en esta etapa de creer que lo estoy.

Mientras tanto hago la cena. Porque seré indecisa pero no soy una inútil. Y además no tengo ningún interés en que mi marido se percate de mis idas y venidas mentales. No las entiende o, peor, lo mueven a la conmiseración y a la risa. No lo dice —no se atrevería—, pero sé que piensa "estas mujeres, estas mujeres".

Unas pocas veces fui lo bastante débil como para exhibirme dubitativa. Profundamente dubitativa. Y le vi esa cara, esa sonrisa, le adiviné ese pensamiento. Feliz de él si la distancia que separa lo que hizo de lo que hará, lo que desea de lo que concreta, es una línea recta. Feliz o no, no lo sé. ¿O estamos obligadas a celebrar la chatura mental, la planicie de sentimientos que ostentan los hombres, como una virtud que nos es ajena… ajena y deseable? Tampoco estoy segura de que todos los hombres sean como Juan Carlos. O como mi padre o mis cuñados, que en ellos se agota casi por completo la nómina de los hombres acerca de los cuales puedo afirmar que "los conozco".

Y tampoco quiero enojarme con Juan Carlos, pobre. Y menos hoy. Precisamente porque creo que estoy decidida. Tal vez es un problema de anticipación. Me gusta anticiparme a las cosas. No me agrada que me tomen desprevenida. Desde chica me sucede eso. Soy cautelosa. No disfruto ni de las sorpresas ni de la incertidumbre. Me gusta cuando puedo anticipar las cosas. Las malas, pero sobre todo las buenas, como en este caso. Me hace bien. Me permite adaptarme. Evitar desafinaciones y quebrantos. ¿Me faltará espontaneidad? Puede ser. No lo sé. Pero cuidado: que anticipar las cosas tiene, para mí, puras ventajas. Las cosas malas me encuentran preparada, o más o menos preparada. Creo que de lo contrario, si las cosas malas las enfrento por primera vez en el instante en que suceden, corro el riesgo de derrumbarme, de disolverme casi, y de no ser capaz de volver a levantarme. Y con las cosas buenas es al revés. Las disfruto mientras las anticipo, mientras las bosquejo y las preparo. Y vuelvo a disfrutarlas cuando suceden. Terminar el secundario, por ejemplo. Contestarle que sí a Juan Carlos cuando me propuso que fuéramos novios. Recibirme en la Facultad dando Estadística. O mi noche de bodas. O cuando con mis hermanas conocimos el mar. Fueron cosas que disfruté imaginándolas una y otra vez. Y después disfruté, acrecidas, cuando sucedieron.

Es cierto que hay una dosis de ansiedad en la preparación de las cosas buenas. En la anticipación. Esta idea que sobrevuela mi cabeza de "todo tiene que ser perfecto". Ese es un inconveniente, lo reconozco. Y esta noche no es la excepción. ¿Cuántas veces lo imaginé? Muchísimas. Antes de casarnos y después también.

Miro el reloj. Juan Carlos debe llegar en cualquier momento. A ver la carne en el horno. Perfecto. Fuego mínimo hasta que llegue y la saco exactamente como le gusta.

En realidad, a veces dudo. En esto de las anticipaciones, de las preparaciones de las grandes cosas. A veces siento que sí, que las preparo y las anticipo según mis deseos. Y otras veces no. Otras veces siento que estoy haciendo los deberes, cumpliendo los ritos, pero no a mi gusto sino al de vaya a saber quién. Como si fuera un álbum de recuerdos que hay que llenar sí o sí, pero de determinado modo, con ciertas reglas.

Tu primer beso tiene que ser inolvidable. Tu último día de clases de la escuela secundaria tiene que ser emocionante. Tu casamiento tiene que ser un estallido de gozo y de elevación espiritual. Tu noche de bodas tiene que ser una mezcla perfecta de expectativas, rubores y corazones exaltados.

¿Fueron así? ¿Son así las cosas, de verdad? ¿En algún momento de la vida las mujeres nos sentaremos, solas o en grupo, a revisar esos recuerdos, a cerciorarnos, lápiz en mano, de que vivimos los acontecimientos importantes de nuestra vida con la serena belleza de las estampas? ¿Estoy segura de estar cumpliendo cada uno de los requisitos que se supone deben estar presentes esta noche? No. No estoy segura. Pero de todos modos estoy decidida.

Juan Carlos me elogia la comida. Le acepto el cumplido pero le deslizo un ligero contraataque: veremos cuándo llega el día en que celebre mis recetas personales con el mismo entusiasmo que le despierta cuando cocino como su mamá. Acepta risueño. Levanta la mesa mientras lavo los platos. Sé que mi madre se horrorizaría de que ponga a mi marido, que viene de trabajar todo el día, a levantar los trastos. Y no hay Dios que le haga entender el hecho de que yo también estuve trabajando todo el día.

Un marido lavando los platos haría que, en el manual de mi madre, esta noche no pudiera ser perfecta. En el mío sí. Qué tanto. De paso termino más rápido y así es que llego al dormitorio casi al mismo tiempo que él. Por el rabillo del ojo veo que está leyendo un libro. Voy al baño. Me tomo mi tiempo.

Cuando vuelvo lo hago con la vista al frente, como si nada, pero estoy segura de que se me quedó mirando, con esa cara de pavo que pone en situaciones como esta. Me acuesto como si nada y enciendo también mi velador. Abro el libro que estoy leyendo y hago como que sigo. Pero estoy pendiente de lo que vaya a hacer Juan Carlos. No lo miro, pero sé que está vuelto hacia mi lado contemplando mi rotunda desnudez. Escucho el ruido del colchón cuando se levanta, el ligero estremecimiento de frío que me provoca el movimiento de las sábanas, el sonido de sus pasos hasta la ventana.

Ahora sí lo miro. Está de pie junto a las cortinas pesadas. Me interroga con el gesto. Sonreímos.

—Abrilas —le digo.

Se apresura a obedecer. Vuelve a la cama y se sienta en el borde. Apaga su velador. Yo apago el mío. Nos vemos perfectamente con la luz que entra desde la calle por las rendijas de los postigos. Es la iluminación justa. Más luz, me daría vergüenza. Veo que estira la mano hacia el cajón de su mesa de luz. Me incorporo en la cama y detengo su gesto con la mano. Veo que me mira, y que disfruta mirándome.

—No —le digo—. No te pongas nada.

La luz no me basta para ver los detalles de su rostro, pero imagino la sorpresa. Intuyo también la alegría. Me acerco a él y busco su boca. Todavía se toma un segundo para preguntarme.

—¿Estás segura?

No le respondo. No hace falta. Enseguida le queda claro que sí, que estoy absolutamente decidida.

48

Mamá espera que la tía Rita termine de pasar el lampazo poco menos que por el medio de nuestras piernas. No necesito preguntárselo para saber que la incomodan esas cosas de su cuñada. Todos los días viene Josefa a limpiar, a lavar la ropa y a planchar. Ahora, en realidad, viene tres veces por semana, porque para ellos tres es más que suficiente. Pero la tía le declaró la guerra a Josefa desde el primer día: que esta mujer limpia mal, lava peor y plancha como el demonio. Ni una ni diez, sino cien veces sacó el tema delante de papá con la idea de involucrarlo en su boicot. Pero papá se mantuvo en su actitud de siempre: "La que decide es Luisa".

Creo que eso es lo que más irrita a la tía: que cuando tiene que optar entre su mujer y su hermana, papá siempre opta por la primera. Entonces la estrategia de la tía es evidente: demostrar hasta el cansancio la impericia de Josefa para limpiar, que es un modo indirecto de demostrar la impericia de su cuñada para elegir al personal y para llevar adelante la casa.

Con el lavado y el planchado la tía no se mete porque está grande y no le da el cuero para abarcarlo todo. Con la limpieza más básica tampoco. Lo suyo son los lustres. El lustre de los muebles, el lustre de los adornos, el lustre de los pisos, el lustre de la baranda y los escalones de la escalera. Durante la semana obliga a mamá y a papá a cruzar el living y el comedor en patines para no rayar el parqué. La vez pasada papá se pegó una patinada que casi lo sienta de traste en medio de la sala y la tía debió suspender por un par de meses su cruzada de sacarle brillo al brillo. Pero cuando las cosas se calmaron volvió a la carga.

Como ahora, que nos deja los patines junto a los pies para que no se nos ocurra levantarnos y caminar sin ellos cuando al fin vayamos a la cocina. Cuando considera lista su labor se va con la cera, el trapo y el lampazo a la cima de la escalera que conduce a su antiguo dormitorio. En voz baja, para no alertarla, le pregunto a mamá:

—¿Qué va a limpiar?

—Su pieza.

—¿Pero su pieza ahora no es la que era mi dormitorio?

No quiero decírselo a mamá, pero mi buena patada al hígado me da que la tía disponga ahora de la que fue mi habitación. Pero por otro lado es lógico: con dos dormitorios vacíos en la planta baja no tiene sentido que siga subiendo y bajando esa escalera que además es empinada como un tobogán de plaza. Pero entonces no se entiende para qué sube.

—Una vez por mes repasa completa la habitación. Completa —mamá no puede evitar que sus ojos se carguen de tensión mientras habla de su cuñada—. Y una vez por semana repasa los escalones, uno por uno y del primero al último, porque dice que se ven desde abajo.

—¿Y se ven?

Mamá pone cara de que no sabe ni le importa si se ven, pero que el asunto no tiene remedio.

—Ayer estuve en lo de Rosa —mamá prefiere cambiar de tema.

—Yo esta semana no fui. ¿Viste que suelo pasar los martes, que es el día que salgo temprano del Ministerio? Justo tuve que ir al médico y no pude pasar.

—Sigue con lo de la vacante para la escuela. Por eso de que lo quiere cambiar a Ernestito.

—¿Pero no es muy temprano para andar pensando en la vacante del año que viene?

—Callate, que está encaprichada con que lo quiere mandar al San Jerónimo sí o sí. Y resulta que hay vacante en primero superior y en segundo, pero en cuarto grado, no. ¿Y al médico fuiste por qué?

—Ya lo sé, por eso te pregunto. Pensé que Ernesto la había convencido de mandarlo al San Alberto, donde fue él.

—El domingo acá en casa parecía que sí. Pero viste cómo es tu hermana. Lo enroscó, lo enroscó, y pidió una entrevista con el director del San Jerónimo. Pero contame lo del médico.

—¿Y el director qué le dijo?

—¡Que van a ver, nena, que van a ver, pero contame de una vez por qué fuiste al médico y cómo te encontró, que me estás asustando! ¿Por qué no me contestás lo que te pregunto, Ofelia, por el amor de Dios?

La miro. Sonrío. Abre mucho, mucho los ojos.

—¡No!… —dice mamá—. ¿Sí? ¿Sí?

Yo sonrío más todavía.

49

La casa del Tigre tiene un muelle sobre el brazo del río. Me hace bien estar sentada ahí, bajo la sombra de los árboles enormes, viendo pasar el agua lenta y turbia. De a poco el alma me va volviendo al cuerpo y la línea del horizonte empieza a quedarse quieta.

Delfina, Juan Carlos y Manuel vienen caminando desde la casa. Mi hermana me pregunta si me siento mejor y le respondo que sí, que de a poco se me va pasando el mareo.

—Tendrías que haber esperado que sacara la lancha, mi amor, y te iba a buscar al puerto —insiste mi marido.

—Te aseguro que no, Juanca. La lanchita se mueve mucho más que la colectiva. Es mejor así.

—Hablando de lancha, tenemos que ir al almacén a comprar de todo. No hay nada de nada —informa Delfina.

—Y qué querés. Hace meses que no viene nadie.

—Fue un invierno largo —comenta Manuel, mirando el río, como pensando en otra cosa.

Es cierto. El verano pasado nos la pasamos todos acá tanto como pudimos, por la novedad de la casa recién comprada o por el calor de infierno que hizo en

Buenos Aires. Pero después del otoño la casa quedó vacía hasta ahora, que ya estamos en noviembre.

—Vamos entonces a hacer las compras —dice Juan Carlos.

—A mí no me sacan de acá ni con los Granaderos a Caballo —les aclaro.

No tengo la menor intención de reincidir en el agua durante los próximos diez días. Llegué hasta acá y acá me quedo, con mamá y mis hermanas. Y sería todo un detalle por parte de Dios que desatara una sequía tan enorme que pudiera volver al puerto del Tigre caminando por el lecho de los brazos del Delta, evitándome otra hora de lancha. Una estupidez, lo que acabo de pensar. Un horror, más que una estupidez. La señora quiere arruinar este paraíso, que se mueran los árboles, las plantas y los pájaros con tal de no aguantarse otro mareo. A veces me pregunto si mi estado ha empeorado mi estupidez.

—¿Los demás a qué hora llegan? —pregunta Juan Carlos.

—En la lancha colectiva de las cinco. Estarán acá a las seis y diez, seis y veinte.

—La de la tarde viene cargadísima de pasajeros y demora mucho —agrega Delfina—. Entonces: ¿quién me lleva al almacén?

—Como no sea en canoa, mi amor, no cuentes conmigo —se disculpa Manuel, que todavía no aprendió a manejar la lancha.

De hecho el único que sabe, además de papá y de Ernesto, es mi esposo.

—Llevalos vos, Juanca —le indico—. Yo me quedo acá tomando fresco.

—¿Seguro?

—Seguro. No va a pasarme nada. Andá tranquilo.

—Hagamos así —Delfina le habla a Manuel—. Que me lleve Juan Carlos pero vos quedate.

—¿Yo?

—Sí, hombre, vos. Por si Ofelia necesita algo. Yo lo acompaño a Juan Carlos, que no va a tener idea de qué comprar.

—Mejor —convalida mi marido—. Esperen que me aseguro de que la lancha tenga combustible. Hay que ver, porque hace tiempo que no se usa. Si arranca, me refiero.

Juan Carlos se aleja hacia el cobertizo.

—¿Te quedás a cuidarla? —Delfina se pone en puntas de pie y le da a su marido un beso en la nariz.

—Sí.

—No se preocupe, Manuel —le digo—. Si es molestia vaya con ellos.

—Molestia no es ninguna, Ofelia. ¿Pero si realmente usted necesita algo qué hacemos? ¿Me la llevo a Tigre remando en la canoa?

Me volteo a mirarlo. Su tono de voz es de sincera disculpa y la que tendría que disculparme soy yo. ¿A cuento de qué le hablé en ese tono perentorio?

—No voy a necesitar nada, Manuel. Quédese tranquilo. Y gracias.

Espero que el modo en que se lo digo sirva como disculpa. Manuel hace una mueca de sonrisa y se va detrás de Delfina camino del cobertizo, porque se escuchan los primeros intentos —infructuosos, hasta ahora— de mi marido para encender la lancha.

No pasan quince minutos y Juan Carlos navega por delante del muelle alzando el brazo y sonriéndome triunfal. Delfina saluda también. Les devuelvo el saludo. Me causa un poco de gracia la alegría pueril que desborda del rostro de mi esposo. Ama manejar. Adora los motores. Los quince minutos que invirtió en hacer arrancar el motor de la lancha deben haber sido una aventura. La mala noticia es que este nuevo triunfo frente a los desafíos de la mecánica renovará su entusiasmo por la compra de un auto. Y yo me niego rotundamente a que nos metamos en semejante gasto antes de terminar de pagar el departamento. Falta poco, pero no quiero que nos embarquemos en deudas nuevas, con la inflación y todo eso.

Cuando el ruido de la lancha termina de perderse en el recodo del río escucho un ruido. Es Manuel, que se sienta en la galería a leer el diario. ¿Se habrá ofendido por el modo en que le hablé? Tampoco será para tanto.

Me incorporo y cruzo el parque hacia la casa. No veo a mi cuñado porque me lo tapa el diario desplegado. Apenas las piernas cruzadas se asoman por debajo de la sábana de papel. Tiene un cigarrillo encendido en la mano. Cuando subo la escalera baja el diario y me divisa.

—¿Alguna novedad trascendente en el mundo?

—Veamos… Hubo algunas detenciones a raíz del Plan Conintes. Frondizi acaba de desmentir por centésima vez su renuncia y la Iglesia sigue de punta contra el pobre Frondizi. Eso porque no la quiero aburrir con el autoabastecimiento de petróleo. También puedo actualizarle la nómina de países africanos que se independizaron este año. Madagascar, Costa de Marfil, Alto Volta…

—Le agradezco el panorama. Muy completo.

Me siento en la galería. Un recuerdo sombrío se me cruza por delante.

—¿Alguna novedad con lo de Pedro?

—Por ahora, ninguna.

No decimos más al respecto. Mi eufemismo de "lo de Pedro" es que lo echaron de Entel por el paro y la protesta que se mandaron los de su sindicato el mes pasado. Intervino el Ejército, hubo un incendio… Al final Pedro se quedó sin trabajo. Como Manuel tiene mucha llegada con los radicales intransigentes de Frondizi estuvo intentando que revisaran la medida. Pero al parecer no consiguió nada. Al menos hasta ahora.

El humo del cigarrillo viene hacia mi lado y toso. Manuel se apresura a apagarlo.

—Perdone.

—No, no tiene por qué. Es raro, pero desde que estoy embarazada me da asco el cigarrillo.

—Dicen que a las embarazadas puede hacerles daño.

—Si es por eso, y si le hago caso al obstetra, tendría que colgarme de un gancho desde ahora hasta el mes de abril. Para no correr riesgos, digo.

Manuel pliega el diario y lo deja sobre la mesa.

—Y cómo… cómo… ¿se siente bien, en general?

Habla y gesticula, como intentando ayudarse. Ya me ha pasado más de una vez en estos meses. Para los hombres hablar de un embarazo presenta dificultades similares a las que puede plantear la inmortalidad del alma o la bomba de hidrógeno.

—Sí, perfectamente. Salvo por cosas como lo que le digo del cigarrillo.

Manuel asiente. Supongo que calcula que ya preguntó lo suficiente. Momento: ¿por qué soy tan cruel con este hombre? ¿Por qué no le concedo, jamás, la mínima indulgencia? Siempre en guardia, siempre con los puños precautorios en alto…

—¿Sabe qué pienso, Manuel? Que si entre nosotros no hubieran surgido esas conversaciones… que surgieron… podríamos haber sido grandes amigos.

¿Y eso? ¿De qué rincón de mi océano de estupidez salió ese ataque de sinceridad volcánica e imbécil? Manuel me mira y pestañea muchas veces. Esa es siempre la forma de su perplejidad. ¿Lo habré ofendido?

—No sé qué responderle, Ofelia.

—No me responda nada. Disculpe. Fue una… Mejor me voy.

—No, por favor, quédese. No se vaya. Y no me pida disculpas. Le digo que no sé qué responderle porque yo también me lo he preguntado muchas veces.

—Me puedo sentir menos estúpida, entonces…

—O acompañada en su estupidez, en todo caso.

Sonreímos y pasamos algunos minutos sin decirnos nada. Pero es evidente que Manuel se ha quedado rumiando lo que acabamos de decir porque retoma abruptamente la conversación:

—Lo que me parece es lo siguiente, Ofelia. Creo que voy a ser su amigo toda la vida. Pero, al mismo

276

tiempo, nunca voy a ser su amigo. O a conformarme con serlo, supongo.

¿Por qué me dejé llevar hasta este berenjenal? Corrijo: no me dejé llevar. Yo misma me metí en él. Nos metí. Y ahora, ¿cómo salgo? ¿Quiero salir? No. No quiero. Sé que no quiero. No, al menos, hasta que le diga a Manuel algunas cosas que llevo mucho tiempo pensando.

—¿Sabe qué pasa? —arranco y pienso que no, que Manuel no sabe qué pasa, si ni yo misma sé qué pasa, o a dónde pretendo ir con este conato de conversación que no lleva a ninguna parte—. Que hace tiempo que vengo pensando que las otras personas… todas las otras personas… que los demás… ¡Dios! ¡Por qué es tan difícil hablar con usted!

—Tiene razón, disculpe. Mis interrupciones deben estar enloqueciéndola.

No puedo evitar reírme. Estoy tan nerviosa que siento un impulso de vencer el asco y encender uno de los cigarrillos de Manuel. Pero mejor no. El médico dijo que puede hacerle daño al bebé.

—Lo que digo es esto. Usted no es mi amigo. Pero no porque no pueda, o porque no se lo merezca. Sino porque yo no quiero permitírselo. O no quiero permitírmelo. Es más… ¿usted escuchó lo que acabo de decirle?

—¿Qué hay con eso?

—¿"Qué hay con eso"? Mírenos. Míreme. Estamos casados, pero con otras personas. Una de ellas mi hermana. ¡Y estoy embarazada!

—Lo he notado.

—¡Le pido por favor que hablemos en serio, Manuel, por Dios bendito!

—No se enoje, que le va a hacer mal. Además no tiene por qué hacerse cargo. Lo que dijimos, lo que sentimos… quedó claro hace tiempo, Ofelia. Era un problema mío. Usted lo dijo, yo lo entendí. No se preocupe. Pero eso sí, como le dije recién: no me sería sencillo ser su amigo.

—Los amigos… lo que quería decirle es que las otras personas nos influyen. Todas las personas. A todos. A usted, a mí, a todos. Bueno, no todas las personas, pero las personas que nos importan. Y los amigos son, además de la familia, quienes más nos importan.

Manuel me observa. Sé que no entiende una palabra de lo que digo. O el sentido de lo que digo. Si ni yo misma tengo ni idea de hacia dónde pretendo dirigirme con esto que le digo.

—No me resulta fácil decirle esto, Manuel. Porque no me resulta fácil pensarlo. Pensarlo es aceptarlo. Y me cuesta mucho aceptarlo. Siento que usted es una especie de satélite… no. Satélite no. Porque un satélite es algo menor, un agregado, un apéndice. Y no. Usted es un planeta. Su propio planeta… Dios, qué estoy diciendo —resoplo—. ¿Vio que los planetas ejercen fuerzas gravitatorias unos sobre otros? Bueno. Usted es un planeta que anda por ahí… Y yo siento que cada cosa que hago, cada decisión, cada cosa importante que me pasa… Usted también está en eso. Aunque sea por omisión, pero está.

Manuel enciende un cigarrillo. Se ve que los nervios son más fuertes que su cautela. No me mira. Deja los ojos fijos a lo lejos, en el río.

—Desde que lo conozco, desde que llegó a mi vida, o a la de Delfina, en verdad… Para acercarme o para todo lo contrario, las cosas que he hecho, las cosas que soy, el modo en que las hice, el momento en que las hice… si usted no hubiera estado habría sido distinto.

Listo. No voy a decir más. Si entiende, que entienda. Puedo estar particularmente estúpida con mi embarazo a cuestas, pero no voy a decirle que me aterra, y al mismo tiempo me conmueve, saber que decidí empezar a buscar mi embarazo después de que ellos se casaron. No es una revancha, ni un acto de despecho. Nada de eso. Desde que estoy de novia con Juan Carlos pienso en formar una familia con él. Pero… el momento. Eso. El momento. ¿Quién me asegura que yo no le propuse a mi marido que empezáramos a buscar justo después del casamiento de Delfina, y como un modo de quemar las naves, o seguir quemándolas, un modo de continuar edificando murallas para separar a este hombre de mi vida? Y estoy feliz de estar embarazada. Y estoy feliz de que Juan Carlos sea mi marido. Pero lo que me angustia es que el hijo que voy a tener será quien sea, y no otra persona, precisamente porque decidí que quería tenerlo en ese momento. Es aterrador. Por supuesto que en esa constelación cósmica están las decisiones de Juan Carlos y las mías, y un montón de factores que no entran en la categoría de decisiones porque no son decisiones de nadie. Pero también está Manuel orbitando alrededor de mi vida.

—Me parece que está equivocada, Ofelia. No tiene sentido que…

—No estoy equivocada y sí tiene sentido.

Sobreviene un largo silencio entre nosotros. Calculo que Juan Carlos y Delfina deben estar por volver. Pero todavía tengo algo más para decir y no quiero quedarme sin tiempo.

—Necesito decirle algo.

Manuel se gira para verme.

—Sí, ya sé que le dije unas cuantas cosas. Pero algo más.

Tomo aire. Si me pongo a pensar desde fuera de mí, como en esas películas en las que la cámara se aleja, estoy perdida. Perdida en mi vergüenza y condenada a callarme la boca.

—Quiero que sepa algo. Que lo sepa y que nunca más hablemos de esto.

—¿De qué?

—De lo que voy a decirle.

—Usted quiere que hablemos… pero no quiere que hablemos nunca más…

—Algo así.

—La escucho.

—Tiene que prometérmelo.

—No soy bueno para las promesas.

—Las que me hizo las cumplió.

—Pongamos que sí —concede Manuel, da una última y larga pitada y apaga el cigarrillo contra el cenicero.

—Las cosas que usted me dijo. Las cosas que me escribió.

—Me parece mejor que no volvamos sobre…

—Yo sentía lo mismo que usted, Manuel.

¿Sentía? Si vamos a decir la verdad, digamos la verdad.

—Yo siento lo mismo que usted, Manuel. Y siempre lo sentí. Y si dije lo contrario era porque necesitaba poner un punto final a todo eso.

—¿Por qué?

—Porque me estaba destrozando, por qué va a ser.

Me quiero morir. Me quiero morir y al mismo tiempo quisiera que este momento durara para siempre.

—Pero usted se merece saberlo. Y yo... me lo merezco también. Menos como premio que como castigo, en mi caso. Pero es así. Y no puedo hacer nada con eso. Y no quiero hacer nada con eso. Pero tampoco quiero sostener la mentira de hacerlo creer que usted estaba solo en ese sentimiento.

Manuel enciende un nuevo cigarrillo. Nunca en la vida lo vi fumar tanto.

—¿Y qué podemos hacer? —pregunta por fin.

—Nada. Nunca. Jamás. Nada de nada. No vamos a hacer nada. No vamos a decir una palabra. No vamos a volver a hablar de esto jamás en la vida.

Manuel me observa sin apuro.

—¿Y qué pasa si yo ahora me levanto y me acerco y la abrazo y la beso?

Siento cómo se me eriza la piel de la espalda. Manuel se acomoda y a mí se me ocurre que está a punto de incorporarse.

—¡Quédese ahí, por favor!

Grité. Fue un grito liso y llano. ¿Cuándo pensé que esta conversación podía ser una buena idea?

—No la entiendo, Ofelia —el tono de Manuel es el tono de alguien desorientado y vencido—. ¿No me dijo que siente por mí lo mismo que yo siento por usted?

—Sí.

—¿Y no siente deseos de abrazar y de besar a la persona de la que se siente enamorada?

—¿Usted nos vio, insensato? —me señalo la panza.

—¿El problema es su embarazo?

—¡No! ¡Y sí! Todo es el problema. Qué no es el problema. Es lo que elegimos, lo que decidimos. Lo que está bien y lo que está mal.

—Pensé que en esta conversación estábamos prescindiendo de lo que estaba bien y lo que estaba mal.

—Nunca prescindo de lo que está bien y lo que está mal.

Soné sentenciosa y absurda. Pero no pienso desdecirme. Tengo razón.

—Dígame qué tengo que hacer, Ofelia. Se lo pido por favor. Porque no… porque no sé qué es lo que quiere que hagamos.

—Quiero que… lo sepamos. Que usted sepa siempre lo que significa para mí.

—Aunque nunca jamás…

—Aunque nunca jamás digamos más, ni hagamos más.

—No sé si lo entiendo.

Ahora soy yo la que lo mira un largo instante.

—La culpa, Manuel. La enorme y bochornosa y monstruosa culpa que siento.

—Y si no nos acercamos al otro esa culpa no la siente.

—La siento pero puedo tolerarla. Imagínese. Si es así de gigantesca, y de angustiante, cómo sería si… Eso es lo que le propongo. Eso es lo que quería decirle.

—¿Qué cosa?

—Saberlo. Que usted sepa lo que siento. El precio es que lo mantengamos siempre en silencio. Siempre. Cueste lo que cueste. Porque el costo siempre será menor al de la osadía. Si no digo en voz alta lo que siento por usted, si no hago nada que demuestre lo que siento por usted, la culpa es tolerable. Si no, me va a estallar el corazón, se lo juro.

Hasta ahí es donde consigo hablar sin llorar. Eso es todo. Siguen varios minutos de lágrimas gordas y silenciosas. En ese tiempo Manuel fuma el cuarto o el quinto cigarrillo. Ambos perdimos la cuenta.

—Está bien —la voz de Manuel ha recuperado la dulzura.

—¿Qué?

—Que acepto, Ofelia. Que me parece bien lo que propone.

—¿Está seguro?

—Con usted nunca estoy seguro —dice Manuel con la sonrisa más triste del mundo—. Pero está bien. De hecho, está mucho mejor que los cinco años que acabo de pasarme pensando que usted nunca me quiso.

—Seis.

—¿Seis qué?

—Seis años. Hace seis años que hablamos en el Jardín Botánico, Manuel.

—Ya lo sé, Ofelia. Seis años y medio. Pero quería comprobar que usted también se acordaba.

Tomo aire. Lo suelto despacio. ¿Estoy condenada a que mi vida sea siempre esta mezcla de tensión, de esperanzas, de dudas y de remordimiento? A lo lejos se escucha un motor. Deben ser Juan Carlos y Delfina. Nos miramos. Las doce campanadas. Falta la escalera y el zapato perdido. Manuel vuelve a sonreír.

—Vaya a acostarse hasta que se le pase un poco la hinchazón de los párpados.

Me llevo las manos a las mejillas. Están húmedas y ardidas. Debo estar horrible. Manuel interpreta perfectamente lo que pienso porque agrega:

—Y no se preocupe, que sigue siendo hermosa.

A mi pesar, sonrío. Mientras camino hacia adentro y empiezo el febril recuento de la escena (sabiendo que en los próximos días voy a repasar, una y otra vez, cada frase y cada silencio y cada expresión de su cara), en mi cabeza retumba una única idea. Me dijo que sigo siendo hermosa. Me dijo que sigo siendo hermosa.

50

A veces miro esa foto cuando voy a casa de papá y mamá. Es una foto de mi familia materna. En el centro, sentados, mis abuelos Francisco Zurbarán y Modesta Fuentes. De pie, rodeándolos, sus cinco hijos: mis tíos Francisco, Modesta, Rosa y María, y mi madre Luisa. Le he preguntado a mamá la fecha de esa foto, pero no me pudo dar certeza. Hizo lo que una hace en estos casos: tomar alguna referencia.

Como es la casa de Chacarita, la de la calle Zabala, tiene que ser antes de 1910, cuando se mudaron a Pacífico. Y el vestido negro que tiene puesto la abuela Modesta lo cortaron y lo cosieron con la tía Rosa, con lo que tiene que ser después de 1907 porque en ese año fue que la tía entró a la academia de corte y confección. Cada vez que la miro me sucede lo mismo: me pregunto qué está pensando cada uno de ellos en ese momento. O los diez minutos anteriores a que el fotógrafo tome la foto.

Es un día común de 1908, o 1909. Lo pienso desde 1961 y me digo qué antigüedad, cómo sería vivir en ese momento. Pero en ese momento vivir en 1909 no es ninguna antigüedad. Es el presente, es la vida y punto. Es normal que sea 1909, como ahora es normal que sea 1961. ¿Qué pensará mi hija en 2015, si ve una foto de este año? ¿Se dirá así, "en" 2015, o se dirá "en el" 2015? Falta tanto que no puedo ni representármelo.

Ese día es normal y es 1908 o 1909. La abuela les habrá avisado que venía el fotógrafo para que estuvieran todos, puntuales, limpios, bien vestidos. Y así están en la foto. No sonríen mientras posan. Miran serios, sin pestañear. En las fotos familiares de ahora las personas tienden a sonreír. ¿Cómo será en el futuro?

¿Habrán sacado la foto antes o después del almuerzo? ¿Qué habrán hecho después? ¿Se habrán quedado las mujeres poniendo orden en la sala? ¿Habrá vuelto el abuelo a trabajar al almacén?

Siempre pienso esas cosas cuando miro esa foto de mamá. Pero sobre todo pienso en una idea: esas personas que posan para la foto, ese día, sentían algo, temían algo, deseaban algo, sentían enojo por algo, sentían culpa por algo, cifraban esperanzas en algo. Todas ellas. Los dos adultos y los cinco jóvenes.

Y enseguida pienso en otra cosa. ¿Qué queda, hoy, de todos esos algos? Por empezar, cuatro de esas siete personas ya están muertas: los abuelos, el tío Francisco y la tía Rosa. De manera que sus sentimientos, sus enojos y sus esperanzas se han evaporado. Pero aun en los que sobreviven: ¿se acordará hoy, mamá, cuando mira esa foto, de lo que pensaba, temía y quería ese día?

Yo, por mi parte, salgo en un montón de fotos. En muchas más de aquellas en las que salieron ellos. Este verano, sin ir más lejos, sacamos dos rollos enteros en las vacaciones. ¿Estaré viva dentro de cincuenta años?

¿Qué quedará, en mí, dentro de medio siglo, de los deseos, los temores, los enojos, las esperanzas que cruzaban mi vida en las fotografías de este verano? Probablemente poco. Probablemente nada.

Y si queda poco, o si queda nada: ¿Dónde estarán la culpa, la angustia, el desasosiego? ¿Seguirán ahí, siempre conmigo?

51

No lo logro siempre. A veces no funciona y lo que triunfa es la melancolía, o la bronca, o la angustia. O una mezcla rotunda de las tres. Pero cuando lo consigo siento que toco el cielo con las manos. Que soy dueña de una felicidad difícil y merecida. Propia. Una felicidad propia, mía, edificada a pesar de todos mis errores. O encima de ellos. O gracias a ellos.

—¿Qué me dicen de don Arturo? Lo hizo renunciar a Toranzo Montero —está diciendo papá, con el ligero entusiasmo que le producen siempre los escandaletes de la política.

—Frondizi está perdido como turco en la neblina —interviene Ernesto.

—¿Perdido? —se solivianta Manuel—. ¿Ejercer la autoridad presidencial y expulsar a un militar desobediente es estar perdido?

—Mirá lo que pasó con el ministro de Economía, Manuel —se mete Juan Carlos—. Cuando asumió lo puso a... ya me olvidé como se llamaba.

—Aldo Ferrer.

—Eso, Ferrer. Y después lo sacó como rata por tirante y lo puso a Alsogaray, porque Alsogaray era esto y aquello y lo de más allá. Y ahora lo saca a Alsogaray y lo pone a Alemann.

—Yo los querría ver a ustedes, a ver qué hacen.

—Ya nos vas a ver —se entusiasma Ernesto.

—Claro, porque Balbín es la solución para la patria —responde Manuel, desdeñoso.

—No digo la solución, pero comparado con este aprendiz de comunista… —ataca Ernesto.

—¿Comunista? ¿Frondizi, comunista?

—No se pongan así. Tengamos la fiesta en paz —interviene Rosa, pero nadie le presta atención.

—No será comunista, de acuerdo —concede Juan Carlos—. Pero tampoco es muy normal que se lleve como carne y uña con los cubanos y todo eso.

—¿Y eso por qué? ¿Acaso no puede?

—Si quiere llevarse más o menos bien con Estados Unidos, no. No puede.

—Una cosa es llevarse bien y otra ser un país de genuflexos, querido —Manuel insiste, enérgico.

—A ver cuando te corten los créditos, si vos y Frondizi no se ponen genuflexos —interviene otra vez mi marido.

—Me sorprende, Manuel, tu recién nacido nacionalismo —habla Pedro por primera vez—. Gratamente, pero me sorprende. Si discuten media hora más vas a terminar reivindicando la tercera posición.

—Antes muerto, cuñado.

—Nunca digas nunca.

—Mirá, Pedro —de nuevo Ernesto—, lo único que nos falta es andar resucitando fantasmas como tu querido general.

—Ningún fantasma. El líder político más influyente de la Argentina.

—Decile que vuelva, al líder.

—¡Qué va a volver! —opina Juan Carlos—. Si sabe que lo meten preso.

—¡Por patriota y peronista! —se enciende Pedro.

—¿Es necesario? —empieza a angustiarse papá.

—¿Podemos cambiar de tema? —Delfina también advierte que la cosa puede desmadrarse.

—Me sorprende, querido Juan Carlos, que critiques al gobierno que te permitió comprarte un auto nuevo —Manuel parece dispuesto a volver sobre la defensa de Frondizi.

—¿Y qué tiene que ver, Manuel? Me lo compré con mi trabajo.

—¿Qué tiene de malo? —Ernesto se alía con Juan Carlos, tal vez tocado por el comentario, porque acaba de cambiar su coche.

—De malo, nada. Pero si viviésemos en la dictadura comunista que cuenta acá Juan Carlos difícilmente podrían darse gustos semejantes.

—Ningún gusto, Manuel. Me rompo el lomo trabajando. Ahorré y me lo compré.

—Peor sería que las cosas siguieran como en el pasado, cuando todo era pan y circo y regalos para los chupamedias del régimen.

—¿Siempre caigo yo en la volteada? —se indigna Pedro, pero sin tomárselo del todo en serio—. ¿No les parece que va siendo tiempo de que asuman que los problemas de la Argentina actual los crearon ustedes?

—¡Nosotros! —papá abre mucho los ojos.

—¡Sí, ustedes los contras!

Mabel se gira hacia mí y comenta, ecuánime, observando a papá.

—Le va a dar un soponcio.

—Ajá —coincido, en voz baja, para no interrumpir a los gritones.

Mamá se incorpora y echa mano a los platos sucios que tiene más cerca. Como si tuviésemos un resorte, las cuatro hacemos lo mismo. La tía Rita, como una majestad exótica, observa desde su sitio, juzgando a cada uno. Y condenándolo, lo doy por descontado. Los hombres siguen en lo suyo.

—¿Sabe el tiempo que le va a llevar a este país recuperarse de doce años de peronismo?

—¿Recuperarse? ¡Si fue lo mejor que le pudo haber pasado a la Argentina!

—¡Estamos todos locos! ¡Años nos va a llevar recuperarnos!

—Ah, ¿sí? ¿Y entonces no sería bueno que le tuvieran un poco más de paciencia a Frondizi? —Manuel ve una oportunidad de recuperar terreno.

En una suerte de procesión encabezada por mamá y en la que en lugar de imágenes religiosas cargamos platos, fuentes y cubiertos, salimos hacia la cocina.

—Yo lavo —se anticipa Rosa, que odia secar y ordenar en las alacenas.

—Yo seco —digo, porque me quiero cuidar las manos y el otro día me rompí una uña trajinando en las alacenas altas que tiene mamá.

—Esta chica no puede andar trepando, en su estado —dice mamá señalando a Delfina.

A Rosa no le queda más remedio que dejar esponja y detergente en manos de Delfina y esperar su turno para trepar al banquito y encaramarse a los estantes.

—Voy a ver a los chicos —dice mamá, y sale hacia su dormitorio.

—Seguro que duermen, mamá —intenta atajarla Mabel mientras trajina con el café, pero es inútil.

—Dejala. Le encanta mirarlos dormir —dice Rosa.

—¿Decidieron qué van a hacer con Carlitos? —pregunta Delfina.

El dilema de la semana (o el dilema del mes, por no decir el dilema del año) se titula "Jardín de infantes sí o jardín de infantes no", para el hijo menor de Rosa.

—Todavía no.

"Por supuesto", me digo. Ahora toca que Rosa nos haga el resumen de las posturas encontradas. Posturas que conocemos de memoria.

—Ernesto insiste en que va a venirle bien, así se despega un poco de nosotras. "Ese chico está todo el tiempo rodeado de mujeres" —lo remeda—. Pero yo prefiero esperar.

Mamá regresa desde el dormitorio.

—Carlitos duerme a pata suelta —le informa a Rosa— y la nena está en la misma posición en que la acostaste —me dice a mí.

—Ay, voy a verlos —Delfina aprovecha que ha terminado con los platos y se aleja con el balanceo que le imprime la panza.

—Todavía es chiquito —interviene Mabel, que se ha sentado a la mesa de la cocina a esperar el hervor del agua, cruzada de piernas, con esa elegancia indolente que las demás le envidiamos.

—Eso es lo que digo yo.

—¿De qué están hablando? —se interesa mamá.

—De Carlitos y el jardín de infantes.

"¿De qué va a ser?", vuelvo a preguntarme. A veces pienso que no hemos hablado de otra cosa desde el mes de mayo. En realidad, si es por eso, los hombres siguen hablando de política desde el mes de mayo pero de 1951. ¿Por qué me fatigan nuestros temas y no los de ellos? ¿Porque son los nuestros? ¿O porque los nuestros son menos apasionantes que los de ellos?

—Uh, y dale con esos inventos de ahora —mamá sacude la cabeza mientras elige el repasador para limpiar la mesa del comedor—. Ninguna de ustedes fue al jardín de infantes.

—Ahí tenés un argumento de peso para mandarlo a Carlos mañana mismo, Rosa —le digo, seria—. Mirá si termina saliendo como Mabel.

Cruzamos con ella una mueca burlona.

—Podrías ponerte con el café, ¿no? —la sugerencia de mamá es para Mabel—. O es impresión mía o ya rompió el hervor.

—Podría —responde ella, con cierta pereza, pero levantándose y hurgando en la alacena baja donde se guardan, desde tiempo inmemorial, la manga y los pocillos.

Y en este momento siento que lo logro. Que lo tengo. A mi alrededor gira el mundo. Mabel pone el café a colar, y mamá espera con el repasador de secar en la mano, y yo salgo hacia el comedor para limpiar las migas mientras a mis espaldas Rosa sigue trepada al banquito y exponiendo sus argumentos sobre el jardín de infantes, y me cruzo con Delfina que vuelve de la pieza diciendo que sus sobrinos son hermosos, y de fondo se escuchan las voces acaloradas de los hombres, cada vez más próximos a medida que me acerco al comedor.

Es ahora, cuando atravieso la puerta del comedor, que siento el escozor estimulante de que mi vida tiene algo que ninguna otra vida tiene. Mis movimientos son calculados, exactos, meditados. No miro a Juan Carlos ni miro a Manuel. Pero sé que los dos registran mi presencia. Y sé —aunque nunca lo he hablado lo sé, no necesito hablarlo para saberlo— que cuando pase por detrás de papá y me aproxime al sitio que ocupa, Manuel va a dejar de hablar durante un segundo. Las primeras veces noté que dejaba de hablar pero no entendía el motivo, hasta que comprendí que cuando le paso cerca Manuel aspira profundamente. Se llena los pulmones de aire porque en ese aire viaja mi perfume. Nunca va a decirlo. Nunca voy a preguntarlo. Porque la clave está en que las cosas sucedan sin palabras, en que sean en silencio. Del mismo modo que yo soy capaz de recordar cada palabra, cada frase, cada argumento de los que Manuel esgrime defendiendo a Frondizi o criticando a los militares o distanciándose de Pedro o azuzando a Juan Carlos. Registro cada cosa que dice y cada entonación con que la dice.

Como también puedo, a veces, tomarme un minuto para mirarlos a todos. A cada uno de los miembros de la familia. Verlos y vernos, pero vernos desde una distancia mayor. Vernos sin escuchar, vernos sin distraerme en nuestras superficies. Vernos y pensar que hay un lugar de esta casa y de este mundo que constituimos que me pertenece a mí, o a Manuel y a mí. Y la clave de ese sitio es el secreto. Mientras nadie sepa nada, estoy a salvo. Puedo vivirlo y entregarme al goce de disfrutarlo. Pero ese secreto debe abarcarnos también a nosotros. A Manuel y a mí. Necesito que el silencio sea sólido, blindado, definitivo. Si aparecieran las palabras el hechizo se rompería y me ganaría la culpa. Y con la culpa, la angustia.

Y no quiero eso. No podría vivir con esa culpa. Porque en la misma habitación en la que está ese hombre cuyas palabras conservo una por una también está mi marido y lo que siento por él. Y al otro lado de un pasillo y de tres puertas está la hija que tengo con Juan Carlos. Y ninguna religión ni ninguna moral me ampararía si yo dijese estas cosas en voz alta, si alguien las supiera, si alguien siquiera las atisbara. De modo que puedo ser feliz si las cosas siguen así. Si este mundo es mío. Absolutamente mío y sin palabras. Acá, en el centro del secreto, soy libre de vivir todas estas cosas que siento juntas. En el fondo es eso. Una cuestión de libertad.

52

En las clases de Formación Moral del Liceo la profesora Cerviño nos decía siempre que la libertad implica elecciones y renuncias. Que es fácil elegir cuando las opciones son diametralmente opuestas, porque el bien y el mal se presentan con claridad meridiana. Pero que en las decisiones más trascendentes de la vida suele pasar que las distintas opciones son atractivas, y tienen puntos a favor. Y eso nos lleva al pantanoso territorio de las dudas.

Las peores disyuntivas son las que nos presentan alternativas que deseamos, pero que se excluyen recíprocamente. Quiero estudiar magisterio en el Normal y dar clase a los niños, pero también quiero formar una familia y ser una mujer de mi casa. Quiero ir de vacaciones a la playa, pero también me atrae mucho descansar en la montaña. Ejemplos como esos eran los que nos daba la profesora Cerviño.

¿Qué habría sucedido si yo, Ofelia Fernández Mollé, alumna ejemplar de quinto segunda, hubiera alzado la mano, hubiera esperado la venia de la profesora, me hubiese puesto de pie junto a mi pupitre, recta la espalda para dirigirme a ella y a mis compañeras, y hubiera formulado la siguiente consulta? "Estimada profesora Cerviño, mi disyuntiva es la siguiente: estoy enamorada de mi marido, Juan Carlos Gastaldi, y también estoy enamorada del esposo de mi hermana, Manuel Rosales. Y por más que la escucho y la escucho, y comprendo perfectamente su punto de vista, hay algo dentro de mí que me grita que no, que no estoy dispuesta a eso de las disyuntivas y las renuncias, porque no quiero esa libertad en la que pierdo a uno de los dos hombres de los que vivo enamorada, y no me interesa quedar como una nena caprichosa, y ya sé que la madurez es precisamente sustraernos a la inmediatez de los deseos y la dictadura de los impulsos, pero entonces me temo que nunca seré una mujer madura. No me mire así, profesora Cerviño. Hágame en cambio el favor de ayudarme a resolver esta disyuntiva, si es tan amable."

¿Qué habría pasado? ¿Qué cuernos habría pasado? ¿Eh?

53

Suena el teléfono y corro a atender. Alejandrita me sigue con sus pasos erráticos de caminante bisoña.

—¿Hola?

Espero que mi voz no trasluzca mi tensión, mi absoluto desborde, mi necesidad imperiosa de que en el reloj den las cinco.

—Hola, Lita.

¿Delfina? ¿A cuento de qué vuelve a llamarme mi hermana? ¿No nos pusimos de acuerdo en los detalles ayer a la tarde? La sola posibilidad de que se trastoquen mis planes me pone al borde de la desesperación. Intento ocultar mi inquietud cuando le pregunto:

—Hola, Finita, ¿qué decís?

—Quería avisarte que no hace falta que vayas hoy hasta casa.

Ya está. Debí suponerlo. Si algo podía torcerse iba a torcerse. Una piedra descomunal me oprime de repente el pecho.

—¿Por?

—Hace un rato la llamé a mamá, para ver cómo andaba papá del dolor ese de cintura. Y me atendió la tía Rita y se ofreció ella para ir a mi casa y ocuparse.

Pensá rápido, Ofelia. Pensá rápido.

—Pero es un lío, Delfina. Esas cajas están arriba de todo, en la baulera de tu dormitorio. ¿No es así?

—¿Y qué?

—Que si la tía se trepa hasta ahí se va a romper el alma, nena.

—No, querida. Va a estar Manuel. Él las baja de la baulera y la tía se las lleva para lo de mamá en un taxi.

Intento pensar. Sé que debo llenar el silencio, porque es un silencio ilógico. Y de mí depende que ese silencio ilógico no se convierta en un silencio alarmante, y que ese silencio alarmante no se convierta en un silencio sospechoso. Pero no hay derecho. No hay derecho a que mi única posibilidad de ver a Manuel, de conversar con él cinco minutos a solas, acabe de desintegrarse en el aire.

—Como quieras —digo por fin.

¿Eso es todo? ¿Así de simplemente voy a claudicar? Lanzo un manotazo postrero:

—¿Y a qué hora quedaron con la tía?

—A las cinco. ¿Por qué?

Es muy razonable que mi hermana me pregunte por qué. Y es muy razonable que la tía vaya a las cinco. Era la hora a la que iba a ir yo. Ahora va la tía. Lo más natural del mundo.

Todo mi plan hecho polvo en el piso. Mi única esperanza, desvanecida. Esperanza chiquita. Consuelo minúsculo. Pero algo era algo. Manuel, Delfina y la beba se van a radicar a Mendoza. ¿Me gusta la idea? No. La aborrezco. Me hace pedazos que se vaya. ¿Cambia mucho que vivan en Mendoza, si de todas maneras me niego a hablar con Manuel de lo que sentimos? ¿Sirve de algo verlo los domingos en la mesa familiar, querernos así a la distancia? Sí. Cambia todo. Sí. Sirve de algo. Sí. Me hace mucho daño que se vayan. No puedo hablar con nadie de lo que significa eso para mí. Pero en medio de mis insomnios se me ocurre un plan. Voy a encontrarme a solas con Manuel. Aunque sea dos minutos. Para mirarlo a los ojos. Para que viéndome mirarlo sepa cuánto me desespera que se vaya, cuánto lo voy a extrañar. Y trazo mi plan urgente. Le hablo a mamá de los adornos navideños de Delfina, que son un primor, y que es una pena que queden ahí arrumbados vaya una a saber hasta cuándo. Mamá está de acuerdo en que sería mucho mejor tenerlos en su casa, para que los disfrute la familia. Yo celebro la idea como si fuese suya y no mía. Espero unos días a que Delfina se instale en Mendoza con María del Carmen. Manuel sigue acá ultimando los trámites de su traslado. Hablamos por teléfono con Delfina y le comento, como quien no quiere la cosa, lo de los adornos. Le parece perfecto que los tenga mamá mientras tanto. Le parece perfecto que combine con Manuel para pasar a buscarlos y llevarlos a lo de mamá. Yo combino para hoy a las cinco de la tarde. Desde que me levanté vengo tachando los minutos. Y se me desboca el corazón pero me tranquilizo diciéndome que todo encastra a las mil maravillas. Todo encastra hasta que hace dos minutos Delfina me dice que la tía Rita arregló con Manuel ocuparse del asunto.

—¿Hola?

La voz de Delfina tiene la urgencia de quien supone que la comunicación se ha cortado.

—Hola, hola. Acá estoy.

—Pensé que se había cortado.

—Creo que sí, que se cortó. Pero volvió —puestas a mentir, mintamos—. Ahora te escucho bien.

No sé para qué pero te escucho bien, me digo. Listo. No hay nada que hacer. Estoy vencida.

—Mejor cortá, Delfina. La larga distancia te va a salir un ojo de la cara.

—No te preocupes, nena. Paga el Banco.

—¿No digas? —intento darle a mi voz un tono despreocupado que no refleje mi ánimo de entierro—. ¿Estás segura?

—Segurísima. Fue una de las cosas que le pregunté a Manuel cuando me vino con la novedad del traslado. Si no puedo hablar con mamá y con las chicas como si siguiéramos todas en Palermo, ¡no me mudo ni loca!

—No sabía —respondo, y sospecho que es la primera vez en esa conversación que digo la verdad, sin segundas intenciones.

—Sí, sí. Es seguro. ¿De las chicas sabés algo?

—Mabel estuvo ayer por casa. Con Rosa no hablo desde el miércoles.

Seguimos hablando unos minutos. Alejandrita, al comprobar que su madre sigue ignorándola, me tironea de la pollera. Le hago gestos de que me espere. Tapo la bocina del teléfono y le susurro que estoy hablando con la tía Delfina. Se desentiende de mí y vuelve a la cocina.

Cuando corto la comunicación me quedo pensando. Ahí estoy, en el espejo, maquillada con esmero.

Ataviada con mi blusa más bonita y mi pollera de flores. Y todo al divino botón. Camino como un espectro hacia la cocina. Ahí está Alejandra, pintando con los lápices de pasta. Alza el rostro, me sonríe y vuelve a lo suyo. Por la ventana entra un haz de luz franco, poderoso, que se estrella sobre la mesa y, según los movimientos de sus manos, hace brillar los dedos de mi hija. La escena es tan hermosa que me aporta la congoja que me faltaba. No tengo derecho a ponerme así. No tengo derecho a nada. Mejor dicho: tengo que aprovechar. Aprovechar que no he perdido derechos que debería haber perdido pensando y sintiendo cosas que no debería haber pensado ni sentido.

Una señal de Dios. Eso es lo que es. La llamada de Delfina y la intromisión de la tía. En orden indistinto. Si las cosas se dieron así es porque tienen que darse de este modo. Respiro hondo. Me siento frente a mi hija y me dispongo a dibujar con ella y sus crayones.

Un minuto después estoy en el teléfono llamando a mi suegra y rogándole que necesito que se quede con mi hija porque me surgió un imprevisto. Nada grave, pero en quince minutos paso con un taxi a dejarla por su casa.

54

Toco el timbre y siento el corazón golpeándome en el esternón, en las costillas, en la garganta y en cuanto recoveco tengo en el cuerpo. Escucho pasos y veo recortarse una figura a través del vidrio esmerilado.

—¡Ofelia! ¡Qué sorpresa. Me dijo Delfina que…

—Sí, sí, a mí también me dijo que se ocupaba Rita. Pero me dio miedo que se anduviera trepando a buscar las cajas.

—Pero si yo se las alcanzaba, Ofelia. De hecho acá las tengo ya apartadas.

Manuel camina precediéndome al interior de su casa. Si bien todas ayudamos a embalar las cosas de la mudanza, igual me resulta raro ver la casa así, absolutamente vacía.

—Claro, qué tonta —le hablo a la espalda de mi cuñado, que sigue hasta el comedor.

—Acá están. Son estas dos —me las señala.

—Es el problema de tener un pesebre tan lindo como tienen ustedes —digo, y consigo sonreír.

—¡Cierto! Eso nos coloca primeros en la nómina de hijas queridas e hijos políticos admirados. Por lo menos para las próximas Nochebuenas.

Reímos los dos con el comentario pavo. Me quedan resonando sus últimas palabras. "Las próximas

Nochebuenas." ¿Cuántas van a ser? ¿Dos? ¿Cinco? ¿Catorce?

Mejor me voy pronto, porque en cualquier momento se me va a caer la cara, los brazos, el entusiasmo. Mi cuerpo se va a derretir como un helado al sol, y va a perderse por los intersticios de la madera del pasillo.

—Me dijo Delfina que las llamadas telefónicas son gratis. Las de larga distancia…

—Sí, es verdad. Casi fue la única condición que me puso cuando le fui con la noticia.

—Sí, me lo dijo.

Sonreímos. El entusiasmo de Delfina siempre es volcánico e invita a solidarizarse con su algarabía.

—Para ustedes es un gran paso adelante —le digo—. Para usted, me refiero.

—Sí, es cierto.

—¿Gerente regional es el cargo?

—Sí. Gerente regional.

—Va a poder leer muchos planos de esos que le gustan.

—¿Cómo dice, Ofelia?

—Eso de ver crecer los edificios y las casas sobre su escritorio.

Manuel me mira y se ruboriza un poco.

—¿O no se acuerda de que una vez nos lo contó?

—Claro que me acuerdo. Lo que me sorprende es que usted también se lo acuerde.

Nos miramos en silencio. Esa es la palabra clave. El silencio. Seguir con el silencio, Ofelia. Ese es el acuerdo. Ese es el dique y la garantía. Si suelto una palabra no voy a ser capaz de contener ninguna de las otras. Y no pienso decirle nada a este tipo que se va a vivir a Mendoza por los próximos dos, cinco o catorce años. No hace falta decir nada. Si sonreímos como pavotes, como hacemos ahora, es como si estuviésemos hablando. Pero no decimos nada de lo que debamos arrepentirnos o, peor, nada que nos impida mirar hoy a la noche a los ojos a nuestros respectivos. Alguna vez hablamos y lo que dijimos lo dijimos y lo que dijimos lo sabemos. Suficiente. En el futuro, si sobrevienen días en los que me sienta particularmente deprimida tendré que echar mano a esos recuerdos.

—¿Quiere que las lleve hasta la puerta? Tendríamos que llamar un taxi.

Estoy tan absorta en mis pensamientos que poco me falta para preguntarle de qué está hablando. Las cajas, claro. No pensé todavía lo que voy a decir cuando llegue a lo de mi madre con las cajas una hora antes de que la tía Rita salga para acá a buscarlas. No lo pensé. No pensé nada. Me limité a necesitar verlo una vez más, a solas, antes de que se fuera.

—Sí, está bien. O lleve usted la más pesada y yo llevo la más chica.

Manuel asiente y camina por el comedor vacío hacia las cajas, que están a mis espaldas. Pero cuando me doy vuelta no está dos metros más allá, agachado para levantar la que tiene el pesebre y las luces eléctricas. Está a dos pasos de mí, mirándome.

—Te quiero tanto —dice Manuel de repente, y antes de que yo pueda reaccionar me ha pasado los brazos por detrás de la cintura y aproxima sus labios a los míos.

Me está besando. Por un instante estoy a punto de retroceder, sacudir la cabeza, pegar un grito. Por suerte es nada más que un instante. Al siguiente ya cierro los ojos y me dedico a sentir sus labios en los míos. También siento mi corazón galopando. Y sus manos en mi espalda a la altura de la cintura. Y el perfume de su piel y la temperatura de esos labios que no paran de besarme. Y su espalda debajo de mis dedos, lo que significa que no solo estoy devolviéndole el beso sino el abrazo. Lo más asombroso es que lo que está sucediendo es mucho mejor que lo mejor que me había atrevido a imaginar que podía suceder. Y yo que me conformaba con mirarlo con intensidad. Y yo que en mis fantasías más alocadas me imaginaba murmurándole que lo quería.

No me alcanzan los sentidos para absorberlo. Va a terminar. Tiene que terminar. En mi cabeza se acumulan las sensaciones que son, al mismo tiempo, respuestas a preguntas que construí en el pasado y que supuse que nunca podría responder.

Así que esto es ver sus ojos, mientras me besa, cerrados a diez centímetros de los míos. Así que esta es la textura de sus labios. Así que así de áspera es su piel algunas horas después de afeitado. Así que así huele su colonia si estoy tan cerca de él que mi nariz no encuentra otro aire para respirar que no sea el suyo.

No puede seguir besándome para siempre. Y sin embargo me quedaría acá el resto de mi vida. Y yo que me preocupaba por sostener firme el dique de mi silencio. Hablar no estamos hablando. Eso es cierto. Y lo que está sucediendo es infinitamente más grave. Y más hermoso. No pienses, Ofelia. No pienses lo que estás empezando a pensar. Porque si sobreviene la culpa vendrá la angustia y este recuerdo se convertirá en un tormento.

El problema con nuestra cabeza es ese. Basta con que le indiquemos que no haga algo para que empiece a hacerlo machacona, incansablemente. Caigo en la cuenta de lo que estoy haciendo y con quién lo estoy haciendo y abandono el beso en el que estamos incendiados.

Pero no dejo de abrazarlo. Eso no. No todavía. Necesito un rato antes de despegarme de Manuel. Apoyo la cabeza en su pecho. Su corazón también late al galope, como el mío. Me pregunta algo que no escucho. Ni le respondo ni le pido que me repita lo que dijo. Necesito estar así, oprimirlo más fuerte entre mis brazos, juntar coraje, anticipar el frío que voy a sentir cuando lo suelte, dentro de diez, quince segundos a lo sumo, la soledad y el desamparo que sobrevendrán ahora mismo, cuando me doy media vuelta, corro hacia la puerta, acciono el picaporte y camino casi corriendo y casi llorando por la vereda de la calle Guatemala.

55

¿Qué es peor? ¿Hacer lo que acabo de hacer porque estoy enamorada o por el simple goce de vivir una aventura? Supongamos que, en medio de mi beso con Manuel, Juan Carlos hubiera abierto la puerta de calle de par en par y nos hubiera descubierto. ¿Qué sería peor? Supongamos que descubierta en medio del beso me doy vuelta hacia mi marido y le explico. ¿Qué le explico?

Opción uno. "Juan Carlos, amor mío, lo que acabás de ver no tiene que preocuparte. Es una aventura minúscula. Un permiso que nos estamos tomando con Manuel. No nos amamos. Nos caemos bien. Nos gustamos. Pero es apenas un experimento, un solaz. Es una manera de responderme la pregunta de cómo es besar otra boca que no sea la tuya. Ni más ni menos. ¿No es una buena noticia que no albergue sentimientos profundos con respecto a mi cuñado? Es churro, sí, y fue un lindo beso. Pero no significa nada más que eso: un beso con un hombre churro. No tengo la menor intención de una vida nueva con él, lejos de vos y de Alejandrita. Ni se me pasa por la cabeza. Fue pura liviandad, puro deporte."

Opción dos. "Juan Carlos, amor mío, lo que acabás de ver es terrible pero tiene una explicación. El alma se me consume de amor por este hombre. De otro modo jamás lo habría besado. Llevo mucho tiempo sufriendo, culpándome, sintiéndome horrible por todo esto. Y la única razón para que haya cometido la osadía de darle un beso es que siento por el un amor profundísimo."

¿Qué sería peor? ¿Qué sería más doloroso? ¿Qué sería más irreparable?

Opción tres. "Juan Carlos, amor mío, lo que acabás de ver es el resultado de una historia larga y sinuosa, que hasta ahora no había llegado jamás hasta este punto de intimidad. Pero resulta que estamos enamorados. Así como lo escuchás. Pero no es lo único que sucede. Porque Manuel también está enamorado de Delfina, y yo estoy enamorada de vos, pero después de varios años de intentarlo siento que no podemos evitar buscarnos de vez en cuando porque así de mucho nos amamos, y pedirnos que nos dejemos de ver sería imposible, tan imposible como si me dijeran que no puedo verte más a vos, ni tenerte al lado mío."

¿Qué es mejor? ¿Qué es más perdonable? ¿Qué es más digerible, si no es perdonable?

¿Qué preferiría Juan Carlos? La opción verdadera es la tres, que se parece mucho a la dos. Pero… ¿cuál preferiría Juan Carlos? ¿O preferir es un verbo demasiado optimista? A lo mejor lo optimista no es el verbo, sino suponer que de todos modos Juan Carlos de un modo u otro lo aceptaría.

Más realista sería, tal vez, suponer que Juan Carlos, si se entera, se manda a mudar de mi vida y punto. Y para el caso le dé igual la opción uno, la opción dos, la opción trescientos.

56

—Si no tiene la menor importancia entonces no se entiende para qué fuiste.

La tía Rita habla sosteniendo la taza de té a media altura entre la mesa y su boca. ¿Lo habrá estudiado? ¿Le parecerá que así resulta más intimidante? Creo que la respuesta a las dos preguntas es afirmativa. Lo peor del caso es que desde mi niñez sigue ejerciendo sobre mí el mismo poder atávico. Le tengo pánico. La tía es autoridad sin calidez, control sin confianza, posesión sin generosidad. Y a sus lados están mis padres. Para peor, eso: a sus lados. Como edecanes o como funcionarios de segundo orden. La tía es la potestad y el destino. ¿Testigos? Puede ser. Testigos y responsables. Testigos de la inmoralidad de su hija y culpables de los deslices de su crianza.

—Fui porque me pareció peligroso que vos te trepases a la baulera, tía. No entiendo cuál es el problema.

No sé si es una respuesta buena, regular o pésima. No tuve tiempo de pensar demasiado en nada desde que salí de la casa de Delfina. Es más: casi que me propuse no pensar. Quise dedicarme a sentir. A seguir sintiendo los besos y el abrazo de Manuel, antes de que la calle y los ruidos y la gente disiparan esa sensación milagrosa. Claro que no era lo único que sentía. También sentía una culpa gigantesca y un dolor punzante de vergüenza en medio del pecho. Y me costaba respirar y me moría de ganas de largarme a llorar de pura congoja, pero me contuve. Y vine todo el camino pensando en cómo reaccionaría Juan Carlos si se enterase. De lo de hoy y de lo de antes. Si se enterase de todo. Supe, eso sí, que no podía ir a lo de mi suegra a buscar a Alejandrita en este estado. Besar a mi hija con los mismos labios de mi pecado.

Cuando me quise acordar estaba abriendo con mis llaves la puerta de la casa de mis padres. Tal vez papá aún no hubiera regresado de la fábrica, y mi madre me ofreciera un té, y la vida pudiese otra vez encarrilarse en una dirección que pudiese asumir y, sobre todo, tolerar.

Pero cuando llego al comedor con lo que me encuentro es con esta reunión que no preví: mi padre, mi tía y mi madre frente a una mesa de té servida sin demasiadas ambiciones. Un té de tarde de semana. Y la pregunta de la tía:

—¿De dónde venís?

—De lo de Delfina.

Error. Primer error. ¿Para qué le digo la verdad? ¿Por qué no decir que vengo de mi casa? Mi suegra quiso pasar la tarde con Alejandrita y le di el gusto. Y como me sobraba tiempo vine a visitar a mamá un rato.

—¿Y a qué fuiste?

—A buscar las cajas de los adornos.

Segundo error. Bastará con que hable con Delfina —y estoy segura de que lo hará— para que mi hermana le diga que me había avisado que ella, Rita, iba a ocuparse. De hecho, me lo dice.

—Yo había quedado con tu hermana en pasar dentro de un rato por su casa.

—Pensé que era peligroso que te tuvieras que trepar a la baulera.

Eso es casi la verdad. Por lo menos es una mentira que ya dije hace un rato y, en una de esas, cuenta como verdad.

—No pensaba treparme a ningún lado. Porque estaba Manuel... ¿O acaso no lo viste?

Es en ese momento cuando alza la taza y me escudriña con ojos de águila o de serpiente o de vaya a saber qué.

—No. No lo vi. Toqué el timbre y no salió nadie.

Otro error. Nuevo error. Pero error del tamaño de un elefante. Esta mentira es contrastable con lo que pueda decir Manuel. O lo que pueda haber dicho. ¿Y si hablaron por teléfono y Manuel le dijo que estuve en su casa?

—¿Y por qué no entraste con tu llave?

La taza sigue en alto, suspendida sobre un mar de suspicacias. Mis padres no intervienen y empieza a preocuparme su silencio.

—Porque no las llevé.

—¿Vas a la casa de tu hermana suponiendo que está vacía, a buscar unas cajas, y no llevás las llaves? ¿Quién suponés que iba a abrirte? ¿El Espíritu Santo?

Buen punto, tía Rita. Te odio.

—Cuando llegué a lo de Delfina me di cuenta de que me las había dejado en casa. Por eso vine para acá.

Para ver si mamá me prestaba su juego. Pero, ¿a dónde querés llegar, tía? No entiendo qué buscás con este interrogatorio. No tiene la menor importancia que haya ido a lo de Delfina.

Es en ese momento cuando la tía me arroja a la cara ese comentario de:

—Si no tiene la menor importancia no se entiende para qué fuiste.

Y su mano sigue suspendida a media altura, con la taza enarbolada como un cetro o una maza o una poción venenosa que le ofrece a la estúpida que tiene la mala suerte de estar hablando con ella.

¿Se me nota? ¿Se me notan los besos de Manuel? ¿Se me nota la felicidad rabiosa y vengativa que siento? ¿Se me nota la culpa que me carcome? ¿Se me nota el deseo furioso de decirle sí, vieja de porquería, tenés razón, vengo de verme a solas con Manuel en su casa y de besarlo como en la perra vida te besó nadie, vieja maldita?

—¿Qué te pasa, hija?

La pregunta de mamá me saca de mi espiral de locura incandescente. Jadeo. Me doy cuenta de que mi respiración se ha convertido en un jadeo.

—Nada, mami.

Me doy cuenta de que no puedo limitarme a esa contestación. ¿A cuento de qué tanta docilidad de mi parte? ¿Tanto deseo de justificarme? ¿Tanta disposición a defenderme?

—Pero me parece que la tía se está confundiendo.

—¿Confundiendo con qué? —mi padre ha decidido, finalmente, abrir la boca.

Listo. Voy a ir hasta el fondo.

—La tía Rita sospecha que pasa algo entre Manuel y yo. Así, como lo escuchan. ¡Contales, tía! ¡La tía Rita piensa que yo estoy enamorada del marido de mi hermana! ¡Y que me veo con él en secreto!

Los ojos de la tía me miran, desorbitados. Tiene la cara roja como un tomate. No era una información que pensase compartir con mis padres. Mejor dicho: no era una información que pensase compartir con mis padres… todavía. La taza vuelve a apoyarse sobre el plato. ¿Vamos hasta el final? Vamos.

—Así de mal pensada es tu hermana, papá. Y si no te lo dije antes fue por no traerte el disgusto de que lo supieras. Según la tía Rita mi marido y mi hermana son unos cornudos. Y los que les ponemos los cuernos son tu yerno más chico y tu hija la tercera.

—No hables así, hija.

—¿Y cómo querés que hable, papá?

Lo bueno de actuar la indignación es que una termina sintiéndola. O más bien desplazándola. Estoy indignada y se me nota. Y no importa tanto si los motivos de mi indignación no son exactamente los que suponen mis interlocutores. La tía Rita se pone de pie. Ha recuperado los colores.

—Así que según vos fuiste a lo de Delfina, te olvidaste la llave y viniste para acá a buscarla.

No le respondo. No pienso darle el gusto. Le sostengo, altiva, la mirada.

—Si sos tan santita no tendrás problema en que llame por teléfono y le pregunte a tu cuñado si estuviste por allá.

—No soy santita pero no soy ninguna puta.

Como sigo empeñada en mi desafío no distraigo la mirada hacia donde está mi padre, pero debe estar transfigurado de horror. Creo que jamás me ha escuchado decir una palabrota. Y mi madre otro tanto. Me recorre un escalofrío cuando percibo que mi enojo se disipa de repente o, más bien, que retrocede superado por otra emoción mucho más ingobernable: el miedo. Mi tía camina hasta la mesita. Caigo en la cuenta de que, superado su momento de furia, ha conseguido sujetar sus gestos y sus emociones, sus palabras y sus cálculos. Pobre ilusa de mí. Supuse que la estaba acorralando, que la estaba sometiendo a mi bronca y a mis deseos. Y no era cierto. Era lo contrario. Rita me estaba conduciendo hacia su trampa. Y si no era así, da igual: de todos modos estoy en la trampa.

La tía marca los seis números. Solo se escucha el disco del teléfono volviendo a su lugar después de cada número.

—Hola, Manuel. Buenas tardes.

Mi última —única— esperanza se desvanece. Manuel sigue en su casa. Si se hubiese ido me quedaría alguna chance de avisarle. De ponerlo en autos. De advertirle que dijera que no, que no estuve en su casa, que no nos vimos. Yo misma edifiqué la pira en la que mi tía está a punto de convertir en cenizas mi vida entera.

—En un rato paso por su casa para buscar las cajas que quedamos. ¿Le parece bien?

Vieja harpía. Está dando un rodeo. Lo quiere tranquilo. Lo quiere inerme e indefenso.

—Dígame una cosa, Manuel. ¿Recién pasó Ofelia por su casa, no?

¿Puedo rezarle a Dios para que encubra mi pecado? No importa. Estoy tan histérica que sería incapaz de hilvanar un padrenuestro.

—Ajá.

Doy un respingo. No por el "ajá", sino por el rictus de la boca de mi tía cuando lo suelta. Un gesto en el que la alegría perversa que estaba anticipando se descompone y se convierte en una materia putrefacta. Manuel le ha dicho que no, bendito sea. Que no estuve. Que no me vio.

—¿Pero usted no dijo que iba a estar ahí desde el mediodía?

La vieja maldita tira sus últimos dardos. Intenta lo que que puede. Lo que le queda. Manuel acaba de decirle que no nos cruzamos.

Así. Así quiero verte, tía. Mordiéndote el labio de puro fastidio. Te estará diciendo que acaba de llegar, que se le hizo tarde, cualquier pavada por el estilo. Y aunque me odies y nos odies no estás dispuesta a mentir. Eso te lo reconozco. Te lo concedo. Nobleza obliga. Tu sobrina es una meretriz y una mentirosa. Vos no. Vos, jamás. "Con la verdad no ofendo ni temo", nos venís machacando desde que tenemos uso de razón. Si Manuel te dice que no estuve con él no te vas a animar a colgar el teléfono y decirle lo contrario a mamá y a papá. Aunque estés segura de que somos dos los que te mentimos. Los que te mentimos en la cara. No. Vas a aguantártelas. Aunque sigas convencida de que te estamos tomando para el churrete. No vas a atreverte a gritarle a Manuel a través del tubo que es un mentiro-so y un sinvergüenza.

La tía deja el aparato sobre la horquilla. Me mira con toda la carga de desprecio que consigue acopiar. Por suerte en sus ojos no solo hay desprecio. También hay una enorme, gigantesca, frustración.

—Dice que no te vio.

Tranquila, Ofelia, me digo. Situémonos. Tu tía acaba de acusarte de una barbaridad, delante de tus padres. Vos no sentís culpa. Vos no estás avergonzada. Y mucho más importante: no estás aliviada. Nada que ver. Estás indignada. Tu tía acaba de ultrajar tu honor y tu buen nombre.

—¡Espero que aprendas la lección de no acusar falsamente a los demás!

Eso es todo lo que digo. Seguimos mirándonos.

—Creo que tu sobrina merece una disculpa —dice mamá.

Ella también debe estar indignada, para que se atreva a hablarle a su cuñada de ese modo. Es natural, si lo pienso un poco. Así como la suerte del chico depende de la chica, la suerte de una madre depende de sus hijas. Si yo soy una cualquiera la culpa es de mamá. Es trágico que la biografía de mamá quede a merced de los renglones que vayamos a escribir nosotras. ¿Pasará lo mismo con los hombres, o solo nosotras cargamos con ese prontuario hecho de culpas inminentes y acechanzas sucias? Sospecho que llevamos las de perder. También en eso.

—No, mamá. No hace falta.

Me calzo bien la cartera en el hombro. Me acerco

a mi padre, me inclino y le doy un beso en la frente. Hago lo mismo con mi madre. Paso por al lado de mi tía, del teléfono y de la cómoda sin detenerme. Recién me giro en el umbral.

—Lo único que te pido, tía, si sos tan amable: no vuelvas a dirigirme la palabra.

Salgo a la calle. Por segunda vez en el día, detrás de la puerta dejo un mundo. Pero hago el esfuerzo egoísta, pecaminoso y turbador de quitarme de encima lo que acabo de dejar atrás en esta casa y regreso con los sentidos y el pensamiento al anterior. Al mundo que dejé a mis espaldas al cerrar la puerta de la casa de la calle Guatemala. Y lo consigo.

Las cuadras que camino hasta mi casa voy sumida en el perfume de Manuel y en la firmeza de sus brazos.

57

En las novelas que leíamos de jovencitas una encontraba el amor porque había un alma especial que nos esperaba en algún sitio misterioso. Había que saber esperar y estar atentas, pero tarde o temprano nos cruzaríamos con él y nos daríamos cuenta de que estábamos frente al amor de nuestra vida. Ahí se nos abriría la gran posibilidad: si él se enamoraba de nosotras seríamos felices para siempre.

Toda la vida me molestó sentir que había una especie de destino escrito esperándome. ¿Y si no encuentro nunca a mi alma gemela? ¿Eso es lo que les sucede a las que se quedan solteras? ¿Qué pasó con ellas? ¿No tenían alma gemela o no buscaron lo suficiente? En el caso de la tía Rita no me extraña porque es muy, pero muy mala persona. Aunque si lo pienso bien también hay un montón de hombres que son malos, pero muy malos, y que con la tía podrían haber hecho parejas estupendas. ¿Y Mechita Ramírez? Eso es peor, porque ella creyó que había encontrado su alma gemela y por eso se entregó, pensando que hacía bien, pero el muchacho resultó que era malo y la abandonó. ¿Cómo opera el destino en ese caso? ¿El alma gemela del novio malo era otra chica, a la que habrá conocido después de conocer a Mechita? ¿Todavía está Mechita a tiempo de conocer a su verdadera alma gemela?

Yo no me animo a hacer como hacen mamá y la tía Rita, que echan la culpa de lo que le pasó a Mechita a su precipitación y su falta de moral. En ese sentido, si Mechita se hubiera casado con el chico aquel, ¿se habría asegurado su afecto para siempre? ¿Su único error fue entregarse antes de tiempo? ¿O se equivocó de todos modos y más allá de su entrega antes de tiempo?

Porque si una puede equivocarse, tampoco es tan simple lo de las almas gemelas. No se trata sencillamente del destino, sino de los riesgos de la libertad, de su ejercicio al elegir y ser elegida.

Aunque lo de la libertad es, si una lo piensa, bastante relativo. Yo no puedo elegir entre todos los hombres del mundo. Entre los millones y millones de hombres que existen, yo puedo elegir únicamente entre los que conozco. Puede venir alguien a decirme que no es así, que mi amor verdadero podría ser cualquier desconocido misterioso. Pero no es cierto: los millones de hombres que viven lejos de mi casa no pueden ser nunca el hombre de mi vida, por una razón tan simple como que nunca voy a cruzármelos. Jamás. Eso pone fuera de mi alcance a los chinos, a los africanos, a los europeos, y así sucesivamente. Por simples razones geográficas, el noventa y nueve por ciento de los hombres está fuera de tu horizonte. Y no importa si es la persona perfecta para acompañarte durante toda la vida. Si nació en Estocolmo, sonaste. No te lo vas a cruzar nunca.

No nos engañemos. Rosa no se casó con Ernesto porque los astros se alinearon. Bueno, a lo mejor se alinearon, pero primero fue importantísimo que Ernesto fuese el hijo del dueño del aserradero que le vendía una madera estupenda a papá para la fábrica. Si no, ¿cómo habrían hecho? Y Pedro se crió a doscientos metros de nuestra casa de Gorriti, y en los veranos mamá las llevaba a las más grandes al club Gimnasia y Esgrima a aprender natación, y así fue como le echó el ojo a Mabel desde que eran chicos. Ahí parecería, en el caso de ellos, que se cumple eso de seguir un destino. Porque Pedro se enamoró de Mabel y nunca dejó de querer ponerse de novio con ella. Y la esperó y la esperó con paciencia de santo. Pero no nos engañemos, porque del lado de ella las cosas fueron distintas. Y si la vida de Mabel no hubiera tenido los embrollos que tuvo las cosas habrían sido diferentes, y bien diferentes. Y de todos modos: ¿se habrían encontrado si Pedro no se hubiera criado en Fitz Roy y Niceto Vega?

¿Y si yo no hubiera comenzado a frecuentar la Biblioteca del Maestro cuando empecé la Facultad, de qué otro modo habría conocido a Juan Carlos? Geografía, nivel social, aspiración educativa. Chicos de Buenos Aires, de clase media, universitarios, Biblioteca del Maestro. ¿A eso vamos a llamarle destino?

Y Manuel tiene una hermana, la hermana estudia profesorado de Geografía en el Joaquín V. González, se hace de varias amigas en primer año, antes de empezar segundo van a los bailes de Carnaval del Club Comunicaciones y ahí Manuel conoce a esas amigas y pum, Manuel es el novio de Delfina.

¿O acaso en *Sensatez y sentimientos* Elinor Dashwood no se enamora de Edward Ferrars porque son parientes políticos? ¿Y no se enamora Marianne de Willoughby porque él frecuenta una casa vecina al *cottage* al que ellas se mudan? ¿Y de qué otro modo se habría enamorado el coronel Brandon de Marianne si no tuviera su finca también cerca del *cottage*? Y además una se pasa media novela pensando que el alma gemela de Marianne es Willoughby y resulta que no, que es el Coronel. Pero de todos modos los dos andaban por ahí. Por algo Marianne no se enamora de un marinero australiano ni de un guerrero bantú.

No me vengan con el destino. Son apenas cadenitas hechas con eslabones de proximidades. Le quitará romanticismo, pero es lo que es.

¿Y lo mío con Manuel? ¿Qué es lo mío con Manuel? Un poco más de azar, porque ya no se trata de una cadena de proximidades sino de dos cadenas que, además, se cruzan entre sí.

No creo que sea el destino el que cruza las vidas. Ni que las almas gemelas nazcan de a pares por ahí. La vida es mucho menos sencilla que esa lógica binaria de varitas mágicas que abren los ojos y conectan los corazones.

Me gusta pensar que en mi historia con Manuel no hay un dictado del destino sino un gesto de libertad. Algo que no tiene que pasar, pero sucede. Y sucede porque queremos que suceda. Mejor dicho: no queremos que suceda, pero no podemos evitar que suceda. Y que siga sucediendo.

58

—¿Te pasa algo? —me pregunta Juan Carlos mientras se sirve un poco más de vino.

—No, querido. ¿Por? —le respondo.

—No sé. Te noto muy callada.

—Será que estoy cansada…

—¿Los chicos hicieron mucho lío?

—No, no. Lo de siempre. Alejandrita cayó dormida como un tronco apenas apoyó la cabeza en la almohada y Sergio casi casi lo mismo.

—Qué bueno que el bebé nos salió de sueño tranquilo.

—La verdad.

Los primeros meses de Alejandrita nos habían sacado canas verdes. Comía poco, dormía menos, lloraba todo el tiempo. Yo tuve miedo de que el nene saliera igual, encima que ahora a Juan Carlos le ofrecieron el cargo, naturalmente dijo que sí y empezó a ausentarse mucho más de casa. Mamá, Rosa y Mabel igual me tranquilizaron: ellas iban a ayudarme todo lo que hiciera falta. Pero Sergito es un ángel, la verdad.

Me pregunto cómo se está arreglando Delfina con María del Carmen, allá en Mendoza, sin ninguna de nosotras para echarle una mano. Una cosa me lleva a la otra y me acuerdo de que hoy me llamó Manuel por teléfono para confirmarme que el mes que viene tiene que venir a Buenos Aires. Supongo que esa es la cara que está viendo Juan Carlos. Media Ofelia feliz, media Ofelia angustiada por la culpa. Encima Juan me pregunta por los chicos como haría cualquier marido que llega tarde y los encontró dormidos. Y yo me pregunto lo de tantas otras veces: cuántas mujeres en mi condición albergan un lado siniestro como el que escondo yo. Casi todos los días, una señora. Trabajo en el Ministerio de Economía, regreso a casa, juego un rato con Alejandra, atiendo a Sergio, preparo la cena, les doy de comer, acuesto a los chicos, espero a mi marido, ceno con él, nos vamos a dormir a la misma hora. Una señora ejemplar como el... ¿cuál será el porcentaje de señoras ejemplares en Palermo, en Buenos Aires, en Argentina, en el planeta? Lástima que algunos días del año, no más de cinco, seis, siete a lo sumo, me escapo a la casa vacía que mi hermana tiene en la calle Guatemala y me encuentro con mi cuñado a besarnos como forajidos y a decirnos todo lo que nos queremos. Salvo por ese detalle, una señora ejemplar. Necesito cambiar de tema de pensamiento o voy a ponerme a gritar de vergüenza.

—¿En la oficina está todo bien? —pregunto.

Juan Carlos me mira con ojos brillantes.

—Ajá.

—¿Ajá, nomás, o tenés algo que contarme?

Hace un silencio y termina riéndose. Le tiro el repasador por la cabeza.

—¡Contame, malo!

—Hablé con Landaburu. Por lo de Pedro.

—¿Pero no habías hablado hace un par de semanas?

—Sí, por eso. Hoy volví a hablar.

Juan Carlos me mira y sus ojos siguen risueños. Hace tiempo que Pedro viene a los tumbos con el trabajo. Desde que lo echaron de Entel no pudo encaminarse de nuevo. Manuel hizo lo que pudo mientras gobernó Frondizi, porque conocía a un montón de gente, pero cuando parecía que surgía algo lo derrocaron y, con Guido, se fue todo al tacho. Y cada vez que surge algo más o menos aceptable pasa lo mismo. Primero es un lío porque le salta no sé qué en los antecedentes, y segundo porque Pedro no es de callarse nada, y a la corta o a la larga se termina peleando. Mabel le dice que tiene que ser más tranquilo, y que llamar "gorilas miserables" a todos los que están en contra de Perón no lo ayuda a conseguir un trabajo como la gente. Pero no hay caso. Y con eso de no callarse, las dos o tres veces que por mediación de Mabel papá le dio trabajo en la fábrica terminaron a las patadas. Así que se la viene rebuscando como puede.

Pero hace un tiempito, sin que nadie le dijera nada, Juan Carlos habló con su jefe en el Ministerio de Educación. Ese tal Landaburu.

—¿Y qué te dijo?

—Primero sacó la hoja con los antecedentes policiales de Pedro…

—Qué macana.

—Yo me imaginaba, igual. Pero le dije que los radicales tenemos que ser más generosos que nuestros rivales.

—¿Y qué te dijo?

325

—Que si Pedro fuera de los intransigentes de Frondizi vaya y pase, pero que nuestro cuñado es más peronista que el 17 de Octubre. Cosa que es cierto.

—Uh. ¿Y qué le dijiste?

—Que Pedro era un buen muchacho que nunca había abusado de ser oficialista durante el peronismo.

—¿Y?

—Me dijo que él probablemente no, pero que otro montón sí lo había hecho. Y que a él, a Landaburu, lo habían echado como un perro por no querer afiliarse al partido en 1951.

—Sonamos…

—Pero ahí fue que le dije que nosotros teníamos la obligación de ser mejores. Que don Arturo viene dando el ejemplo. Y que el camino hacia la reconciliación nacional es el que propone Illia. Y que si seguimos por ahí todo va a mejorar.

—¿Y lo convenciste?

—Qué lo voy a convencer. Me dijo que a Illia le están tirando cascotazos desde el Ejército, desde la CGT, desde la Iglesia, desde los diarios y desde las empresas. Que dentro de nada le van a dar una patada… una patada ya sabés dónde y que todos los radicales del pueblo nos vamos a tener que ir a cantar villancicos con la Constitución debajo del brazo.

Hacemos un silencio. Ahora su ánimo es sombrío. Si hay otra revolución y lo bajan a Illia es seguro que Juan perderá el puesto que le dieron.

—¿En qué pensás? —me pregunta.

—En vos —y es verdad—. En lo buen tipo que sos —y es más verdad todavía.

—¿Buen tipo? ¿Y eso por qué?

—Porque en lugar de enojarte por todos los palos que ligaste cuando estabas en la Facultad, o de tratar de encontrar un sitio donde aguantar si viene el golpe, estás buscándole trabajo a tu cuñado el peronista.

—Ah, yo pensé que lo decías por mis ojos azules.

—¡Si tenés ojos marrones, tonto! Además, ¿por qué los ojos azules te harían buen tipo?

—Bueno, no sé, pero lindo, me harían lindo.

—Sabés que sos un churro.

—Exacto. Un churro con dulce de leche.

Hacemos un silencio mientras nos miramos sonriendo.

—Bueno, me interrumpiste para hablar de mi hermosura y no te conté el final.

—¿El final de qué?

—De lo que hablé con Landaburu.

—¡Ah! ¿Y?

—Me dijo que sí.

—¡Sos un genio!

Me pongo de pie, rodeo la mesa, lo abrazo. Pienso en lo contenta que se va a poner Mabel. Pienso también en la llamada telefónica de la tarde, en Manuel diciéndome que viene el mes que viene. Pienso que todo eso me hace feliz al mismo tiempo. Y pienso que disto mucho de merecer el nombre de señora. Sacudo la cabeza como para espantarme a mí misma, me siento sobre las piernas de Juan Carlos y lo beso.

Después me levanto y me lo llevo al dormitorio, independientemente del nombre que me merezca.

59

—¿Y si mejor lo pensás de este modo? Buenos Aires es una ciudad gigantesca pero aun en sus dimensiones son posibles las casualidades.

—¿Y no es demasiado casual que me encuentre con mi cuñado en plena Florida, en medio del gentío?

—Sí y no. Sí y no. Si tomamos en consideración que tu cuñado se pasó la mañana en el Banco Hipotecario, a doscientos metros escasos de la calle Florida, y que después tuvo la idea de ir a mirar corbatas…

—Claro. Y justo mientras paseaba en busca de corbatas se topó con la cuñada.

—Exacto. Se topó con la cuñada que andaba…

—¿Mirando ropa?

—Mirando ropa, ahí tenés. Y la invitó a tomar algo. Estaban en la esquina de la Wellington, pues entonces, fueron a la Wellington. Lo más normal del mundo.

—¡Seguro! ¡Lo más normal del mundo!

Manuel no me contesta. Sabe, por experiencia, que los primeros diez o quince minutos de nuestros encuentros necesito dedicarlos a descargar la tensión que me generan la culpa y la vergüenza. Alguna vez hasta conseguí malograr nuestra cita. Después me quise morir: fue como arrancar y descartar una de esas flores esporádicas que crecen en los desiertos. Quién sabe cuándo brotará la próxima. Pero esta vez no va a suceder. Estoy segura.

—Ayer la vi a María del Carmen. La llevó Delfina a lo de mamá. ¡Está preciosa!

Manuel asiente y sonríe.

—Es cierto. No sabés lo bien que se portó en el auto. Durmió casi todo el camino, y el resto se la pasó mirando para afuera, como si disfrutara del paisaje. Y mirá que desde Mendoza tenemos una ponchada de horas.

Hacemos un silencio. Largo. Es Manuel el que lo interrumpe.

—¿En qué pensás?

—En nada. No pensaba en nada.

—Mentira.

Tomo aire. Resoplo. O suspiro. O una cosa intermedia entre un suspiro y un resoplido.

—Que por momentos no puedo creer de lo que somos capaces.

No digo más. Prefiero que la oración quede así de cortante y concluyente. Se ve que la tensión que traigo acumulada no se disipa al primer intento.

Manuel me mira, toma un sorbo de su café con leche, apoya la taza en su sitio. Hace una mueca cuyo sentido no interpreto.

—Estamos hablando de tu mujer, de tu hijo, del viaje en coche, de las cosas que hablan dos cuñados bien avenidos.

—¿Y cuál es el problema?

—¿Cuál es? Que vos y yo… hacemos cosas, Manuel. Cosas que están prohibidas.

Estoy escandalizada, pero mi escándalo tiene la virtud de no superar el nivel sonoro de un susurro.

¿Qué estoy esperando? ¿Que se enoje? ¿Que encuentre un argumento que me satisfaga? ¿Que se levante y se mande mudar? ¿Que se ponga de pie y me abrace a la vista de todos?

—Sí, tenés razón. Fue una estupidez mi respuesta. O mi pregunta de cuál es el problema. Lo que pasa es que…

—¿Qué?

—Que creo que ya le he dado todas las vueltas del mundo. Y no encuentro ninguna solución mejor que esta.

Le doy un sorbo a mi té. Está helado. Odio el té, odio la Wellington, odio a Manuel, odio al mundo. Hoy mis nervios están durando mucho más de diez o quince minutos.

—Qué pena que no la hayas encontrado. Una solución mejor, digo. Porque una solución, tal vez, habría sido no casarte con Delfina sino conmigo. Y hacer las cosas como Dios manda.

¿De dónde salió todo eso, Dios santo? Ya está dicho. No hay modo de retroceder.

—Me parece que tenés las fechas un poco confundidas, Ofelia. Te recuerdo que la que se casó primero fuiste vos. Y eso después de asegurarme que por mí no sentías nada. Nada de nada.

—Será porque estaba cansada de que dieras vueltas y no te definieras. Pero si hubieras…

—Si hubiera qué.

—Si hubieras sido… sincero. Y decidido. Eso. Decidido.

El mozo se acerca y le dice algo en el oído a Manuel, que asiente y saca la billetera. Me sube la furia.

—¿Qué? ¿Te cansaste de escucharme y te vas?

Manuel me mira un instante. No puedo determinar si está enojado o divertido. O no me interesa.

—El mozo me avisa que termina su turno y me pide si puede cerrar la mesa, Ofelia. Eso es todo.

Lo último que me falta para coronar esta tarde funesta es hacer una escena y largarme a llorar. Me prometo no hacerlo. Pero estoy al borde.

—Todo lo que decís es cierto, Ofelia. Bah, o tenés derecho a pensarlo. Y a sentirlo. Que soy un cobarde, o un veleta… Yo mismo lo he pensado muchas veces.

Vuelve el mozo con la cuenta en una bandeja plateada. Manuel pone el dinero y le hace el gesto de que se quede con la propina.

—Y mirá que le he dado vueltas… Y mirá que me he hecho miles de preguntas. Bueno. No sé si miles. O un puñado de preguntas. Pero miles y miles de veces.

—Contámelas. A ver si son las mismas que las mías.

Manuel parece evaluar si me las dice o se las calla. Al final decide hablar.

—¿Hago bien en reunirme en secreto con Ofelia y llenarla de besos? ¿Hago bien en intentar desnudarla y apropiarme de lo que me falta de ella? ¿Hago bien en respetar sus negativas o está esperando que le insista, que la fuerce, que la obligue? ¿Hago bien en seguir casado con Delfina y construyendo una familia con ella? ¿Hago bien en mantener este secreto con Juan Carlos, a quien quiero mucho y a quien considero mi amigo? ¿Soy un traidor hijo de mala madre por conducirme de esa manera? ¿Debería patear el tablero de ajedrez en el que vivimos en esta familia y llamar al pan pan y al vino vino? Fijate. Todas esas son más que un puñado de preguntas.

Me asombra cómo se controla. Cómo me consume con los ojos, odiándome o queriéndome, pero sin que la voz se le escape, sin que los ademanes se le indisciplinen, sin que el cabello se le desordene.

—Pero ojo que son más las preguntas. Y no sé si estas preguntas alguna vez te las formulaste. Las que vienen ahora, me refiero. ¿Quiero renunciar a Delfina? ¿Quiero ver crecer desde lejos a María del Carmen? ¿Quiero arruinar tu matrimonio con Juan Carlos? ¿Quiero generar un colapso en tu familia del que sea incapaz de sobreponerse nunca? No. Este otro puñado de preguntas tiene respuestas negativas.

Manuel estira la mano y se sirve un poco de agua de la jarra. La mano le tiembla. Un poco pero le tiembla.

—Es una cuestión de vigas y de columnas. Lo siento. Pero así es como pienso el mundo. Si intento quitar la viga principal se me derrumba el edificio. Y no quiero. Sobre todo porque no quiero lastimar a los que viven en él. A nadie. Este edificio que construí: ¿puede albergar una habitación secreta? ¿Una de esas cámaras escondidas, como las de las películas, a la que se accede moviendo una palanca acá, un libro allá, un mecanismo disimulado en otro lado? Sí, puede. ¿Puede funcionar a la inversa? ¿Puedo hacer de la cámara el edificio y convertir el edificio en cámara? No. No puedo. Y no sé si mi ejemplo arquitectónico te ayuda a entender o te complica la vida.

No le respondo. No soy capaz. Ni de hablar, ni de levantarme, ni de pedirle perdón, ni de abofetearlo.

—No creo que lo que construimos sea perfecto. Y hay un montón de días en los que me gobierna la culpa, o el miedo, o la nostalgia, o el arrebato.

Manuel hace una pausa y me mira directo a los ojos.

—Pero no pienso perderte. Ni pienso perder a los otros amores que forman mi vida. Ni pienso pedirte que destruyas la tuya. Si estás de acuerdo avisame. Y si no, sabré entenderlo, Ofelia. Te juro que sí.

Manuel se levanta sin aspavientos y arrima su silla contra la mesa. Lo veo salir a Florida en medio de las nubes borrosas de mis lágrimas.

60

¿Es lo mismo amar a alguien que estar enamorada de alguien? ¿Estoy enamorada de Juan Carlos? ¿Estoy enamorada de Manuel? ¿Amo a Juan Carlos? ¿Amo a Manuel?

Desde chica aprendí, leyendo libros y mirando películas, que estar enamorada es un estado de exaltación, de alegría desbocada, de emociones a flor de piel. Si estar enamorada es eso y nada más que eso, no hay manera de estar enamorada de alguien para siempre.

Blancanieves se enamora del príncipe cuando se encuentran en el bosque, y sigue enamorada cuando él la besa y la despierta de su sueño envenenado, pero, ¿qué pasa después? ¿Sigue enamorada Blancanieves diez años después, cuando el hijo más grande entra a primero superior y el más chico está dejando los pañales pero le cuesta? Me viene a la mente responder que no, que es posible que Blancanieves siga amando al príncipe, pero me cuesta decir que siga enamorada. Pero a la vez es feo pensarlo así, o decirlo así, porque parecería que hubiese un sentimiento de primera y un sentimiento de segunda, como los vagones de tren de los ferrocarriles ingleses. Estar enamorada sería como una especie de peldaño superior en esa escala. ¿O estoy equivocada?

En ese sentido mi amor con Manuel goza de privilegios injustos. No sucede casi nada, casi nunca, entre nosotros. Todo son expectativas, preparativos, inminencias. Días tachados en el almanaque mientras se aproximan ciertas fechas. Momentos imposibles cuya fugacidad nos obliga a retenerlos cueste lo que cueste. Y después, de nuevo la distancia. No hay normalidad en la cual abrigarse. Pero tampoco hay rutina de la cual defenderse.

A veces hago un ejercicio mental horrible. Horrible por los presupuestos de los que parte. Supongamos que un día Juan Carlos y Delfina no están más. Eso es lo horrible. Construir la hipótesis partiendo de la base de que están muertos. Es demasiado doloroso. Pongamos que no, que no están muertos sino que han decidido abandonarnos. En esta época no es imposible. Es excepcional, pero no imposible. Ambos nos abandonan. Así suena menos trágico. Un poco.

Bien. Nos vamos a vivir juntos, Manuel y yo. Suponiendo que nos atrevemos a hacer algo así. Como no podemos volver a casarnos nos convertiríamos en concubinos. Y supongamos que aceptamos las habladurías, los chusmeríos y la mar en coche, y nos vamos a vivir juntos.

¿Qué pasaría entonces? ¿Los besos se volverían previsibles? ¿Las palabras dejarían de ser peligrosas y se volverían mansas? Y si sucediera todo eso, ¿conservaría lo que vivo con Manuel su magia y su atractivo, o lo perdería?

Porque bien podría suceder que también me cansase. Que tarde o temprano la rutina fuese moliendo en su rueda lo que vivo como excepcional y distinto. Nos acordamos mucho del primer beso que damos. Y recordamos el segundo, el tercero y el vigésimo. Pero en algún momento los dejamos de recordar. Nos gustan porque siguen siendo besos, pero carecen de nombre y de número. Y entonces: ¿seguiría enamorada de Manuel o simplemente "amaría" a Manuel?

Creo que si alguien supiese la historia de mi vida la vería como una vida mal vivida, llena de secretos, traiciones, ocultamientos. Pero en esta historia en la que casi todo lo que hago lo hago mal, me permito creer que hay una cosa, una sola cosa, que hago bien. O una cosa mala de la que por lo menos me preservo. No comparo a Manuel con Juan Carlos. Ni comparo la vida que tengo con ellos. Ni establezco una jerarquía entre amar y estar enamorada.

Bueno, en realidad lo que no comparo es la vida que tengo con uno de ellos con la que apenas vislumbro tener con el otro.

¿Tengo derecho a alegrarme por ser capaz de sustraerme a esa comparación tan tentadora? ¿O el tamaño de mi pecado es tan enorme que de todas maneras nada, nunca, puede aligerarlo?

61

La parte más difícil, aunque parezca ridículo, son las seis cuadras que camino por Nicaragua, Carranza, Soler, Humboldt y Guatemala. A cada paso siento que cualquier conocido puede saltar desde un zaguán y preguntarme qué hago ahí, a dónde voy y qué pretendo. Si alguien me viese de cerca podría pensar que voy rezando, porque camino con los ojos bajos y mis labios se mueven en un murmullo inaudible. Ojalá fueran rezos. Pero no. Son diálogos imaginarios, excusas, más bien, que ensayo frente a esas irrupciones imaginarias. "Voy a lo de mi hermana a retirar la correspondencia." "Voy a lo de mi hermana a regar las plantas del patio." "Voy a lo de mi hermana a buscar unos libros que necesita que le envíe a Mendoza."

Nunca me cruzo con nadie o, mejor dicho, con nadie que me interrogue por mi presencia en esa calle. ¿Y si alguien me mira a la distancia? ¿Y si ese alguien después lo cuenta? Por eso de tanto en tanto levanto la vista para cerciorarme de que ninguna vecina me clava la mirada, de que ningún comerciante detiene la escoba a medio barrer la vereda para interrogarse sobre qué hace esa mujer joven entrando en la casa vacía de mitad de cuadra.

Una vez que abro con ademanes nerviosos y cierro la puerta a mis espaldas y avanzo por el zaguán y mis tacos resuenan en la sala vacía empiezo a tranquilizarme.

Siempre me las arreglo para no ser la primera en llegar. Desconozco cómo reaccionarían mis nervios en esa vigilia si me tocase esperar. Por eso me aseguro de que las cosas se repitan siempre iguales: dejo la cartera en el piso, en cualquier sitio, avanzo por la sala, me fundo en el abrazo de Manuel y lo beso como si no existiera un mañana.

Hay algo de ridículo, tal vez, en nuestras dos figuras de pie en medio de esa casa sin muebles, sin cortinas, sin rastro de presencia humana. El polvo se acumula en los rincones y no hay una sola silla en la que sentarse. Manuel, medio en broma, medio en serio, me ha sugerido traer un par de sillas, una mesa, pero se lo he prohibido expresamente.

Necesito que estas excursiones tengan límites. Límites claros. Que exista una tensión entre el placer y su frustración, entre el éxtasis y su negativa. La propia casa vacía suena a un lugar fuera del mundo. O fuera de mi vida. Si a mi alrededor reconociese alguno de los muebles de Delfina me moriría de culpa. Qué estúpida soy. ¿Me aterrorizaría ver sus muebles, y no me aterroriza besar a su marido? No lo sé. No elijo mis terrores. Son los que son. Y con eso me alcanza. Casi todos los días, me alcanza. Hay días en los que no. Días en que me carcome la culpa y prometo enmendarme y no ver nunca más a Manuel. Y días en los que la insatisfacción me enturbia el ánimo y estoy enojada con todos.

Pero casi siempre saber que esto tiene límites es

suficiente. Cuatro, cinco veces a lo largo del año, cuando Manuel regresa a Buenos Aires por trabajo, o cuando lo acompañan Delfina y María del Carmen en Pascua y en diciembre, sé que Manuel me llamará y pactaremos este encuentro. Lo necesito. O quiero creer que lo necesito, para justificarme ante mí misma por el cúmulo de traiciones solapadas que me conducen hasta esta sala polvorienta y en penumbras en la que me abraza y me besa un hombre que no es mi marido.

La culpa que sentiré a partir del momento en el que salga de esta casa, y que se prolongará cuando llegue a la mía es, creo, o quiero creer, penitencia suficiente. O tal vez sea solo la mitad de la penitencia. El resto es esta vigilancia incansable sobre mis gestos y los gestos de Manuel. El dónde y el cómo de los besos. El cuánto y hasta cuándo de las caricias. Y la certidumbre de que eso es todo. De que tiene que serlo.

No importa ni mi frustración ni la de Manuel. Al contrario. La desilusión, el coronar nuestro encuentro con el freno y el control es parte del asunto. Sé que Manuel me odia en el momento que detengo sus manos, en el que le retaceo la proximidad de mi cuerpo. Yo misma me odio en los treinta segundos siguientes. Pero ahí está. Son esos treinta segundos. Una vez transcurridos, una vez recuperado el aliento y un ligero bosquejo de conciencia sé que he hecho bien, o lo mejor que podía hacer dentro de lo mal que hago las cosas.

Apoyo la cabeza en su pecho y escucho cómo retumba su corazón, y cómo lentamente se apacigua.

Nuestras respiraciones se acompasan y, a medida que lo dejamos atrás, nuestro frenesí se va volviendo un objeto manejable, una granada cuya espita sé que no debo remover si no quiero que todo lo que amo vuele por el aire.

No sé si podré seguir navegando mucho tiempo más así, entre estas luces y estas sombras. Si en algún momento Manuel se hartará de mis reticencias. O si yo diré basta porque no tolero más las sinuosidades de mi corazón. O si alguna vecina de la calle Guatemala terminará por atar cabos y finalmente se sabrá en todo el barrio que esa mujer joven que viene a esta casa vacía soy yo. Y que justo se me da por retirar la correspondencia, o embalar unos libros, o regar unas plantas, cuando Manuel Rosales viene a Buenos Aires enviado por el Banco, o con su familia en pleno, para las Pascuas y los diciembres.

62

—Por eso es que López no quiere saber nada con agarrar la causa de Meneguzzi —dice Juan Carlos, mientras se sirve un poco más de vino—. Y yo, que con lo del Ministerio tengo trabajo de sobra, tampoco le pienso insistir en que lo agarre.

—Che, Juan, ¿tan linda es esa chica Colombatti?

Juan Carlos me mira y pestañea varias veces. Se sorprendió, pobre. Tanto que ahora seguro que me pregunta "¿Qué?".

—¿Qué?

Efectivamente. A veces me pregunto si todos los hombres son así de previsibles o solo los que yo tengo la dicha de frecuentar.

—Hace un ratito, mi amor, cuando estabas hablando de la reunión que tuvieron con Meneguzzi para ver si aceptaban representarlos en la demanda, comentaste que había venido con esa secretaria que te había parecido muy linda la otra vez.

—¿Dije así?

—Bueno, la vez pasada comentaste que Meneguzzi había venido con una secretaria que era un bombón.

—"Bombón" no dije.

Ya sé que no lo dijo, pero uso ese calificativo precisamente para que me diga que no lo dijo, y cerciorarme de ese modo de que sabe perfectamente qué fue lo que dijo, cómo lo dijo, y qué lo que no dijo.

—Algo dijiste…

—No sé, Ofelia. Habré dicho que era una linda chica.

—Ahí tenés.

—Pero no dije que era un bombón.

—Ay, Juan, jamás de los jamases comentás nada sobre el aspecto de nadie, y de esta chica, que es la secretaria de un cliente, o de uno que todavía ni siquiera es tu cliente, apenas llegás a casa comentás lo bonita que es.

—¿Estás celosa?

El tono de mi marido es cauteloso. Exageraría si pienso que está enojado, pero tampoco lo divierte mi insistencia.

—¿Yo?

—No: Alejandrita.

—Alejandrita no. Está durmiendo de lo más campante.

Nos miramos después de este intercambio de ironías superficiales. ¿Estoy celosa? Sí. Lo estoy. ¿Tengo derecho a estar celosa? Supongo que no me asiste derecho alguno, pero no me importa. ¿O una decide qué sentir recién después de ejecutar arduas deliberaciones íntimas?

Si lo pienso un poco sé que soy injusta. Pero no me interesa si soy justa o injusta. Si Juan Carlos decide ponerse, o no ponerse, celoso de Manuel, es un asunto suyo. Y si yo decido que me pone celosa que mi marido se haya fijado en la secretaria de Meneguzzi, y que haya averiguado que se llama Colombatti, y que seguro haya averiguado también el nombre de pila, y que no me lo dice porque sabe que me voy a poner peor, me pongo celosa. Y punto. Porque tengo derecho. Y punto.

Lo conozco lo suficiente como para saber que tiró un globo de ensayo, como esos de los meteorólogos. A ver qué cara ponía. Se ve que la pibita le quedó dando vueltas en la cabeza, y porque le da culpa, o porque quiere poder nombrarla sin problema, o porque sí, la mencionó y dijo que era linda, a ver qué cara ponía yo. ¿O se piensa que nací ayer?

No, mi querido. Ni nací ayer ni tengo sangre de pato. Y no soy ninguna cínica por establecer para tu conducta principios mucho más rígidos que para la mía. Mejor dicho, para la mía pongo los mismos principios. Y saltar esos principios como alambre caído me enloquece de culpa. De modo que si vos vas a hacer lo mismo, hacete cargo.

Y quedate noches sin dormir, y angustiate, y pedile a Dios que te aclare la cabeza y los sentimientos como hice yo, como hago yo, ¿o pensás que vivir con algo así te va a salir de arriba?

Y si necesitás ayuda me avisás, que lo que llevo pensado, argumentado, analizado y sufrido en materia de culpa en estos años, si una pudiese traducir todas esas horas dedicadas, todo el ahínco puesto en eso, bien podría valer otro título universitario. Título y doctorado, me atrevo a afirmar.

De culpa y de celos también. Culpa en relación a vos y celos en relación a él. ¿O te pensás que una es de

343

hierro? ¿Que yo no me quedo pensando mil veces en que Manuel vive con Delfina, duerme en la misma cama con Delfina, y seguramente con una periodicidad que yo preferiría muy esporádica se besa con Delfina y hace con Delfina cosas en las que sería preferible no pensar? Pero eso es algo que no puedo evitar y que yo sabía que iba a ser así y es algo que he tenido que aceptar, aunque odie tener que aceptarlo.

También puede ser que mi marido sea mucho mejor persona que yo y que se haya limitado a advertir, en sus reuniones con Meneguzzi, que su secretaria era una chica muy bonita. Y eso fue todo.

Pero no me importa. Y si lo justo, después de lo mío con Manuel, es que yo a Juan Carlos le otorgue una libertad idéntica a la que me tomo con mis propios sentimientos y mis propias acciones, lo lamento. No voy a hacerlo.

Todos queremos ser amados. Y todos queremos ser exclusivamente amados. A Manuel no puedo requerírselo por una razón simple: está casado con otra. Pero a Juan Carlos, que está casado conmigo, sí se lo exijo. Y si me vas a meter los cuernos con esta chica Colombatti, mejor que no me entere. Y si me entero, arde Troya.

¿O estoy muy equivocada?

63

No sé —o sí sé— por qué me pongo a cantar en voz baja el tango *Nada* desde que cierro la puerta de mi casa y camino por Nicaragua. Cuando llego a Bonpland, en lugar de doblar a la derecha, como corresponde, voy a la izquierda, hacia Guatemala. Y corresponde a la derecha porque para ese lado está el mercado, y si quiero comprar el pollo grande que me avisó Rosa que está de oferta tengo que ir a la pollería del mercado antes de que vendan todas las existencias.

"He llegado hasta tu casa,/ ¡yo no sé cómo he podido!" Así empieza *Nada*. La música es de José Dames y la letra es de... lo tengo en la punta de la lengua pero no consigo que me salga.

Con este rodeo que estoy dando, con el tiempo que va a llevarme, con estos zapatos que no termino de domesticar seguro que para cuando llegue al mercado de Bonpland del pollo de oferta no queda ni el recuerdo, pero no me importa. Hace dos meses que se fue y faltan como tres para que vuelva, y hoy su ausencia me pesa en el pecho y es una angustia que no sé ni cómo hice para levantarme, para vestir a mis hijos, para preparar el desayuno, para irme y para volver de trabajar.

Como Juan Carlos volvió temprano y estaba bajando el sol y no quería que el día terminase así se me ocurrió aducir eso del pollo en oferta, busqué la bolsa de las compras y descolgué el abrigo, pero primero pasé por la cocina y por el cajón de la mesada en la que guardo un juego de llaves de la casa de cada una de nosotras.

Es rara esta caminata. O rara si la comparo con las otras veces que la he hecho, o que espero hacerla en el futuro. Ahora no voy maquillada, no me vestí con esmero, no voy aterrorizada de que alguien me vea entrar en lo de Delfina, y después salir, y después a Manuel haciendo lo mismo.

Hoy es una excursión a un lugar donde soy tremendamente feliz y absolutamente culpable y donde me desbordan el placer y el asombro y la angustia y el deseo y la aflicción. Pero sé que hoy, en ese sitio, no voy a sentir ninguna de esas cosas. Hoy no. Porque lo único que voy a encontrar es una casa vacía, telarañas en los rincones, el hormiguero que vuelta a vuelta las hormigas se empeñan en reconstruir junto al zócalo debajo de la ventana del comedor. Ahí está. Si alguien me ve puedo aducir que vine a tirar un poco de veneno. Me pregunto cómo será la vida de la gente que no se la pasa pensando excusas. ¿O todas las personas viven pensándolas y la variación únicamente está en los asuntos para los que cada cual inventa las excusas?

"¡Qué silencio hay en tu puerta!/ Al llegar hasta el umbral/ un candado de dolor/ me detuvo el corazón." ¿Es cursi o es hermoso? ¿O es las dos cosas?

Lo escuché una tarde de sábado, mientras planchaba, cuando ya me había enterado de que Delfina y su familia se iban a Mendoza quién sabe si un año, dos, o catorce, pero todavía no se habían ido. Estaba oyendo Radio del Estado, y lo pasaron, cantado por Podestá, creo. Estaba planchando una blusa mía que me encanta pero me da un trabajo enorme cada vez que la plancho, por el plisado que tiene en el escote. El tango hablaba de un hombre (pienso en un hombre porque el que cantaba era un hombre) que llegaba a una casa vacía y abandonada, y se limitaba a mirar la casa y a evocar a su amor que había vivido ahí. El tango habla de yuyos crecidos, de un candado, un portón cerrado, y de ese hombre que vuelve a buscar a su amada pero lo único que encuentra es esa casa vacía. Y me acuerdo de que repasaba una y otra vez el plisado mientras pensaba "Yo no. Yo no quiero. Yo no quiero que me pase esto. No quiero salir un día de mi casa y caminar hasta la de Delfina y pararme frente a la puerta cerrada pensando que ahí vivía Manuel y ya no vive más". A veces pienso que fue por eso que me las ingenié para verlo en su propia casa con la excusa del pesebre, en su casa vacía, días antes de que viajara a Mendoza y cuando ya no quedaban ni los muebles, y lo abracé y lo besé y establecí este rito.

Esta tarde es distinto. Manuel no me está esperando, y el corazón no me galopa en la garganta mientras giro la llave en la cerradura de arriba y después en la de abajo. La casa está vacía y camino despacio y escucho el ruido de mis zapatos en las baldosas de la cocina y en el parqué del comedor y sí, ahí está la montañita de tierra que las hormigas se empeñan, una vez y otra vez, en levantar al lado del zócalo. Y puedo tararear *Nada* sin que me duela, o sin que me duela tanto la parte que dice: "Nada más que tristeza y quietud,/ nadie que me diga si vives aún". Tristeza y quietud sí, pero no necesito que nadie me diga si vives aún porque Manuel se las va a rebuscar para llamarme al Ministerio algún día de estos, y yo le voy a contar que estuve en su casa, y él se va a quedar callado porque me va a entender, va a tomarse un minuto para imaginarme ahí, caminando por esas habitaciones vacías que son nuestras, esas paredes y esos umbrales y esa cocina que guardan nuestros besos, y va a discernir por qué lo hice.

Así que tristeza sí pero no tanta, porque no necesito preguntar, como sí pregunta el tango: "Dónde estás para decirte/ que hoy he vuelto arrepentida/ a buscar tu amor". Porque sé dónde está, y sé que la próxima vez que venga a esta casa va a estar esperándome, y sé que no voy a estar arrepentida.

Tal vez sí debiera estarlo, ahora que giro la llave y cierro abajo, y giro la llave y cierro arriba, y camino de regreso hacia Humboldt y tuerzo hacia Soler y doblo hacia Bonpland, a ver si consigo, en efecto, comprar el pollo de oferta. Pero no. No voy a arrepentirme.

Estoy casi llegando a la esquina de El Salvador cuando la verdad me alcanza como un rayo: la letra de *Nada* es de Sanguinetti. Sí, señor. Es de Horacio Sanguinetti.

64

Juan Carlos y Alejandra están jugando en la orilla. Se pasaron un rato largo haciendo un castillo de arena y ahora la gracia es construir un canal para conducir el agua hasta el foso que rodea el castillo. El problema que han tenido estos días es que si construyen demasiado cerca del agua las olas les derrumban el castillo, y si se ponen a salvo unos metros más atrás no les da el nivel para hacer llegar el agua.

Ayer Juan Carlos se deslomó intentando llenar el foso a baldazos. Iba y venía hasta las olas, pero habían hecho el castillo demasiado lejos y la arena drenaba muy rápido y el agua se escurría de inmediato. Alejandrita, imperativa, lo enviaba una y otra vez a la orilla, balde en mano, y mi marido trotaba de ida y de vuelta, una vez y otra vez, mientras Sergio intentaba participar sin demasiado éxito, y toda la empresa resultó infructuosa. El castillo quedó hermoso, pero era una fortaleza levantada en medio de un desierto, sin agua por ningún lado. Por eso ayer mismo Juan Carlos se asesoró con el bañero acerca del horario de las mareas, porque está decidido a solventar sus problemas de hidráulica. Cómo no amar a este hombre. Si me faltaran motivos me bastaría con ver los ojos de Alejandra, redondos y brillantes, cuando lo ven disponer, proyectar y ejecutar sus maniobras constructivas con los ademanes grandiosos de un faraón tenaz. Hoy Sergio no participa: cayó rendido hace un rato y lo tengo a mi lado, protegido del sol bajo la sombrilla.

Unos metros más allá hay una parejita haciéndose arrumacos. Hasta hace poco por lo menos estaban sentados sobre la lona. Ahora se recostaron y el chico la besa como si estuviesen solos en el universo. Primero se pusieron de costado, de frente entre ellos, y se besaban así. Ahora la chica está boca arriba y el chico casi se le ha puesto encima para poder besarla. Veo que Juan Carlos los mira y me echa un vistazo enarcando las cejas. La nena sigue en su mundo. Otra señora que está, como yo, bajo su sombrilla, también está atenta al espectáculo que ofrecen.

¿Qué edad pueden tener? ¿Dieciocho? ¿Veinte años? Si yo hubiese hecho algo así a esa edad… a esa edad o a cualquiera, porque ahora tampoco se me ocurre andar por ahí con esa ligereza. No sé, hay cosas que están hechas para la intimidad, me parece.

Yo sé que ahora es distinto. Desde la ropa que usan. Si mis hermanas y yo hubiéramos intentado salir de casa como salen las chicas de ahora, a mi madre le da un soponcio y papá nos encierra en un convento. Me quedo pensando en eso de "chicas de ahora". Es una expresión que le escuché mil veces a la tía Rita hablando sobre nosotras. Hablando mal, de hecho, sobre nosotras. Ejerciendo su perpetua amargura, su descalificación, su desagrado. ¿Estoy haciendo lo mismo yo, mirando a la pareja que se besa en la lonita?

¿Será que cada generación está condenada a contraponer su moral con la de sus mayores? O, mejor dicho, ¿será que cada uno de nosotros debe decidir si va a vivir dentro de la moral de sus mayores o va a chocar contra ella?

¿Y yo? ¿Qué hago pensando en la moral con las barbaridades que siento y que hago? ¿Cómo me atrevo a indignarme con esa chica y ese chico? ¿Lo mío es menos grave? ¿Por qué no lo proclamo a los cuatro vientos, entonces? ¿O es más aceptable porque lo mantengo fuera de la vista de todos? ¿Qué es lo importante? ¿Lo que hacemos o lo que los demás nos vean hacer?

¿Y mis hijos? ¿Qué pensarán mis hijos cuando sean grandes, si alguna vez se enteran? La verdad es que el castillo de hoy parece una obra maestra. El canal para el agua está terminado y las olitas se dejan conducir dóciles por la canaleta. Alejandra da saltos de alegría y yo le hago señas de que no grite para que no despierte a su hermano.

Qué fáciles hago las cosas. Cuando me perturba lo que estoy pensando mi cerebro toma un camino más sencillo. De mi culpa y mi inmoralidad a lo bien que ha quedado el foso para el castillo.

Volvamos, Ofelia. A ver si tenemos las agallas. ¿Qué pensará Alejandrita si alguna vez se entera? ¿Qué pensará Sergio? ¿Cuál será la moral de Alejandra y de Sergio, de hecho? ¿Se parecerá a la mía, o será como la de esos muchachos que retozan en la playa a plena luz del día? ¿O, tal vez, cuando mis hijos crezcan esos muchachos que hoy se besan serán mayores y los verán a ellos con los mismos ojos de censura y desaprobación con los que yo mido a la parejita?

En una de esas tuve mala suerte. En una de esas las cosas que hoy son imperdonables dentro de diez, o de veinte, o de cincuenta años, serán vistas como normales. ¿O acaso en la época de mi abuela las chicas como yo iban a la universidad? O tal vez soy demasiado optimista. Una cosa es aceptar que las mujeres se eduquen y otra es que atenten contra la monogamia.

No es lo mismo. Definitivamente, no. Y si mis hijos se enteran alguna vez de lo que su madre fue, sintió y vivió, probablemente se avergüencen.

Y tendrán razón.

65

—¿Y si mejor apagamos la radio? —pregunta Delfina.

Recién cuando ella lo pregunta advierto que estaba encendida y que el volumen estaba bastante fuerte. Se oye una canción estridente, festiva.

—¿Qué es esa canción que están pasando? —pregunta Pedro.

—Ni idea, querido —responde Mabel—. Alguna de esas canciones para jaranear en Año Nuevo.

Pusimos la radio un poco antes de la medianoche para brindar justo a las doce, con la sirena, como hacemos siempre. Y después quedó encendida mientras comíamos confituras en la mesa del patio. Manuel se incorpora y va hasta el living para apagarla.

—Qué alivio —comenta Mabel.

Es cierto. Recién ahora, en el recobrado silencio, me percato de lo mucho que me estaba molestando el soniquete. Tampoco es que ahora la noche esté silenciosa. Se escuchan risas, gritos y música de algún baile cercano, pero son sonidos distantes y apagados. Reparo en que los mayores se han ido a dormir y Rosa y su familia se fueron a su casa.

—Uy —digo—. No sé si se fijaron, pero somos el grupo del cine.

Los demás echan un vistazo alrededor de la mesa y sonríen.

—Es cierto —concuerda Delfina—. Tendríamos que reinstalar la costumbre.

—Con ustedes en Mendoza lo veo difícil, nena —dice Mabel.

—Bueno, tampoco estaremos allá para siempre.

Se hace un silencio. Aguzo el oído intentando escuchar alguna posible queja desde el dormitorio en el que duermen nuestros hijos, pero no oigo nada.

—El calor no afloja —comenta Juan Carlos, pasándose el pañuelo por la cara para enjugarse el sudor.

—Está terrible —acuerdo con mi marido. Diciembre arrancó con calores, pero desde Nochebuena en adelante Buenos Aires es un infierno.

—¿Allá en Mendoza es muy caluroso? —se interesa Pedro, y la pregunta va dirigida a Delfina.

—A veces sí. Pero es un calor seco. Te ponés a la sombra y te aliviás enseguida.

—Y las noches son frescas —agrega Manuel.

—¿Qué pensás? —me pregunta de pronto Mabel.

Lo que pienso en realidad es que lo que dice Manuel ya lo sé, porque me lo contó él, y el recuerdo me viene mezclado con los besos desesperados que nos dimos en su casa vacía antes de ayer a la tarde. Claro que no voy a decirlo.

—Nada, nena.

Esa es mi respuesta. ¿Siento culpa por mentir así, descaradamente, delante de mi marido y de mi hermana? ¿Siente culpa Manuel? No pienso empezar 1966 preguntándomelo. Paso. Que juegue otro.

—¿Vas a seguir destinado allá en Mendoza, Manuel? —el que pregunta es Juan Carlos, que sirve una ronda nueva de sidra en las copas de los seis.

Por ahora sí. Eso también me lo dijo el otro día.

—Por ahora sí —contesta Manuel—. Al menos por ahora, como te digo.

—Lo decís preocupado —observa Mabel.

—Es que hay que ver qué pasa —responde él.

—¿Qué pasa con qué? —insiste Mabel.

—Si a Illia lo voltean o no lo voltean —interviene Juan Carlos.

—O más bien si lo voltean en marzo o en mayo o en octubre... —dice Pedro.

—O el año que viene. Guarda que a lo mejor dura hasta el año que viene —completa Juan Carlos, y su voz trasunta su amargura.

—No creo —dice Pedro.

—Disimule un poco el entusiasmo, compañero —lo reta, pero en chiste, Manuel.

—¡No sean así de agoreros, che! —dice Delfina—. ¡Pobre Illia!

—Yo no quiero que pase —aclara Juan Carlos—. Pero que no quiera que suceda no significa que no crea que suceda.

—Sería un error terrible voltearlo —dice Manuel.

—¿Cómo? —pregunta Pedro, con aire inocente—. ¿Voltearlo a Illia sería un error terrible pero voltear a Perón fue un acto heroico?

—No empecemos el año así... —pide Mabel.

—Si te sirve de consuelo, cuñado —dice Manuel—, yo nunca estuve a favor de que lo bajaran a Perón. Acordate.

—Es verdad. Nobleza obliga. Los golpistas eran este —Pedro señala a Juan Carlos— y Ernesto.

—Y don José —agrega Mabel.

—Y don José —convalida su marido, pero sin rencor.

—Bueno —Juan Carlos se retrepa en su silla—. Vos tomaste revancha de nuestro golpismo, Pedrito. Festejaste cuando lo bajaron a Frondizi y festejarás cuando lo volteen a Illia.

—Ustedes empezaron, viejo —Pedro acompaña sus palabras con un gesto de inocencia.

—¡Mentira! —dice Manuel, y es raro, porque en general no discute con Pedro. Su voz tampoco trasunta enojo. Más bien diversión—. Tu General participó del golpe del 43, no te olvides.

—Bueno, pe…

—¡Y del golpe del 30! —agrega Juan Carlos, que tampoco se enoja demasiado.

Es como si el calor, la sidra y la modorra los llevasen a cumplir sus roles de siempre en esas discusiones, pero sin enjundia.

—¿Saben qué me da miedo? —dice Manuel, repentinamente serio.

Los demás esperan que responda su propia pregunta. Se escucha un petardo en la lejanía.

—¿Qué? —pregunta Juan Carlos.

Manuel todavía le da unas vueltas más a su copa antes de responder.

—Que sigamos así.

—¿Así cómo?

—Claro. Así, con golpes militares, con fragotes, con...

—Si vuelve Perón se acaba la joda —dice Pedro.

—Al revés —le responde Juan Carlos—. Si Perón se muere allá en España vas a ver que todo se tranquiliza.

—¿Y si no? —insiste Manuel, mirándolos alternativamente a los dos—. ¿Y si no termina más? ¿Y si pasan los años y seguimos siendo este quilombo? ¿Y si llegamos a viejos, y si nos morimos de viejos, y el país sigue siendo una bolsa de gatos?

—No —dice Pedro—. Eso no va a pasar.

—Vas a ver que las cosas mejoran, Manuel —acuerda Juan Carlos.

—Lo peor ya pasó —continúa Pedro—. Estate tranquilo.

Manuel no dice nada. Las mujeres también nos quedamos calladas. Me la quedo mirando a Mabel. Tiene mala cara desde hace un par de meses, pero cuando le pregunto si fue al médico me saca carpiendo. Cuando ve que la observo me hace una mueca burlona y se incorpora, alzando su copa.

—¡Por un 1966 lleno de éxitos para la Patria! —grita, sarcástica, y los demás no podemos menos que reírnos.

Levantamos las copas y brindamos. De repente una breve ráfaga sacude las hojas del tilo. Delfina cierra los ojos y adelanta la cara para recibir el fresco, y murmura:

—Uy, qué lindo airecito que se levantó.

66

Esta noche me toca quedarme a mí. Nos turnamos con Rosa y con Delfina, que se vino a los piques de Mendoza, porque no queremos que mamá también se quede. De día, que venga todo lo que quiera. Pero de noche, no. De noche venimos nosotras.

Ni se nos ocurrió incluirla a la tía Rita en este acuerdo. En eso nosotras, que somos tan proclives a las polémicas y a ahogarnos en un vaso de agua, tomamos el toro por las astas y nos dividimos las noches, y le dejamos a mamá el comando de los días. Y la tía Rita que venga cuando a mamá se le cante, que será cuando a Mabel se le cante, que será de Pascuas en Ramos.

Por mi parte, absolutamente satisfecha con el acuerdo. Desde hace casi cuatro años, desde aquella vez en que me increpó delante de mis padres y lo llamó a Manuel en un intento de demostrar lo que había entre nosotros, apenas cruzo los buenos días y las buenas tardes.

¿Todas las personas harán como nosotras? ¿O solo las mujeres? ¿O solo nosotras? Hemos asumido el desafío de la enfermedad de Mabel, sobre todo, como un problema de logística. Obligamos a Juan Carlos y a Manuel a mover algunos contactos políticos para conseguirle cama en el Roffo porque el médico de

Mabel nos lo sugirió como la mejor opción que había. Hicimos que papá, que conoce a todo el mundo, hablara con un par de especialistas que vinieron a revisarla expresamente. Y Delfina estableció su aura poderosa sobre algunas enfermeras que fueron alumnas suyas, o que son amigas de exalumnas suyas, con lo que a Mabel no le falta nada, a ninguna hora y por ningún motivo.

Claro que esas cosas sirven durante diez minutos. Esas tranquilidades, esas satisfacciones, nos aportan una serenidad confiada que se borra apenas una cae en la cuenta de que importan bien poco el hospital, los médicos y la dieta, porque la enfermedad de Mabel es lo único importante y lo único que nuestro manual de ingeniería general no será capaz de solventar. Y entonces lo único que queda es la tristeza.

—¿Sabés cuál es mi único consuelo? —dice Mabel de repente, sobresaltándome—. ¿Te desperté?

—No, nena. Estaba volando con vaya a saber qué estupidez —no voy a poner a mi hermana en autos de nuestras estrategias hospitalarias y sus inconsistencias—. ¿Cómo te sentís?

—He tenido días mejores.

Ahí sigue Mabel. Impertérrita. Cuando le dieron el diagnóstico se limitó a carraspear, codearme, y comentar jocosamente que por lo menos no era el mismo cáncer de Evita. "Te imaginás, qué cache, si me muero de lo mismo…" Y estoy segura de que a Pedro se lo dijo en los mismos términos. Genio y figura… pienso, y no quiero seguir con el refrán.

—¿Qué pensás? —me pregunta mi hermana.

—Nada —le miento.

—¿Lo viste a Pedro?

—No. Se fue temprano. Sé que habló con Delfina y le dijo que viene mañana a la mañana. ¿Preferirías que se quedara él a la noche?

Mabel se gira en la cama para quedar mirando el techo. Vista así, de perfil, su delgadez me impacta más todavía.

—No. Me parece que está bien así. Cuando viene no sabe qué hacer, ni qué decir.

Intento imaginarme a Juan Carlos en una situación parecida.

—Sí. Me lo puedo imaginar —concluyo—. Pero no creo que sea una cuestión de tu marido. Es una cuestión…

—Sí. De hombres. Una cuestión de hombres. No saben, no quieren, no…

—Hombres.

—Vos fijate el modo de que Sergito, cuando sea grande, sea distinto.

—Me parece que me estás pidiendo demasiado.

—Sí, je, creo que sí.

Mabel vuelve a girarse hacia mi lado. Se queja apenas. Se ve que le duele pero no le digo nada porque sé que le fastidian las preguntas constantes.

—El lunes y el martes estuve dormidísima.

—Es por la medicación esa nueva que te dieron.

—Ya sé. Pero no me acuerdo quiénes vinieron a visitarme.

—Fácil. El lunes vino papá, vino Ernesto y trajo a Ernesto y a Carlitos. Ayer vino Juan Carlos, que la trajo a Alejandrita. La tía Rita sé que vino el martes, también. Y digo sé porque no me la crucé.

—Qué bueno haber estado así de dormida.

—Sos mala, ¿eh? Pero no sabés cómo te entiendo.

—Prometeme algo.

Me atajo un poco, pero igual pregunto.

—¿Qué querés que te prometa?

—Que nunca, pero nunca jamás, vas a ser una vieja amargada como la tía Rita.

Qué cosa horrible que es la vida. Qué cosa horrible que es porque permite que mi hermana, que no ha cumplido cuarenta y cinco años, tenga que amonestarme preventivamente sobre mi vejez porque se está muriendo y no estará conmigo mientras yo envejezca.

—No seas idiota —agrega Mabel.

—¿Que no sea idiota por qué?

—Estás llorando, pavota.

Levanto la mano derecha, en pose de juramento.

—Prometo que nunca voy a ser una vieja amargada como la tía Rita.

—La hija de puta de la tía Rita.

—¡Mabel! ¡No seas grosera!

—¡Decilo!

—Como la hija de puta de la tía Rita.

Nos reímos a carcajadas. Tanto, que terminamos lagrimeando las dos, pero sin el menor rastro de melancolía.

—Tendrías que dormirte —le digo cuando recupero el aliento.

—No seas estúpida. ¿Qué sentido tiene que duerma? ¿Qué sentido tiene que coma?

Se queda mirándome. Tiene razón.

—Tenés razón —concedo.

—Así me gusta. Estoy desvelada. Y te confieso que, de mis enfermeras personales, sos mi preferida.

—Más te vale.

—De manera que, si no te molesta, prefiero que charlemos.

—Mirá qué fácil. ¿Y mañana yo qué hago? ¿Me paso el día como un alma en pena cabeceando por los rincones del Ministerio?

—Jorobate por ser una profesional que trabaja. Y contame una historia.

—¿Una historia? Estás loca. Soy mala para inventar cuentos.

—No dije un cuento. Dije una historia. Y no dije que la inventes. Dije que me la cuentes.

—No te entiendo.

—Sí que me entendés.

Me giro a mirarla. Me clava esos ojos que supieron ser hermosos y hoy están hundidos en el fondo de las órbitas.

—No, te juro que no, Mabel.

—Mirá, nenita. Yo puedo estar muriéndome…

—No me gusta que hables así.

—Bueno. Puedo estar enfermísima, pero estúpida no soy.

—Nunca dije que lo fueras.

—Y sé mirar a mi alrededor.

Mabel hace una pausa. Repta sobre las sábanas para acercarse al borde de la cama y hablarme en un susurro, y que la escuche.

—¿Vos te pensás que soy como la tía Rita? No. No soy. No voy a escandalizarme. Ni voy a perder el tiempo condenándote.

Ni loca, pienso. Me remuevo, inquieta, en esa maldita silla de hospital.

—Ofelia.

—¿Qué?

—Que me cuentes.

—No hay nada para contar.

—Sí que lo hay. Y vaya que lo hay. Y quiero pasarme la noche escuchándote.

Estira el brazo hacia mí. No puedo dejar su mano ahí, suspendida a la mitad entre su cama y mi silla. Aferro su mano y advierto que está tibia.

—Bueno —digo por fin—. ¿Lo querés con detalles o a grandes rasgos?

—Quiero que me cuentes hasta el más mínimo, hasta el más minúsculo detalle. ¿Estamos?

—Estamos.

Y hablo sin parar hasta las cinco y veinte de la mañana.

67

Son raros los hombres. Recién hice una pasada por el patio llevando café y estaban todos callados, mirándose los pies. Papá, Ernesto, mi marido, Manuel, Pedro y sus primos. Ocho hombres en completa inacción y absoluto silencio. Creo que si les hubiese preguntado: "¿En qué están pensando?", los ocho me habrían contestado: "En nada", y habrían sido sinceros.

Ahora estoy en la cocina y la actividad es frenética. Mamá prepara una tanda de pastelitos y Rosa vigila que no hierva el agua para el mate y Delfina sirve una nueva tanda de cafés para que yo los lleve a los deudos del patio y los vecinos que ocupan el comedor, la sala y el zaguán. La tía Rita ha asumido el comando y nadie se lo discute. Despliega su energía solvente y fría sobre nosotras, que preferimos obedecerla. Así tenemos las manos y la cabeza ocupadas. De todos modos me choca verla así de enérgica y contundente. No está, como nosotras, sirviéndose de estas módicas ocupaciones para no llorar. Nada de eso. Disfruta de comandar el orden, como si la muerte le infundiese ánimos y vocación de liderazgo.

Fue ella la que insistió en que el velorio se hiciese en nuestra casa. La de nuestros padres. En algún momento, al principio, en medio de la confusión inicial, cuando improvisamos nuestra reunión multitudinaria y doliente en el pasillo del hospital, alguno de los varones —ya no recuerdo si Ernesto o Juan Carlos, o el propio Pedro— habló de una casa velatoria. Pero Rita fue tajante. Nada de improvisaciones ni de seguir la nueva moda. Los muertos de la familia Fernández Mollé se velan en casa. Y nadie se atrevió a llevarle la contraria.

Y si lo pienso sin el odio habitual con que pienso en mi tía creo que le doy la razón. Si estuviésemos en la cochería estaríamos todas mano sobre mano, dedicadas nada más que a sentir un dolor punzante y rotundo. En cambio así es mejor. Prefiero este ir y venir de hormigas laboriosas, en el que la muerte de Mabel me duele pero se mezcla con las cucharitas que tengo que llevar a los vecinos que quedaron en la vereda.

Ya vendrán días de puro dolor. O no. Tal vez cuando sobrevengan descubramos un sinfín de cosas para ordenar, atender, suplir y proveer que sirvan para distraernos.

Cuando avance la noche y merme el gentío sí nos veremos obligadas a detenernos, y detenernos será hundirnos en el pantano de este dolor sin fondo. De todos modos no será el dolor mudo e inexpresivo de los hombres. Será un dolor de palabras, de caricias al cuerpo inerte de Mabel, de rezos más o menos convencidos, de preguntas sollozadas y de rabia, mucha rabia, un laberinto de rabia porque Dios no tiene derecho a hacer lo que hizo.

Nos dedicaremos, todas juntas, a enjuiciar a la muerte. A demostrarle y demostrarnos que no podía ser más injusta. Que no había posibilidad de ser más taimada que llevándose a la mejor de nosotras. A la más inteligente, a la más sufrida, a la que más admiré, muerte maldita, ¿por qué te atreviste a matar a mi hermana más querida?

Hablaremos, recordaremos, rezaremos, nos enojaremos y, sin embargo, voy a asegurarme de que ciertas cosas no sean dichas. Como un soldado voy a montar guardia en la puerta de algunos recuerdos de Mabel. Porque sé que así lo quería. Porque sé que me lo habría pedido si hubiese pensado que debía pedírmelo. Pero Mabel sabía que no hacía falta. Hablaremos de Pedro y del sabio equilibrio que Mabel hizo siempre entre las ideas políticas de su marido y las de su familia. Y de su amor por la música y de su memoria prodigiosa para las películas, y de su gusto inmejorable por la ropa distinguida, de su figura de modelo de revistas y de la pena de que no haya podido nunca concebir un hijo.

Pero de aquella vieja tormenta de juventud, y de su amor arrebatado, y de su rebeldía, y de la copiosa paciencia familiar para hacerla regresar al reducto del hogar, y de lo que sintió y deseó, y de su esperanza y su desengaño, y su espera y su desilusión no diré nada, ni permitiré que nadie diga nada. Nunca. Jamás. Y menos ahora, que ella no estará para quedarse con la última palabra.

Se nos irá la noche en la vigilia. Y a mí, además, se me sumará esta labor de cancerbera. Terminaremos, tal vez, acurrucadas y dormidas. Hechas un manojo de cuerpos y de frazadas y de brazos. Y que así nos sorprenda la mañana.

68

La casa vacía me impone un poco. No sé si por la soledad o por la quietud. Supongo que por la quietud, sobre todo por el contraste: desde que empezamos a preparar el velorio fueron semanas en las que a duras penas nos detuvimos, de a ratos, a recuperar el aliento o a llorar. Y después del entierro volvimos a la casa y empezamos a limpiar y a ordenar como si se nos fuese la vida en eso.

Convencimos a mamá y a papá de que se fueran a pasar una temporada a la casa del Tigre. Mamá protestó un poco pero insistimos. Y papá se dejó hacer sin reparos. En los últimos seis meses envejeció lo que no había envejecido los últimos diez años. La tía Rita, por supuesto, se fue con ellos. Además les prometimos visitarlos todos los fines de semana. Delfina sacó una hoja de papel, ahí mismo, y armó un cronograma para que estuvieran acompañados. El primero que se anotó fue el propio Pedro. Creo que eso alegró a papá, que siempre temió que sin Mabel de por medio las diferencias con ese cuñado hicieran saltar su vínculo por el aire. De todos modos, como dice Juan Carlos, todo es muy reciente. Estamos conmovidos y distintos de nosotros mismos. Y empeñados en acompañarnos y ayudarnos. Habrá que ver qué sucede de ahora en adelante.

Adelante. Esa palabra me importa mucho. Necesito pensar, necesito sentir, que adelante hay cosas que me van a pasar, circunstancias que voy a vivir. Y no me siento egoísta por sentirme así. No me carcome la culpa por querer dejar atrás el dolor por la muerte de Mabel. ¿Será que estoy tan familiarizada con la culpa que sé lidiar con ella como con una vieja conocida?

Me tocó encargarme (en realidad quise encargarme, y Mabel dejó dicho que fuera yo la que se encargase) de poner en orden sus cosas, en casa de mamá y papá. Es curioso, pero hasta la gente a la que más queremos, a la que más creemos conocer, tiene aspectos que son para nosotros un misterio. Nunca hubiese pensado que Mabel iba a dejar, en su habitación de soltera, tantas cosas como dejó. Me la imagino mudándose a su casa de recién casada libre, despojada del pasado, liviana a la fuerza. Como era ella: decidida a gobernar su vida, a vencer la melancolía a partir de actos concretos y contundentes.

Y sin embargo al entrar en el mundo de su dormitorio, al abrir sus cajones, al desanudar los paquetes de sus cartas y abrir sus cuadernos, descubrí una Mabel distinta. ¿O debería decir una Mabel pretérita, más frágil, más dispuesta a agradar a nuestros padres, más dubitativa?

Me tomé mi tiempo. Reconstruí esa historia tormentosa de su adolescencia que Delfina y yo apenas habíamos intuido y que, cuando crecimos, estaba sepultada bajo el silencio sólido de la familia entera. No me sentí indiscreta. Sabía que Mabel me había encomendado esa tarea, y estuve segura de que, si algo parecido al cielo existe, debe haber sonreído complacida al verme en la tarea detectivesca de enterarme, de entender y de aceptar.

En ningún momento Mabel me dijo que destruyera todo. Pero las dos sabíamos que ese era el destino final de todo aquello. Por momentos me pregunté si, de haber tenido una hija, se lo habría encomendado a ella. Creo que no habría querido. Nuestros hijos se forman, en el mejor de los casos, una imagen algo etérea de nosotras. Somos madres, para ellos. Y si somos mujeres, amantes, enfermas, golosas, chusmas, lo somos subsidiariamente. Antes y sobre todo somos sus madres. Por eso creo que Mabel de todos modos me lo habría pedido a mí. Porque fuimos hermanas y fuimos amigas. Mucho. Las dos cosas.

Y sin embargo, cuando terminé de vaciar los cajones del escritorio y los estantes del placard, y estuve rodeada de manojos de cartas y de libros dedicados y de partituras de piano, y de muñecas polvorientas y de flores secas y de fotografías escondidas, entendí que mi hermana seguía hablándome desde la tumba. Quiero decir, había cifrado, en ese pedido de que ordenara su pieza, una última conversación entre nosotras. Desplegar ese pasado sobre la cama, el piso y los muebles fue un modo de decirme: esta fue mi historia. La que no te quisieron contar y de la que te enteraste a gatas. La que transcurrió mientras eras una nena. No es la gran cosa (veo a Mabel aclarándomelo, juro que la veo): un profesor de piano, una devoción, una mancha y un despecho. Una historia tan manida que aburre.

Pero te la regalo. Para que la despliegues una última vez antes de consagrarla al olvido.

Siento que Mabel hizo eso conmigo. Dejarme esa tarea como una búsqueda del tesoro, ese juego que nos enloquecía de felicidad cuando éramos chicas. Al cabo, y mientras voy al fondo, detrás del patio, y enciendo el fuego en el tacho de hierro para quemar las cosas, comprendo que el tesoro en este caso no son golosinas sino… no me atrevo a llamarla lección. De entre nosotras, la única profesora es Delfina. Con Mabel nunca podríamos suponernos capaces de dar lecciones a nadie.

Si me regaló su historia es para que la use. Para que la use en la edificación de la mía. Ni más ni menos.

69

Sentada en la casa vacía de nuestros padres espero que suene el timbre, que suene puntual, a las diez de la mañana. Y por eso me aliso el vestido. Si alguien me viese podría llamarle la atención que hoy, que es jueves, y siendo las diez de la mañana, tenga puesto el vestido que más me gusta. Por suerte nadie me ve, nadie se asombra, nadie se pregunta. Y el timbre suena a la hora señalada.

Abro la puerta y me encuentro con el rostro de Manuel, que sonríe con toda la cara, aunque su rostro incluye una nota de interrogación. ¿Por qué lo cité aquí, y no en su casa vacía de la calle Guatemala?

Lo hago pasar rápido. Tampoco es cuestión de tentar a la suerte. Cierro y lo conduzco al comedor, lejos del zaguán y sus vidrios esmerilados. Ya sé que nadie puede vernos. Será la costumbre.

Como será la costumbre que Manuel musite un "Estás preciosa" mientras me abraza y adelanta la cara para besarme. Le devuelvo el beso mientras el corazón se me desata y lo rodeo, también, con mi propio abrazo.

Pero hasta acá llega la costumbre. Porque esta no es la casa de Manuel, su casa vacía de la calle Guatemala, donde nos hemos visto siempre. Y esta no soy yo, o la yo que no había perdido a su hermana ni leído cada objeto de su historia. La yo que soy hoy no va a seguir la costumbre.

Por eso le digo a Manuel una sola palabra.

—Vamos.

Y lo agarro de la mano y lo llevo escaleras arriba, al cuarto de la planta alta que no se usa desde que la tía pasó a ocupar mi dormitorio de soltera, pero que, según me cercioré, está en perfectas condiciones. La habitación tiene una ventana que da al fondo. Una ventana grande y luminosa. Pero le dejé las cortinas corridas porque prefiero la penumbra. Tiene dos sillas y un ropero vacío. Y tiene una cama. Una cama estrecha a la que el otro día, cuando terminé de quemar el último recuerdo de Mabel, le puse sábanas recién planchadas.

70

Acá estoy, acodada sobre una sábana apenas amarillenta, gruesa, pesada y sin embargo suave al tacto. Una sábana que ha envejecido bien.

¿Cómo estaré envejeciendo yo? ¿Se puede considerar que a los treinta y cinco años una está envejeciendo? ¿Cuándo se empieza a envejecer?

—¿Qué pensás? —me pregunta Manuel, acodado en la cama, vuelto hacia mí.

Estoy a punto de responder "Nada", pero me distraigo siguiendo la línea imaginaria que trazan sus ojos. Sus ojos no me miran, o sí me miran, pero no precisamente a los míos. Se da cuenta y suelta una carcajada.

—Perdón —dice.

—¿Qué mirás? —lo provoco.

—Nada. Vos no pensás nada, yo no miro nada.

—Mentiroso.

—Te miro a vos. Te miro… y te completo.

Entiendo a qué se refiere. Yo estuve haciendo lo mismo: completándolo. Pero soy demasiado tímida para decírselo. Momento. Eso que acabo de pensar es una estupidez. ¿Tímida? ¿Soy tímida, y estoy desnuda, en una cama, con un hombre que no es mi marido, después de acostarme con él y mientras lo autorizo para que me mire a su antojo?

Abro los codos y me dejo caer sobre el colchón para obstruirle la visión panorámica en la que se estaba regodeando. Manuel no se inmuta. Con la mano libre levanta la sábana de arriba y la hace a un lado. El muy descarado hasta se retrepa un poco para tener una perspectiva más clara de mis nalgas. Tanteo a mis espaldas intentando recuperar la sábana pero Manuel me detiene la mano.

—No seas mala.

Y no sé si es lo que dice o el modo en que lo dice. Pero una Ofelia que dista bastante de la que suelo ser se gira de costado para quedar de frente al hombre curioso que la observa y probablemente de nuevo la desea. Manuel me mira un segundo a los ojos y enseguida vuelve a contemplarme.

—Necesito saber algo —le digo.

Vuelve a mirarme.

—¿Vas a seguir queriéndome siempre?

Sé que es una pregunta estúpida. Pero es que de repente la osadía me ha abandonado, y me doy cuenta de que necesito que me prometa que sí. Manuel se dispone a contestarme pero no llega a hacerlo. A nuestra espalda se abre la puerta de par en par.

Y la tía Rita nos observa desde el umbral.

71

—Yo sabía —dice la tía, y eso es todo lo que dice.

Instintivamente me doy vuelta y levanto la sábana como puedo. Nos cubro hasta el cuello, en un movimiento estúpido. ¿Para qué? La tía Rita nos mira alternativamente. Un poco a Manuel, un poco a mí. Un poco a él, un poco a mí de vuelta. ¿Qué es lo que expresa su cara? No es escándalo. Ni es horror, ni sorpresa, ni espanto. Es algo distinto. Es una especie de furiosa felicidad, de exaltación rabiosa.

¿Qué fue lo que dijo, lo único que dijo? "Yo sabía." Eso dijo. Claro. Creo que la entiendo. Lo que la alegra, lo que la hace gozar, es haber tenido razón. Haber sabido siempre, mientras los demás estaban en babia. Nos mira desde arriba, pero no desde el módico arriba espacial de estar de pie delante de la cama angosta que ocupamos, ni desde el arriba púdico de estar vestida mientras nosotros estamos como Dios nos trajo al mundo. Nos mira desde el arriba ético que sabe suyo desde tiempo inmemorial. La tía Rita siempre estuvo segura de ser mejor que nosotras. Que todas nosotras. Mejor que mamá, que nunca mereció casarse con su hermano. Mejor que Rosa, que es una provinciana de horizontes chatos, mejor que Delfina, que es una ingenua de alegrías infantiles, mejor que Mabel, que ahora es una muerta cargada de resentimiento, y mejor que yo, que siempre fui una intrigante y ahora le demuestro al mundo que además soy una puta.

Y si no se lo demuestro al mundo yo, se lo va a demostrar ella. Porque el fundamento último de esa cara de triunfo, de ese rostro de satisfacción, de esa expresión de victoria, es la felicidad de la anticipación. La tía se está regodeando no en lo que acaba de comprobar, sino en lo que se dispone a propalar al universo entero. Se anticipa, y en el futuro inmediato está la gloria.

Ahora mismo, en minutos, saldrá disparada a la terminal de Retiro para tomarse el tren a Tigre y de ahí la lancha colectiva para llegar a la isla y decírselo a mis padres. Si hubiese teléfono en la casa de la isla, de todos modos Rita no se privaría de ir a proclamar la noticia en persona. Y encima tendrá la suerte de toparse con Delfina, que esta semana se quedaba con ellos antes de volver a Mendoza con la nena. ¿Tendrá la tía Rita, por lo menos, el decoro de hacer salir a María del Carmen de la escena antes de empezar a contar todo, con pelos y señales? No va a quedarse a dormir en el Tigre, eso seguro. Porque tiene que volver sí o sí y contactarlo a Juan Carlos como sea. Ahí se le planteará un problema grave a la tía. Todo un dilema. ¿Intenta pactar un encuentro en persona o se lo suelta directamente por teléfono? Sin duda Rita se muere por ver la expresión del rostro de mi marido cuando se lo cuente, pero eso implicaría dilatar la primicia. Y en el ínterin puedo yo jugar mis cartas perversas, y la tía no querrá arriesgarse. Y después Rosa, y Ernesto, y Pedro, y nuestros primos. Y los vecinos y el mundo entero. Y antes, o después, el "Yo sabía". Le faltará nomás extender la mano para que, reverenciales, sus interlocutores le besen sus anillos. "Piensa mal y acertarás" es una de sus frases de cabecera. Piensa mal y acertarás, nos dijo toda la vida, no tanto para precavernos como para amonestarnos. Piensa mal y acertarás: ahí está tu sobrina refocilándose con el marido de la hermana.

Tengo que decir algo. Tengo que intentarlo. Convencerla de que espere. Obligarla a que me escuche. Implorarle piedad. Si no por nosotros, al menos por el resto de la familia. Pero en ese momento siento, en el hombro, la mano de Manuel. La tía lo mira.

Y Manuel, casi con serena teatralidad, me aproxima hacia sí. Me ofrece su hombro para que descanse en él. Mientras tanto, sigue mirándola. Ni altivo ni provocador. ¿Digno? ¿Puede ser digno el gesto de un hombre acostado al lado de una mujer que es su cuñada, que cubre a duras penas sus vergüenzas con una sábana, un hombre que observa con serenidad a la mujer que va a destruir su reputación y su familia, un hombre que ofrece su abrazo a la amante a la que le espera el mismo futuro de aniquilación? Creo que sí. Creo que es digno.

72

Antes de hundir la cabeza en el pecho de Manuel alcanzo a ver que la tía sonríe con sarcasmo, con asco, con hastío, mientras niega con la cabeza.

Triunfal, la tía se da vuelta hacia la puerta y la abre todavía más, con un golpazo que hace retumbar las paredes.

Enérgica, taconea sobre el pequeño descanso que tiene la escalera en la cúspide. La vida es curiosa. A veces se empeña en repetirse, en hacerse eco de ella misma. Hace veinticinco años subimos con Delfina a escondidas, para revisar la pieza de la tía y poder ufanarnos de nuestra osadía frente a Rosa y a Mabel. Y salimos disparadas cuando escuchamos que la tía volvía de la calle.

Ahora es la tía la que abandona la habitación con pasos urgentes.

Y apurada como está, apoya mal el pie en el primero de los escalones, esos escalones de bordes gastados y sin embargo relucientes a pura fuerza de cera, semana tras semana y año tras año, brillantes como espejos gracias a su determinación maniática por conservar el brillo de la madera.

Aterida, la tía Rita se precipita hacia adelante. Intenta aferrarse a la mínima baranda. Gira sobre sí misma en el intento de asirse. Cae de espaldas escaleras abajo en medio de piruetas inverosímiles y sonidos espeluznantes de huesos que se rompen y órganos que se dañan.

73

Y tres semanas después del entierro de Mabel aquí estamos de nuevo, en procesión silenciosa desde la capilla del cementerio. Acabo de preguntar y no, las tumbas de Mabel y la tía Rita no están cerca la una de la otra. Tal vez tengamos que agradecérselo a los azares de la burocracia municipal, pero están situadas casi en las antípodas. A la burocracia municipal o los sortilegios que mi hermana tenga permitido ensayar desde cualquier paraíso en que se encuentre. Me la imagino haciendo un ademán liviano mientras dice: "¿Esa? Lo más lejos que se pueda". Sonrío y de inmediato me llamo al orden. Bajo la cabeza y sigo caminando, rodeada por las mujeres de la familia. Los hombres van adelante, porque les tocará alzar el cajón cuando termine el camino de grava. Me levanto las solapas del abrigo porque mayo vino con lluvias y frío.

Vamos todos de luto riguroso, pero, ¿por dentro? Sé que nadie se alegra de la muerte de la tía. Pero no necesito ser adivina para darme cuenta de que nadie siente esa angustia rotunda, ese dolor sin nombre con el que vinimos a la Chacarita el mes pasado.

¿Y yo? ¿Qué es lo que siento? Lo que siento es una mezcla de cosas. Un revoltijo en el que es muy difícil reconocer las fronteras de cada sentimiento. Ya estoy acostumbrada, cuidado. Si hubo un tiempo de mi vida en el que sabía lo que sentía y lo que no, lo que quería y lo que no, ese tiempo terminó hace mucho. Claro que me siento culpable. Culpable me siento siempre, cada vez que caigo en la cuenta de que amo a dos hombres distintos cuando se supone que eso no tiene que pasar. Y culpable de todas las culpas añadidas, relacionadas y sucesivas que tienen que ver con lealtades familiares, traiciones consanguíneas y simulaciones domésticas. ¿Tengo ahora que sumarle la culpa por la muerte de la tía Rita? No lo sé. No estoy segura. A veces me digo que no, que no tuve nada que ver con su estrepitoso derrumbe por la escalera de la habitación de la planta alta. Pero a veces siento que sí: si no hubiese subido para descubrirme, y si no hubiese corrido para denunciarme, la tía estaría vivita y coleando. ¿Pero entonces quién es responsable de su muerte? ¿Yo, o su deseo salvaje de aniquilarnos?

No quiero seguir ese sendero de mis pensamientos porque temo terminar alegrándome de su muerte. Y no quiero. No porque le guarde cariño, ni compasión. Nada de eso. Es solo que no quiero seguir sumando culpas a mis culpas. Ya tengo suficientes y no sé qué hacer con ellas.

No sé qué hacer, ni sé qué pensar, ni sé qué sentir. Y sin embargo estoy decidida a seguir sintiendo, pensando y haciendo. No voy a detenerme al costado de mi vida hasta tener las cosas claras. Soy tan obsesiva y tan insegura que se me puede ir la vida entera decidiendo. No voy a correr ese riesgo.

Otros riesgos sí voy a correrlos. El riesgo de dañar a la gente que amo no tengo más remedio que correrlo. Lo mismo que el riesgo de sufrir las distancias y las esperas, lo efímero de las presencias y lo angustiante de las despedidas.

¿Será para siempre así mi vida? ¿O algún día mi vida de amor lícito con Juan Carlos, o mi historia de amor ilícito con Manuel se harán trizas y serán pasado?

No lo sé. Son tantas las cosas que no sé. Lo que sí sé es que elijo esta vida que tengo antes que cualquier otra. Tuve oportunidades de renunciar a Manuel y no quise. Tuve oportunidades de romper mi matrimonio con Juan Carlos y tampoco lo hice.

Acá estoy. Caminando detrás del féretro de la última persona que supo mi historia sobre la tierra. Es raro, pero la otra persona que lo supo también está enterrada en este cementerio aunque, por azares municipales o por su propia intervención de ánima, bien lejos de la bruja que hoy estamos sepultando.

¿Me duele que esta historia muera conmigo? ¿O con Manuel, si me sobrevive? ¿Me duele que nadie sepa, jamás, lo que vivimos? ¿Sería mejor tener, como Mabel, una habitación en algún sitio donde acumular los recuerdos? ¿Un museo cuyo catálogo nadie comprenda salvo yo misma?

Creo que no. Creo que no me duele. Y creo que lo prefiero. Casi toda mi vida estará allí, para que los demás la sepan y la juzguen. Si quieren, si lo necesitan, si lo desean. Mi vida con Juan Carlos. Mi amor por él. Los hijos que tuvimos.

Pero además de esa vida soy este secreto. Y en el

centro de este secreto soy libre de ser la mujer que quiero ser, o que me sale ser. Y si el precio de serlo es que jamás nadie lo sepa, que sea. Que sea ese el precio. Que todo esto permanezca en el más absoluto silencio. Que nadie sepa, nunca, ni ahora mientras caminamos en esta procesión callada, ni dentro de muchos años cuando sea una viejita memoriosa, Manuel, querido mío, lo mucho que te amé.

Castelar, marzo de 2019

Lo mucho que te amé de Eduardo Sacheri
se terminó de imprimir en febrero de 2020
en los talleres de
Litográfica Ingramex, S.A. de C.V.
Centeno 162-1, Col. Granjas Esmeralda,
C.P. 09810, Ciudad de México.